扫码免费听书

马克·吐温短篇小说选

[美] 马克·吐温 著
白光华 编译

江西美术出版社
全国百佳出版单位

Book Navigation

如何使用本书

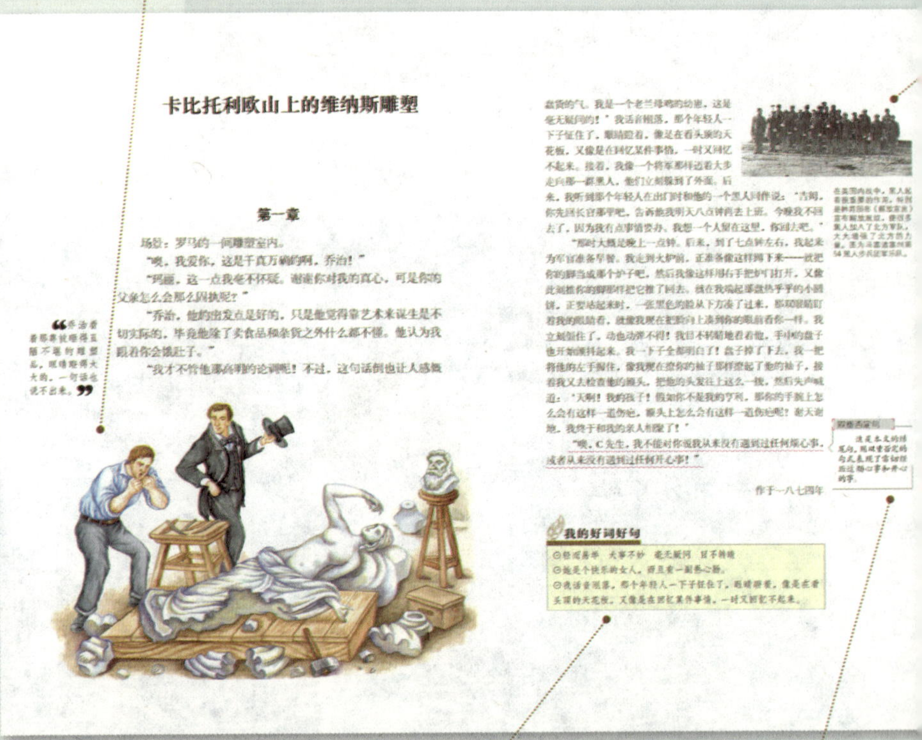

1 精美插图

以图解文，直观、趣味，既增加学生的阅读兴趣，也使学生引发联想，加深对故事的理解。

3 好词好句

选取学生日常学习、生活经常用到的好词、好句，一则积累写作素材，二则提高口语表达能力。

4 名师解析

通过对内文的分析，解析作者所运用的写作手法，引导学生深入思考，提升理解能力，并积累写作技巧。

出版寄语

书者，述也，以载道，以寄情，以解惑，以明智。读书，需读经典。

何谓经典，即跨越了时间、空间的界限，为人们所一直追求的事物。

“立身以立学为先，立学以读书为本。”经典名著凝聚了人类思想艺术的精华，通过引人入胜的情节描写、令人深思的人生道理、积极向上的精神观念，陶冶人们的情操，给人以多元的思维空间，为我们的生活、工作提供有益的借鉴。

经典名著蕴含的强大感染力足以影响读者的一生。诺贝尔文学奖获得者莫言说过：“读过十大名著，犹如拥有一笔财富。”

文学的魅力是无穷的，千万本书有千万种意境，千万个奇伟瑰丽的世界。

让我们打开经典之门，从现在开始，从阅读本书开始。

2

百科知识点

作者介绍、时代背景、衣食住行、风俗礼节方面的知识，让学生了解作品所处年代的点点滴滴。

5

专题知识

百科知识点的更深入扩展，将作品中重点百科知识更深入、详细地讲解，让学生知其然，更知其所以然。

名师推荐

Recommendation

李煜晖 **北京师范大学教育博士，北京师范大学第二附属中学语文高级教师。**

阅读世界文学名著，积累语言知识，提高文学修养，增强文化底蕴，是青少年学习和成长不可或缺的重要内容。《世界文学名著拓展阅读·名师导读版》（系列）精选世界名著，邀请名校名师细致梳理知识点，生动解析创作艺术，深度探究主题思想，是培养青少年独立阅读能力的好帮手。

潘海燕 **“本然课堂”课程总设计师。原北京市朝阳区骨干教师、语文学科带头人，北京市第八十中高级教师。**

《世界文学名著拓展阅读·名师导读版》系列图书，为学生文学阅读提供了一种更丰富、更自由、更开放的选择——将百科知识与文学名著中的人物、情节融为一体，不仅能帮助学生增长知识，而且能让学生全方位地走进文学世界，拉近学生和文学经典之间的距离，增强学生的多元思维。在阅读各种信息的同时，整合思维，形成新的认知图谱。

潘海燕

朱月玲 **北京市十一学校一分校语文学科主任，海淀区语文学科带头人。**

名师导读版文学名著系列添加了对阅读和写作方法的指导，使学生们能更好地学习表达策略和技巧，提高自己的口语交际和书面写作能力。同时还有对时代背景的解读版块，对孩子们理解经典名著起到强有力的助推作用。另外，图文并茂的形式不仅可以缓解视觉疲劳，更重要的是文字与图片相互辉映，使读者如身临其境，近距离感知名著所演绎的社会生活。

朱月玲

前言 preface

马克·吐温一生写了很多作品，题材广泛，涉及小说、散文、剧本等各方面。他的作品幽默讽刺，通常批判不合理的现象或人性的丑恶，有着强烈的正义感和对劳动人民的关心。他的小说大人和小孩都非常喜欢，而且百读不厌，为广大读者所喜爱。

马克·吐温出生于美国密苏里州弗罗里达的一个乡村贫穷家庭，父亲是律师，收入不多，因此小的时候他就不得不打工。父亲去世后，他开始了独立的生活，当过印刷厂学徒、送报员和排字工等，后来又在密西西比河上当水手。他的很多作品，以密西西比河畔为背景，反映 19 世纪末期美国社会的生活百态，文笔幽默诙谐，寓意深刻，每篇都有着很强的讽刺趣味。小说常以第一人称“我”为主人公，叙述自己所经历的各种事情，如《我不再担任参议员私人秘书的职务》《故设迷魂阵》《竞选州长》等，通过这些故事讽刺现实中的诸多不合理现象。

《马克·吐温短篇小说选》从马克·吐温众多的作品中进行了精心挑选，每篇都有很强的代表性。这些故事通常都围绕着一个具体情节展开，充满想象力，极尽夸张，但读起来却非常有趣，让人欲罢不能。很多故事都让人觉得不可思议，但却有着极大的真实性，甚至就发生在你的身边。

主要人物介绍

character introduction

米克威廉斯太太

生性胆小而多疑，尤其惧怕闪电，丈夫为此非常烦恼却没有解决的办法。

冈伯特先生

他是一位个子很高、身材魁梧的人，但是个性固执倔强，无所畏惧，甚至为了达到目的去进行决斗。

威克洛

一个脑子里经常充满各种奇怪想法的年轻人，甚至为了实现自己的这些想法不惜亲身体验，但是却给很多人带来麻烦。

少校

一位外表端正、相貌英俊、身体健壮的军官，举止温雅，说话动听，对周围的所有事物都有着浓厚的兴趣，热衷于维护公民权益。

罗杰斯

一个爱慕虚荣的人，为了满足自己的虚荣心，做出很多让人哭笑不得的事情。

目录 contents

卡比托利欧山上的维纳斯雕塑

第一章

场景：罗马的一间雕塑室内。

“噢，我爱你，这是千真万确的啊，乔治！”

“玛丽，这一点我毫不怀疑。谢谢你对我的真心，可是你的父亲怎么会那么固执呢？”

“乔治，他的出发点是好的，只是他觉得靠艺术来谋生是不切实际的，毕竟他除了卖食品和杂货之外什么都不懂。他认为我跟着你会饿肚子。”

马克·吐温(1835-1910年)，美国著名作家，世界著名的短篇小说大师。本名塞谬尔·朗赫恩·克莱门斯，出生于美国密苏里州的一个乡村家庭，当过印刷所学徒、报童、排字工人、水手、淘金工人、记者等。

“我才不管他那高明的论调呢！不过，这句话倒也让人感慨良深。为何我是一个有着艺术天赋、却无法养活自己的雕塑家，而不是一个除了赚钱什么都不懂、没有良心的杂货店老板呢？”

“亲爱的乔治，不要泄气。假如你能凑够五万美元，那他就不会再对你有什么偏见了。”

“简直是五万个恶魔！亲爱的傻姑娘，我甚至还没有把欠下的伙食费付给人家呢！”

第二章

场景：罗马的一座宅子里。

“尊敬的先生，没用的，不要再浪费口舌了。我们之间没有什么过节，可我不能让我的女儿和一份由爱情、艺术、饥饿组成的大杂烩结婚。我实在想不出，除了这些您还能提供什么。”

“先生，我的确不名一文，这我不否认。不过，名声这个东西也并非一个铜子儿都不值，难道不对吗？阿肯色州的那位议员——贝拉米·福德尔先生曾评价说，我不久前完成的亚米利加女神雕塑

伏笔

此处是玛丽的父亲对雕塑家乔治的冷嘲热讽，在他的眼里乔治的雕像是丑陋无比的，根本不值什么钱，为下文故事的发展埋下伏笔。

是一件不可多得的艺术作品。他相信我有朝一日会声名远扬。”

“哼，那个阿肯色州的蠢货什么都不懂！名声这个东西，就是一个铜子儿都不值。你需要花心思考虑的事情，是你那丑陋无比的大理石雕像能在市场上值什么价。你为了完成它，花了有半年的时间，最后却连一百美元也没人愿意出。先生，我不答应！如果你能拿得出五万美元，我就同意把女儿嫁给你。不然的话，娶她的将会是小辛帕尔。我把期限定成半年。你可以利用这段时间把钱凑齐。先生，就这样吧，再见！”

“唉，我怎么这么命苦！”

第三章

场景：雕塑室内。

“约翰啊，我的竹马之交，我真是天底下最可怜的人。”

“你可真够愚蠢的！”

“眼下还值得我留恋的，只有这尊亚米利加女神雕塑了！然而，你看啊！她那张大理石面孔是那么冰冷，不对我抱以任何同情。她是那样美丽，却又那样缺少悲悯之心！”

“你是个十足的傻瓜！”

“噢，约翰。”

“不要说那些没用的了！你说你筹钱的时间有半年，对吧？”

“约翰，你就不要拿我的伤心事来寻开心了。就算我有六百年的时间也无济于事啊！我毫无名气，一贫如洗，也没有什么朋友。对我这样一个不幸的人来说，半年的时间是不会有任何帮助的。”

大理石原指产于云南省大理的白色带有黑色花纹的石灰岩，后来这个名称逐渐发展成称呼一切有各种颜色花纹的、用来做建筑装饰材料的石灰岩。还有一种说法是以前我国大理的大理石质量最好，故得名。

“蠢货！懦夫！幼稚的家伙！五个月的时间就足可以把这件事情办成，哪还需要半年？”

“你是不是在痴人说梦？”

“半年的时间很充裕。这笔钱，我替你去筹。”

“约翰，我不明白你的意思。筹这么多的钱，你究竟有何办法呢？”

“把这件事交给我去办，不要干预，可以吗？你能让我替你处理这件事情吗？完全按照我的意思来办，你能保证吗？我的任何行动你都不会加以涉，这一点你可以发誓吗？”

“你已经把我弄糊涂了。不过，这些我都能向你保证。”

约翰将一把铁锤抓在手中，用力一挥，打掉了亚米利加女神的鼻子，接着又一挥，打掉了她的两根手指。铁锤又砸了下去，一部分耳朵不见了；再一下，脚趾头被砸烂了；又是一下，左腿膝盖以下的部分被砸得粉碎！

动作描写

此处是对约翰的动作描写，可见约翰正在对亚米利加女神的塑像进行损坏，为什么要这样做呢？这里吸引读者注意。

随后约翰拿起帽子，走出了雕塑室。

在接下来的半分钟时间里，乔治看着那尊被砸得丑陋不堪的雕塑品，眼睛瞪得大大的，一句话也说不出来。接着，他再也挺不住了，忽地瘫倒在地，抽搐起来。

过了一小会儿，约翰找了一辆马车，像什么事情都没有发生一样，打着口哨，带着心碎的艺术家和那尊少了一条腿的塑像离开了。他先是把艺术家送到了自己的住处，而后用马车载着塑像，

“乔治看着那尊被砸得丑陋不堪的雕塑品，眼睛瞪得大大的，一句话也说不出来。”

向奎丽纳尔宫大道的另一端驶去，很快便消失不见。

第四章

场景：雕塑室内。

今天两点钟一过，半年的期限也就过了！噢，真是让人心急如焚！我的一生可就要毁了。我真希望自己死掉，那样或许更好些。我昨天吃不下晚饭，今天早饭也没有吃。我没有勇气走进旅馆。肚子饿不饿这件事还是先别提了！我的鞋匠来要账，把我逼得不知道该怎么办好；我的裁缝也来要账；我的房东时不时地来找我纠缠。我真是苦不堪言啊！自打那可怕的一天过去之后，我便没有再看到过约翰的人影。每次我在街道上与玛丽相遇，她就会对我露出笑容，然而她那心如铁石的父亲却会立刻命令她转过头去。咳，是哪个人在敲我的门呢？又是谁找的麻烦来了？我敢说是鞋匠，一定是那个混蛋。“进来吧！”

心理描写

此处是对乔治的心理描写，表现了他的生活穷困潦倒，混乱不堪，同时为下文故事发展埋下伏笔。

“噢，大人，上帝保佑您，祝您诸事顺利，平安快乐！我把大人订制的新靴子送过来了。噢，至于付钱的事情您就别提了，不急，一点也不急。如果尊敬的大人肯赏光继续做我的主顾，我会感到无比荣幸的。噢，我先告辞了！”

“他亲自把靴子给我送了过来，还不让我把钱给他！临走前把一条腿向后一撤，对我躬身施礼。臣民对国王才会行这种礼啊！他希望我以后继续做他的主顾。难不成是世界末日来了吗？外面的人，你们全都进来吧！”

“大人，十分抱歉，我来给您送新衣服来了，我希望……”

“进来吧！”

“大人，如果我打扰到了您，那您一定要原谅我。我终于为您把楼下那套富丽堂皇的房间整理好了。这个破破烂烂的小房间根本不适合……”

“进来吧！！”

“我之所以登门拜访，是因为有一件事情要向您报告，您之前在敝行开的信贷账户现在又有效了，一切都很让人满意。无论您打算从敝行支取多少钱，我们都会很高兴……”

“进来吧！！”

卡比托利欧山是意大利罗马七座山丘之一，也是最高的一座，为罗马建城之初的重要宗教与政治中心。图为卡比托利欧广场上的雕塑。

“她现在是你的了，我优秀的年轻人！她很快就会到这里。你娶她为妻吧！你们去结婚，然后幸福地生活在一起吧。上帝与你们同在。西普，西普，乌……”

“臣民对国王才会行这种礼啊！”

“进来吧！！！”

“噢，亲爱的乔治，我们绝处逢生了！”

“噢，亲爱的玛丽，我们的确是绝处逢生了！不过，我怎么也搞不清楚到底发生了什么！”

设置悬念

雕塑室内，突然来了这么多人毕恭毕敬地拜访乔治，连玛丽的父亲也同意了婚事，这到底是怎么回事呢？此处设置悬念吸引读者注意。

第五章

场景：罗马的一家咖啡厅。

在一群美国先生中间，有一位正捧着《罗马街谈巷议》，口译上面的一篇报道：

一个令人震惊的发现！

大概在六个月前，一位久居罗马的美国绅士约翰·史密斯先生用低廉的价格从博何塞公主的一个破产亲戚那里买下了位于坎

红衣主教也称枢机，是天主教教宗治理普世教会的职务上最得力的助手和顾问。由于他们所穿的礼服都是“鲜红”色的，因此也俗称“红衣主教”。图为红衣主教的雕塑。

帕尼亚的一小块土地，这块土地离西皮奥家族的祖坟非常近。之后，经过档案局局长的批准，史密斯先生把这块土地转让给了乔治·阿诺德——一个贫穷的美国艺术家。他声明自己曾无意中使阿诺德先生蒙受了财产损失，所以要用这种方式补偿他，还承诺说要出钱为他修整那块土地，以此作为追加补偿。四个礼拜前，史密斯先生在为那块土地上做掘土工程时挖出了那尊无与伦比的古代塑像，使罗马辉煌壮丽的艺术宝库变得更有光彩。那尊女性塑像真是精美无比，虽然历经无数岁月，霉斑点点，满是泥垢，让人怜惜，但任何人看了都不免会为那令人倾倒的美动容。鼻子、左膝以下的部分、一只耳朵、右脚脚趾，还有一只手上的两根手指全都不见了，否则那尊稀有的塑像看起来会极其完整。政府随即派军队对其进行管理，并指派一个委员会（由艺术鉴赏家、考古学家、红衣主教所组成）对它做价格评估，并商定给那块土地的拥有者一笔赏金。昨晚之前，这件事一直被禁止公布于众。在这段时间里，委员会的成员们秘密地研讨着。昨天晚上，他们达成了共识，认为这尊塑像是维纳斯女神像，出于公元三世纪一位姓名已不可考的天才艺术家之手。在他们看来，这是世人未曾知晓的一件无可挑剔的艺术杰作。

他们在深夜做了最后一次磋商，决定将女神像的价值定成一千万法郎的天价。按照罗马的法律和风俗习惯，对在坎帕尼亚发现的任何艺术珍品，政府拥有其一半的所有权。国家如果想要完全拥有这尊精美的雕塑品，那就不得不拿出五百万法郎给阿诺德先生作为补偿。今天上午，维纳斯塑像会被移走，并存放到卡比托利欧山。另外，教皇已经指示财政部，把五百万法郎的巨额款项支付给阿诺德先生。委员会委员们会在中午去阿诺德先生家，把这个消息带给他。

补充说明

从这一篇《罗马街谈巷议》中的报道结束语中显示，教皇只指示财政部支付五百万法郎给乔治阿诺德先生，前文中叙述的人们争相拜访的原因就在此啊！

“运气真是太好了！好得都没办法形容！”大家羡慕地说道。

“各位先生，我有个提议，那就是我们应该以最快的速度成立一家美国股份公司，在这个地方买土地，挖塑像，同时很好地保持和华尔街那边的联系，这样就容易把股市行情牢牢地掌握在我们手中了。”其中的一个人说道。

“那就这么定了！”其他人应道。

第六章

场景：十年后的卡比托利欧山。

“这是一尊最为著名的塑像，亲爱的玛丽。它就是人们常对你说起的那尊无人不知、保存在卡比托利欧山上的维纳斯女神像啊。罗马的几位最著名的艺术家已经把她身上残缺的部分‘修补’好了，仅这一件事就给他们攒足了脸面，甚至能让他们名垂青史。这里真是令人称奇！我们过了十年的幸福生活，而在此之前，也就是我走进这里的前一天，我还不是一个富有的人。上帝啊，那时我穷得连一个铜子儿都没有！但是，罗马这座城市能够拥有这件古代艺术珍品，这在很大程度上是我的缘故。”

影射

此处是乔治对玛丽说的话，影射的是维纳斯女神像与他的关系，但很明显玛丽并不明白他的话。

“这尊人尽皆知、备受推崇的卡比托利欧山维纳斯女神像可是价值连城啊！那可是一千万法郎啊！”

“谁说不是呢！眼下这的确是她的价码。”

“噢，亲爱的乔治，用倾国倾城这几个字来形容她一点也不过分！”

“它就是人们常对你说起的那尊无人不知、保存在卡比托利欧山上的维纳斯女神像啊。”

“噢，的确是这样。被善良的约翰·史密斯砸掉鼻子和腿之前的她和现在的她根本不能相提并论。我们的所有幸福都是机智

的史密斯带来的。仔细听！你清楚那呼呼的喘气声是怎么一回事吗？玛丽，孩子得了百日咳了。你看，照顾孩子这件事你怎么都学不会！”

维纳斯是西方神话中众女神中最美的一位，因而也是被艺术家塑造得最多的一位。图为“断臂的维纳斯”雕塑。

尾声

卡比托利欧山上的那尊维纳斯女神像依然被存放在离罗马不远的丘比特神庙里。在让世人感到无比自豪的那些古代艺术作品中，它依然是最为有名的艺术杰作。然而，倘若您有机会一睹她的真容，也像多数人那样为她心醉神迷时，千万不要因这个不为人知、与她真实来历有关的秘密感到大失所望。话又说回来，假如您读到一篇有关在纽约州的西拉丘兹或者别的什么地方挖出一个巨大的石化人的报道，那希望您不要轻信。再者，倘若有拜纳姆这类人先将其埋在那个地方，之后以不菲的价格卖给您，那您无论如何都不要购买。

“叫他去找教皇才是正确的选择！”

作于一八六四年

我的好词好句

⊙千真万确　却毫不怀疑　不可多得　声明远扬　丑陋无比　竹马之交　一贫如洗　心急如焚　苦不堪言　富丽堂皇　绝处逢生　无与伦比　无可挑剔　价值连城

⊙为何我是一个有着艺术天赋，却无法养活自己的雕塑家，而不是一个除了赚钱什么都不懂，没有良心的杂货店老板呢？

⊙我们之间没有什么过节，可我不能让我的女儿和一份由爱情、艺术、饥饿组成的大杂烩结婚。

⊙那尊女性塑像真是精美无比，虽然经历无数岁月，霉斑点点，满是泥垢，让人怜惜，但任何人看了都不免会为那令人倾倒的美动容。

奥里丽娅那爱走霉运的未婚夫

下面要讲述的事情，是我从一个女士的来信中获知的。这位女士生活在美丽的圣何塞市，她从未和我见过面，只是在信里自称为“奥里丽娅·玛利亚”，我猜这也许是她的化名。但这并不要紧，这位可怜的女士遇到了一连串的不幸，这使她几近崩溃，同时夹在不知所措的朋友和暗中与她作对的敌人之间，被弄得头昏脑涨，想不到任何办法走出那几乎令她感到绝望的困境。她不知该如何是好，于是向我求助，希望我帮她解惑，言辞那样恳切，即便是铁石心肠的人也会为之动容。接下来我就把她遭遇到的不幸讲给大家来听吧。

设置悬念

本文一开始就描述这位可怜的女士遇到了一连串的不幸，陷入了困境，巧妙的设置悬念，吸引读者的注意。

她说她在十六岁的时候遇到了一个年轻人，他的名字叫威廉斯·布莱肯里奇·卡拉塞斯，来自新泽西，大她六岁。她爱上了他，对他情深似海。他们取得了家人和朋友的同意，订立了婚约。有那么一阵，两个人的命运似乎注定要有别于很多其他人，永远舒心自在的生活看上去离他们近在咫尺。然而，他们的运气急转

“下面要讲述的事情，是我从一个女士的来信中获知的。”

直下。风华正茂的卡拉塞斯得了最严重的天花，康复后他的脸变得坑坑点点的，不再像过去那么漂亮了。一开始，奥里丽娅想把婚约给解除掉，可又非常可怜她那倒霉的恋人，为了再试他一试，就把婚期向后推了一段时间。

特殊含义

“改过自新”是指改正错误，重新做起，此处这个词是指女士想再给未婚夫机会，希望不会再有不幸的事件发生。

就在举办婚礼仪式的前一天，布莱肯里奇一边走，一边聚精会神地看着天上飘着的一个气球，结果掉进了一口井里，摔断了一条腿，膝盖以下的部分只能截掉。解除婚约的想法再一次在奥里丽娅的头脑里闪过，但爱情又一次成了胜利的那一方，她决定把婚期再次向后推一推，再给他一个“改过自新”的机会。

可是，这个倒霉的年轻人再一次遭遇到了不幸。在七月四日，一枚发射时提前爆炸的炮弹把他的一条胳膊炸断了。过了两个多月，他的另一条胳膊被梳棉机切掉了。面对这些从天而降的灾祸，奥里丽娅伤痛欲绝。她难过极了，只能眼睁睁地看着自己的恋人变得残缺不堪，并深切地感觉到他再也无法承受这种重度的身体伤害了，可与此同时她又不知道该如何阻止这样的事情继续发生。就这样，在无助和沮丧中，像那些亏本却仍旧咬牙支撑的经纪人那样，她甚至开始后悔自己没有在他迅速“掉价”之前和他结婚。即便这样，她还是凭借她那不屈不挠的精神挺住了，她拿定主意，

“布莱肯里奇一边走，一边聚精会神地看着天上飘着的一个气球，结果掉进了一口井里。”

再给她的恋人一段时间，看一下这种异常状况是否会继续下去。

婚期又要到了，可是厄运再一次降临在了这对恋人身上。丹毒使卡拉塞斯的一只眼睛完全看不到东西了。那位未婚妻的亲人和朋友们觉得她已经在道义上尽了自己最大的努力，因此全都建议她解除婚约。可是，奥里丽娅有着高贵的品格，她做了一番心理斗争，之后告诉大家她已经仔细地想过了，可还是觉得布莱肯里奇并没有什么错。

美洲土著部落之间经常会发生冲突，勇敢者的战利品就是对方的头皮，它会和头发一起被剥下来进行炫耀。图为被剥下的头皮。

就这样，她把婚期又向后推了一些时日，可他在此期间却把另一条腿给摔断了。对这个不幸的姑娘而言，那段日子相当不好过。她在看到外科大夫们非常郑重地拿走那个大大的袋子时——她凭借着过去的经验能够猜到它是用来作什么的，就会立刻知晓那令人痛苦的真相——她恋人身体的某一部分又消失了。她认为自己的爱情变得越来越狭隘了，然而她再一次义正词严地告诉她的亲友们她是不会解除婚约的。

就在婚期临近之时，祸事又一次发生了。去年，这个国家被奥恩斯河上的印第安人剥掉了头皮的人只有一个，那个人就是新泽西州的不幸青年威廉斯·布莱肯里奇·卡拉塞斯。事发之前，他正高高兴兴地走在回家的路上，完全没有料到会在不久之后永远没有了头发。在他无限悲痛之时，他甚至抱怨上帝不该怜悯他，没有把他的脑袋也拿走。

末了，奥里丽娅困惑极了，想不到任何办法。她在信里提到，凭着女性纯真的柔情，她依然爱着她的布莱肯里奇，爱她残缺的身体。然而，因为他没有钱，也没有了劳动能力，同时她自己也没有那么多的收入维持他们婚后的正常开销，所以她的父亲和母亲都极力反对他们结婚。

“我该如何是好呢？”她非常难过，急切地问道。

这个问题需要谨慎处理，因为它事关一对情人——一个姑娘和一个已经失去三分之一身体的男人——一辈子的幸福。在这件事情上，我认为我只能给她一点建议，而不敢把更大的责任揽在自己身上。能不能给他重新塑造形象呢？倘若奥里丽娅能够拿得出这笔手术费，那她可以给她的残疾情人装上假胳膊、假腿、假眼睛和假发，让他以全新的面貌示人，然后把婚期再向后推九十天，给他最后一次机会。倘若他在此期间没有摔断脖子，那她就和他结婚，试试运气。我觉得，不管怎么样，奥里丽娅都不会有什么危险，因为假如他一有机会就习惯性地重复那会置他于死地

破折号

此处的两个破折号表示插入说明，是对前文“一对情人”的具体说明，令读者清楚明白。

的古怪行为，那么他下一次肯定会一命呜呼的。到了那时，不管你们是未婚还是已婚，你都不会有什么事情。倘若已经结婚，那他身上的假肢和与此类似的宝贝就会统统归他的妻子所有。看，你损失的只是一个可敬的、同时也是最倒霉的丈夫留下的残缺不全的身体。尽管这位丈夫始终积极进取，但是他那异于常人的天性却时时和他作对。玛利亚，你就按照我说的做一下试试吧。这件事情我已经很仔细地想过了，我觉得你除了这样做没有别的办法。对卡拉塞斯而言，假如一开始就折断了脖子，那倒是个好事。可是，既然他不打算继续这样下去，而是想尽力延长自己的生命，倘若他很喜欢这样做的话，那么在我看来我们没有理由为此埋怨他。面对这样的情况，我们只能尽可能地履行自己的责任，同时最大限度地控制自己的情绪，不要迁怒于他。

马克·吐温一生创作颇丰，其中以他童年时期的经历为背景的长篇小说《汤姆·索亚历险记》和《哈克贝利·费恩历险记》最为世人称道。图为马克·吐温签名。

约作于一八六五年

我的好词好句

⊙不知所措　铁石心肠　近在咫尺　风华正茂　改过自新　不屈不挠　一命呜呼　异于常人

⊙有那么一阵，两个人的命运似乎注定要有别于很多其他人，永远舒心自在的生活，看上去离她们近在咫尺

⊙在他无限悲痛之时，他甚至抱怨上帝不该怜悯他，没有把他的脑袋也拿走。

⊙尽管这位丈夫始终积极进取，但是他那异于常人的天性却时时和他作对。

我不再担任参议员私人秘书的职务

眼下，我已从参议员私人秘书的职位上卸任。我在那个职位上工作了两个月的时间，那个时候我觉得自己的地位已经非常稳固，并且时常为此得意扬扬。然而，后来我那些“暗中立下的功劳”并没有给我带来什么好处。也就是说，我那些得意之作全被退了回来，而这使我现出了原形。在这种情况下，我觉得辞职是最好的选择。事情的来龙去脉是这样的，在一个清晨，天特别早，我的上司叫我过去，就在我走进去见他之前，我刚把几句巧妙的双关语悄无声息地放进他不久将要用到的那篇非常重要的、与财政有关的演讲词里。我看到他的样子后，立刻感到事情有些不对劲儿。他的领带没有扎整齐，头发也没有梳好，他的表情告诉我，他心中满是怒火，而且很快就会爆发出来。他把几页文件紧紧地拿在手里，我清楚，那是让人避之唯恐不及的太平洋邮轮送来的邮件。

引号

此处引号的作用是特殊含义，突出表现了“我”暗中立下的功劳使我现出了原形，令人不禁好奇：到底是什么样的原形呢？

“他把几页文件紧紧地拿在手里，我清楚，那是让人避之唯恐不及的太平洋邮轮送来的邮件。”

“我起初还以为你是非常可靠的呢！”他开口说道。

“是的啊，先生。”我说道。

“上一次，我把内华达州选民寄来的那封信交给了你。信里提到他们有设立一所新邮局的想法，想要把地点设在鲍迪温家的大牧场。我让你回信给他们，尽量把内容写得有弹性，用一些论点来驳倒他们，让他们相信在那里设立邮局是完全没有必要的。”他说道。

“噢，倘若仅仅是为了这件事，那么先生，我已经把回信写好并寄出去了。”我说道，心里轻松了一些。

“做得很好嘛，你回了信。现在就让我把你的回信读给你听听吧，看你的脸还往哪里放。”

设问

此处通过自问自答，用疑问句来表达肯定的意思，实际上是指出他们的要求没有意义，得不到好处。

致史密斯·琼斯先生和其他诸君

尊敬的先生们：

你们到底为什么想要在鲍迪温家的大牧场设立一所邮局呢？如果这样做了，你们是什么好处也得不到的。你们应该知道，假如有人寄了什么信到那里，你们又看不明白它们；另外，倘若信里附有现金，那么信在转往别处之前一定会经过那里，这样可能就不能顺利通过，我相信你们立刻就能领会这句话的意思。而一旦有这样的情况发生，我们所有人都会遇到麻烦。还是算了吧，别再惦记在放牧区设立邮局这件事情了。我总是在考虑你们的最大利益，在我看来你们做的只是毫无意义的面子工程罢了。看，一所坚固又气派的监狱和一所免费学校才是你们需要的，这些才能持续地带给你们利益，才能让你们获得真正的喜悦和满足。我会马上着手去办的。

您真诚的
詹姆斯·W（美国参议院）
于华盛顿，十一月二十四日
代笔人：马克·吐温

假设

此处是参议员被那些人警告，假设他去了那个地区就会被送上绞架，可见“我”的回信惹恼了那些人。

“看啊，那封信你就是这么回复的。那些人警告我，倘若我去了那个地区，他们就会把我送上绞架。这样的事情，我认为他们是能做得出来的。”

“先生，我当时没有想到这么写会惹麻烦。我只是想说服那些人而已。”

“哼，你的确说服了他们，对此我深信不疑。看吧，这里还有一封妙到极致的请愿信，我上次交给过你。它是内华达州某些先生寄来的，叫我想办法让国会通过一项关于批准内华达州的美以美会成立社团的议案。我提醒过你，务必要在回信中写清楚，若想制定出这样一条法律，最好的办法就是通过州议会，同时还要想方设法提醒他们，眼下宗教势力在那个新州的根基还不是很稳固，成立宗教社团的做法是否合适还尚未可知。然而，你又是怎么回复的呢？你看看吧！”

美以美会是1844—1939年在美国北方的卫理公会所使用的宗派名称，它属于基督新教的卫斯理宗。图为美以美会的一处教堂。

致约翰·哈利福克斯牧师和其他诸君

尊敬的先生们：

如果想要让你们的那个提议变成现实，那你们只能去州议会，毕竟国会对宗教事务一无所知。不过，看样子你们也没有必要再去那里了，因为那个新州区不适合实行这个政策，实际上那样做非常荒唐。你们那边的宗教人士不管是在头脑上、品德上、信心上，还是在其他方面，全都特别差劲儿。你们最好还是不要再为这件事操心了，因为你们的计划是行不通的。成立那样一家公司，然后发行股票，这对于你们来说是不可能做到的。就算能做到，那你们也会常常面临被动的局面。别的教派会联合起来压制你们，“把压低股票行情”，或者“从事卖空”，直到把你们的公司弄垮才会罢休。他们会对你们采取那种措施，之前他们对你们那里的一家银行就采取了同样的措施——他们会想尽办法让人们相信，你们是在做“非常有风险的投资”。那种想要让一件非常崇高的事业名誉尽失的事情你们无论如何都不要做啊，这肯定会让你们羞愧难当的，对这件事我本人就是这么看的。你们真应该在请愿信的结尾处写上几个字：我们会永远向上帝祷告。对你们而言，按照我说的去做是最好的选择，也是唯一的选择。

您最真诚的

詹姆斯·W（美国参议院）

于华盛顿，十一月二十七日

代笔人：马克·吐温

点明中心

这一句在信件的一开头就点明了信的中心内容，为引起下文的叙述做铺垫。

“这封意思非常清楚的信使选民中的宗教人士对我颇有微词。然而，似乎我的政治生涯还没有最终宣告结束，我居然鬼使神差地把那封被圣弗兰西斯科市政委员会里的那些刻板的长老们寄来的请愿信拿给了你，以便让你发挥一下你的才智。那封请愿信希望国会能颁布一条法律，让该市的海滨地区向市政府交纳航运税。当时我就告诉过你，强行干预这件事是非常有风险的。我让你给那些市政委员会成员们写一封似是而非、什么责任也可以不用承担的信，信里尽量不要认真探讨任何与航运税相关的问题。假如你还有一点点的惭愧之心的话，那当我接下来一字一句地把这封让你按照我的意思写的回信读给你听时，你应该会感到惭愧的！

铺垫

此处参议员的话是在指出下一封信的要求，为后文提供的信件内容做铺垫，令读者清楚明白。

致诸位市政委员会委员

可敬的先生们：

备受尊敬的开国总统乔治·华盛顿已经逝世。噢，他经营一生的伟大事业已经结束，永远成为历史！他在这个国家的这片区域受到极大的尊崇。他的早逝让举国上下都陷入沮丧之中。他于一七九九年十二月十四日离开了人世。这位最受人悼念的伟人，最为人崇敬的英雄，终于与世长辞，静静地离开了自己曾创下过辉煌伟业的国土。在这种时候，你们竟然会提航运税的事情。这真给他丢脸啊！

名声这个东西有什么了不起的？它只是由一个偶然的机会促成的罢了。艾尔萨克·牛顿爵士看到一只苹果掉落在地面上，而这只是一个微不足道的发现。这是事实，在千百万年前，人们发现过同样的事情，可是他的父亲和母亲是有权有势的人，就这样他们把那个无足轻重的发现渲染成一个了不起的大事件。嘿，瞧啊，所有缺乏头脑的人趋之若鹜，那个人几乎在一夜之间就成了名人。我这些看法，一定要牢牢地记在心里啊。

诗篇，美妙的诗篇！世人从你那里得到的巨大益处，谁能估量呢？

玛丽有只小绵羊，
它身上的毛如雪一样白。
不管玛丽去哪里，
绵羊总是如影随形。
杰克和吉尔一同爬山，

乔治·华盛顿（1732—1799年）是美国首任总统，被称为美国“国父”。他在两届的任期中设立了许多持续到今天的政策和传统，两届任满后他自愿放弃权力不再谋求续任。

想要将一桶水抬下来。
先是杰克摔得头破血流，
随后吉尔顺着山坡滚下。

美国科罗拉多大峡谷（上图）是世界上最大的峡谷之一，位于美国亚利桑那州西北部，科罗拉多高原西南部。峡谷从谷底至顶部岩壁露出从前寒武纪到新生代各期的系列岩系，水平层次清晰，岩层色调各异，并含有各地质时期代表性的生物化石，有“活的地质历史教科书”之称。

说到内容质朴，语句优美，并且毫无淫荡之意，我觉得这两首诗歌算得上是诗歌中的精品。对处于任何智力水平的人，它们都很合适，也适用于生活中的各个领域——田间、幼儿园，特别是市政委员会。在任何地方它们都是不可或缺的。

那些尊贵的、墨守成规的先生们，欢迎你们继续给我们写信。让信件传递我们之间的友情，难道还有比这更有益于我们的事情吗？请继续写信给我们吧！假如你们这封请愿信里有什么特别的问题要说，那你们就直截了当地说出来吧，不要有所顾忌。如果你们愿意不厌其烦地谈论下去，我们也会乐于倾听。

您最真诚的
詹姆斯·W（美国参议院）
于华盛顿，十一月二十七日
代笔人：马克·吐温

“这封信的内容真是恶劣至极，贻害无穷啊！是可忍孰不可忍？”

“先生，您是说这封信吗？倘若信里有什么地方写得欠考虑，那十分对不起。不过，在我看来，我是在尽量避免论及航运税的问题啊。”

“你居然认为你是在有意避免谈论那个问题！哎，先把这放在一边。现在，既然事情要变糟，那就破罐破摔吧。让你最后写的这封信为这些事情收个尾吧，我马上就会把它读给你听。我的一切都要完了。那封寄自亨波尔特的信要求改变印第安谷地和莎士比亚峡谷之间的一段邮件投递路线，改走老摩门小路。我把那封信交给了你，当时我就有些忐忑不安，但当时我提醒过你，说那个问题很难办，一定要处理得灵活一些，不要把意思写得太明确，尽量让他们摸不着头脑。然而，你那笨得要命的脑袋却害苦了你，让你写出一封如此愚蠢的回信。倘若你还有一点点良心和羞耻感，那你应该立刻把你的耳朵堵上。

佳句赏析

参议员说这句话的意思是：虽然马克·吐温没有在信中提起航运税这件事，但是在信中却含有讽刺的味道，“居然”一词说明事件可能变得更加难以处理。

破折号

此处的破折号作用是解释说明那两个绍尼族酋长的名称，令读者清楚明白，同时，引号的作用是特定称谓，表现了马克·吐温在这封信中的不讲情理，这与参议员的要求是不符合的。

致帕金斯、魏格纳等先生

诸位先生：

与印第安小路有关的那个问题是非常难解决的。不过，要是能处理得非常有弹性，那我认为我们是能够在某种程度上解决它的。我之所以这么说，是因为那两个绍尼族酋长——“势不两立”和“大烟枪”，在去年冬天的时候被剥掉了头皮，事发地恰好在这条线路上，也就是从拉尔森草原延伸出来的那个地方。有一部分人爱走这条线路，而另外一部分人则因为各自的缘由选择走另外一条线路——摩门小路，他们会在早晨三点钟从英斯比出发，经由额骨平原，一直走到矮靴子，之后从壶把子朝南走，公路从它的右边绕了过去。道森镇被这条公路分在了小路的左边。小路在那个地方一直绕至道森镇左边，而后向前延伸，直抵斧头镇。这条线路不仅能节约旅途费用，而且离大家要去，甚至打算去的那些地方更近一些。所以，它能够在最大程度上满足绝大多数人的需求。所有这一切让我满怀憧憬，盼着这个问题能够得到解决。如果你们需要我提供相关资料，而邮政部门又能够向我提供一切与这件事有关的消息，那我随时都可以，也愿意向你们提供。

您真诚的

詹姆斯·W（美国参议院）

于华盛顿，十一月三十日

代笔人：马克·吐温

“看看吧！你现在觉得这封信写得如何？”

“这封信吗？先生，我不知道该怎么回答你。我认为它已经写得够模棱两可的了。”

“模棱两可？请你立刻在我眼前消失！这回我可完蛋了，被这样一封不讲情理的信搞得手足无措。照这样看，亨波尔特的那些粗鲁的家伙是不会原谅了。从今以后，美以美教再也不会尊重我了，市政委员会也不再会认为我是个可敬之人了……”

“至于这方面，我实在没有什么要解释的，因为即便我在写这封回信的时候有些地方考虑欠妥，可我过去写给鲍迪温牧场的信却比这封信好了不知道有多少倍，阁下。”

图为描绘印第安人杀害白人的图画。

"我请你出去！再也不要踏进这间屋子一步！"

我觉得他这句话是在拐弯抹角地暗示我他不再需要我替他办事了，所以我辞掉了这份工作。从此以后，参议员私人秘书这个职位我再也不想做了。你怎么做都不会让他们满意。他们对什么都一窍不通。对一个雇员为他们付出的辛劳，他们是不会报以感激的。

约作于一八六七年

"我请你出去！再也不要踏进这间屋子一步！**"**

直抒胸臆

此处是马克·吐温内心想法的直接抒发，表现了他对这份工作的不满，同时也讽刺了官场上的冷漠无情。

我的好词好句

⊙来龙去脉　避之唯恐不及　是可忍孰不可忍　忐忑不安　模棱两可　手足无策

⊙他的领带没有扎整齐，头发也没有梳好，他的表情告诉我，他心中满是怒火，而且很快就会爆发出来。

一份大额牛肉合同

威廉·特库赛·谢尔曼（1820 — 1891 年），美国南北战争时北军重要将领，地位仅次于格兰特将军。1864年他率军攻占了佐治亚首府亚特兰大，给南军以毁灭性的打击。

就算它对我来说再无足轻重，我也想尽量简短地向这个国家的所有人说明我在这件事里究竟扮演了什么样的角色，毕竟这件事曾引起过轩然大波，让公众十分反感，甚至两大洲的报纸都把与事实不符的报道和夸大其词的评论大量地做了刊登。

首先我要在这里说明，政府的档案可以证实我在下面陈述的每一件事情。接下来我就说一说整件事情的来龙去脉。

大概在一八六一年十月十日，居住在新泽西州西芒县鹿特丹区、现已去世的约翰·威尔逊·麦卡奇和政府签订了一份合同。合同中写明，他要向谢尔曼将军供应三十大桶牛肉。

这真是一笔不错的买卖。

他按照约定，带着牛肉去了谢尔曼那里。然而，他到了华盛顿后，却发现谢尔曼去了马纳萨斯。就这样，他带上牛肉去了马纳萨斯，但他又迟了一步。接着，他又跟到了纳什维尔，随后又前往察塔努加，之后又去了亚特兰大。可是，他还是没能追上谢尔曼。他再一次带上所有东西，离开了亚特兰大，顺着谢尔曼的足迹朝海滨进发。结果这一次他又扑了个空。不过，在得知谢尔曼将军正打算乘"贵阁城"号到圣地旅行后，他乘上一艘轮船赶往贝鲁特，想要赶超谢尔曼的船。他带着牛肉到了耶路撒冷，却发现谢尔曼并没有乘船来圣地，而是去草原和印第安人作战去了。他回美国后便前往落基山，在大草原上走了六十八天，克服了无数困难，结果在走到离谢尔曼的营地只有四英里远的地方时，印第安人袭击了他，用斧头将他砍死，割掉了他的头皮，还抢走了牛肉。牛肉几乎被抢劫一空，只剩下一桶。那一桶牛肉被谢尔曼的军队截获。因此，尽管那位不畏艰难的航海者已经死了，但依然在一定程度上履行了他和政府订立的合同。他留下一份日记体的遗嘱，他在那份遗嘱中交代，他的儿子巴塞罗缪·W 会继承那份合同。巴塞罗缪·W 写了一份账单，之后便与世长辞了。这份账单的内容如下：

叙述说明

这一段话叙述说明了约翰不畏艰难，历尽千辛万苦给谢尔曼将军送牛肉的过程，一定程度上履行了合同，为下文故事的发展做铺垫。

美国联邦政府启

依照账目，政府应该向新泽西州已经去世的约翰·威尔逊·麦卡奇支付一笔费用，费用详情为：

谢尔曼将军下了一份三十大桶牛肉的订单。

每大桶牛肉的价格是一百美元，三十大桶共三千美元。

路费和运送费共一万四千美元。

总计一万七千美元。

收款方：___

列数字

此处详细写出了账单上的金额，用列数字的方式，突出表现了约翰为了送牛肉耗费了巨资，说明他是个信守承诺的人。

他尽管已经死了，不过在死前已经把合同赠给了威廉·J.马丁。马丁没能把账款收回来，不等把这件事办好就死了。巴克·J.艾伦从他那里继承了合同，艾伦也很想把那笔账款收回来。不过，他在成功收回账款之前便死了。安森·G.罗杰斯成了合同的继承者，他试图把这笔账款收回来，经过一层又一层的申请，总算离第九审计官的办公室不远了。然而，对一切都同等对待的死神此时却不请自来，把他带走了。他把合同留给了一个亲戚。那个亲戚居住在康涅狄格州，名叫詹姆斯·霍普金斯，他在收到那份单据之后，活了四个礼拜零两天便一命呜呼了。他利用这么短的时

“在走到离谢尔曼的营地只有四英里远的地方时，印第安人袭击了他。”

关联词

此句中的“尽管……也……”是一组表示假设关系的关联词，突出反映了这份找政府支付的账单特别折腾人。

间就接近了第十二审计官的办公室，这可是一项新的纪录。他把那份单据留给了他的舅舅。这位舅舅的外号叫“寻欢作乐”·约翰逊，不过，尽管他特别擅长消遣找乐，也没办法承受这份折腾。他在死前说了一句话：“不要再为我流泪了，我很愿意离开。”于是，这个不幸的人离开了人世。在此之后，相继有七个人成为那份合同的继承者，结果全都死了。就这样，它最后成了我的。一个亲戚把他留给了我，他生活在印第安纳州，名字叫伯利恒·哈伯德，很长一段时间以来都很恨我，但在临死的时候却叫我过去，原谅了我过去所做的一切，泪流满面地给了我那张单据。

以上所说的是我得到这份合同前发生的事情。接下来我要把这件事情中涉及我的部分向所有国民做一个详述。我带上合同和账单去找总统先生。他对我说：

“噢？先生，我能为你做些什么呢？”

“先生，大概在一八六一年十月十日，居住在新泽西州西芒县鹿特丹区、现在已经去世的约翰·威尔逊·麦卡奇和政府签订了一份合同。合同中约定，他要向谢尔曼将军供应三十大桶牛肉……”我答道。

“他在临死的时候却叫我过去，原谅了我过去所做的一切，泪流满面地给了我那张单据。”

还没等我把这句话说完，他就把我拦住了，态度和蔼、语气坚决地让我离开那里。次日，我去拜访了国务卿。

“先生，找我有什么事吗？”他问道。

“殿下，大概在一八六一年十月十日，居住在新泽西州西芒县鹿特丹区、现在已经去世的约翰·威尔逊·麦卡奇和政府签订了一份合同。合同中约定，他要供应三十大桶牛肉给谢尔曼将军……”我说。

> **省略号** 此处的省略号表示语句突然中断，可见国务卿并不想听马克·吐温继续说下去。

“行了，先生，行了。你的牛肉合同和我们部门一点儿关系都没有。”

他请我离开了。我仔仔细细地考虑了一下这件事情，然后在次日去了海军部长那里。

“先生，有什么事就快点说吧，不要让我久等。”他说。

“殿下，大概在一八六一年十月十日，居住在新泽西州西芒县鹿特丹区、现在已经去世的约翰·威尔逊·麦卡奇和政府签订了一份合同。合同中约定，他要供应三十大桶牛肉给谢尔曼将军……”我说。

我都没来得及把下面的话说完，他也不管这件事情，我心中暗想：“这个政府有点怪怪的，它似乎有赖掉那笔牛肉账的倾向。”

> **心理描写** 此处是对“我”的心理活动描写，表现了“我”对政府官员的态度感到不满。

次日，我去拜访内政部长。

“殿下，大概在一八六一年十月十日……”我说道。

“先生，不要再说啦。您的大名我已经听说过了。离开这里吧，赶紧拿着这份脏兮兮的牛肉合同走吧。陆军食物供应的事情根本不归内政部管。”

我被请了出去。这种情况惹恼了我。我扬言要让他们不得安宁，要把这个不讲理的政府的所有部门搅得鸡飞狗跳，直到把合同的事情办妥才会罢休。如果没能把账款全部收回来，那我甘愿像前面那些人那样在办理过程中死掉。之后，我纠缠邮政部部长，进攻农业部，找众议院议长的麻烦。他们无一例外，全都不受理这份合同的事情。就这样，我去了专利局。

> **烘托** 此处描述了马克·吐温经历了多个部门全都不受理这份合同的事情，烘托了政府的推诿责任，表现了强烈的讽刺意味。

“尊敬的殿下，大概在……”我开口说道。

“真见鬼！你还是把你那份烧都烧不掉的合同带到了这里。尊敬的先生，那份与陆军订下的合同，我们压根儿就不管。”

“噢，这一点儿也不要紧。但是，无论如何得有一个人负责把那笔牛肉账偿清啊。而且，你们得立刻偿付这笔账，不然的话我会拿走你们专利局里每一件的东西。”

“不过，尊敬的先生……”

"先生，无论如何，我都觉得专利局都应该对牛肉合同的事情负责。而且，即便不负责，专利局也得把这笔欠账偿清。"

我就不在这里讲述此次追讨账款的细节了。最后双方发生了肢体冲突。专利局以一场胜仗收尾。不过，我得知了一件对我有帮助的事情。他们对我说，我应该去财政部。就这样，我去了财政部。等了两个半小时后，我被叫去见首席财政大臣。

反语

这里连用三个词来形容首席财政大臣，实际是反语，表达了马克·吐温对政府官员的讽刺。

"最可敬、威严、尊贵的大人，约翰·威尔逊·麦卡齐大概在一八六一年十月十日……"我说道。

"行了，行了，先生。你已经听说了你的事。你去财政部首席审计官那里吧。"

我去找了首席审计官。他让我去第二审计官那里。第二审计官让我去第三审计官那里。第三审计官让我去腌牛肉组的首席查账员那里。这个人多少还像个能认真办事的人。他把他所有账本和没有归入档案的文件查了一遍，但并没有能够找到那份牛肉合同的底子。我去了第二审计官那里。他把他所有账本和没有归入档案的文件查了一遍，但还是没有任何收获。尽管如此，我却变得更加有勇气了。在那一个礼拜，我连那个组的第六查账员都找到了。在第二个礼拜，我把债权部走了个遍。第三个礼拜，我去了错档合同部，在那里查询了一番，发现了一个可能会为此事负责的部门。我花了三天时间就把它攻克了。现在，我能去的地方只有一个了。我去纠缠杂碎司司长。他本人出去了，于是就去纠缠他的助手。屋子里有十六个年轻漂亮的姑娘，她们都在记账。同时，七个年轻英俊的男助理正在教她们怎么做。姑娘们扭头冲他们笑，助理们也对着她们笑。大家其乐融融，像是听到了婚礼的钟声一般。几个正在看报纸的助理使劲儿盯了我几眼，然后继续看报纸，没有人对我说一句话。不过，从我拜访腌牛肉局第一办公室以来，我已积攒了足够多的经验。我现在很适应四级助理灵敏的办事头脑。我已经练成了一套本事：走进办公室后，在一个助理开始找我说话之前，我可以一直保持单脚着地的站姿，充其量会把姿势调整一两次。

渲染

此处描写杂碎司的助理们在办公室里其乐融融的情景，渲染了马克·吐温来要账的形象与这里"和谐美好"的氛围格格不入。

就这样，我一直在那里站着。在我换了四次姿势之后，我冲一个正在读报纸的助理说道：

"妇孺皆知的坏家伙，土耳其皇帝去什么地方了？"

"先生，你想说什么？你是在指谁？要是你是在指局长，那他现在不在。"

“他今天是否会去后宫呢？”

小伙子直愣愣地看了我片刻，之后继续读报纸。不过，我深知助理们是如何办事的。我清楚，如果他看完报纸之后纽约的另一批邮件还未送到，那我的事情就有希望了。现在，他没读的报纸就剩下两张了。没过多久，他把那两张报纸读完了，随后打了个哈欠，问我要办什么事。

“大名鼎鼎、庄严可敬的笨蛋，大概在……”

“为牛肉合同奔走的人就是你啊。让我看一看你的单据吧。”

他把单据接了过去。他拿着他的破烂东西翻了好一会儿。后来，他终于把那份尘封多年的牛肉合同记录给找到了。我甚至以为他发现了连接大西洋和太平洋的西北航道。所以我特别高兴。我激动不已，开口说道：“把这份记录交给我吧。如此一来，政府就不得不解决那份牛肉合同的问题了。”

夸张

此处采用夸张的手法来描述马克·吐温等待助理找合同记录，表现了工作人员的工作效率之低。

他示意我向后退，要我先等一下。

“约翰·威尔逊·麦卡奇现在怎么样了？”他问道。

“已经死了。”

“他是何时病死的呢？”

“他是被杀死的，压根儿不是病死的。”

“怎样被杀的？”

“被人用斧头劈死的。”

“用斧头劈死他的人是谁呢？”

“噢，除了印第安人还能有谁呢？您难道会认为是主日学校的校长干的吗？”

“当然不会。凶手是一个印第安人吧？”

“你知道那个印第安人的名字吗？”

“他的名字吗？我可不知道他的名字。”

“你一定要知道他的名字才行。他用斧头劈的时候，谁看见了？”

“不知道谁看见了。”

“如此说来，你不是目击者。”

“我不是目击者，这一点您通过我的头发就能看出来。”

“那你有什么理由认为麦卡奇已

宗教人士主张建立公共学校，特别是带有宗教性质的主日学校，因为他们认为随着教育水平的提高，人们的道德修养才会提高。图为牧师在主日学校照顾贫困的孩子。

19世纪中期，美国大量移民西部，因此经常与印第安人产生冲突。印第安人为了阻止白人在自己的土地上殖民，经常袭击过往的移民。图为表现印第安人形象的漫画。

死？”

“我敢打赌，他的确是在那个时候死的。他从那时开始就不在人世了，对此我深信不疑。我不骗您，我确信他已经死了。”

“你得给我们提供证明。你是否找到了那个印第安人？”

“可想而知，没有。”

“告诉你吧，你一定得找到他才行。你是否找到那把斧头了？”

“这样的事情我压根就没想到过。”

“你一定得找到那把斧头。你得把那把斧头和那个印第安人提供给我们才行。要是这些证据能够证明麦卡奇已经死了，那你就可以去一个特别设立的委员会那里核对情况，让他们对你提出的赔偿进行审核。如果能够以这样的速度处理你的事情，那么你的孩子或许能够在有生之年领到那笔赔偿金。不过，这一切的前提条件是你得证明那个人已经死了。我还是告诉你吧，麦卡奇在生前所花的那些运输费和路费，政府是不会赔偿的。倘若你能说服国会通过一项救济法案，为这件事拨一笔款子，那么政府或许能够把谢尔曼的军队截获的那桶牛肉的货款赔付给你。可是，政府是不会把印第安人抢走的二十九桶牛肉赔偿给你的。”

“照您这么说，政府只能给我一百美元的补偿金，甚至还未必能把这笔钱给我。麦卡奇为了送那些牛肉，历经无数艰辛，去了一个又一个地方。欧洲、亚洲、美洲都有他的足迹。许多想要收回牛肉账款的无辜之人都因此死掉了，结果事情却成了这样！小伙子，腌牛肉组的首席查账员为何不一开始就把一切都讲给我呢？”

议论

此处是马克·吐温对这件事情的议论，最后一句的疑问，表现了他对政府部门工作程序的愤怒。

“他并不知道你提出的要求是否符合实际情况啊！”

“那么第二查账员呢？第三查账员呢？还有各组、各部门的人呢？他们为什么都不及早跟我说这些呢？”

“他们并不知情啊。我们都是按照程序办事的。你把该办的手续全都办完，之后自然就会把你想要知道的事情弄个水落石出。这个办法是最好的，也是唯一能行得通的。这样办事很符合规矩，尽管十分缓慢，但又稳又妥善。”

“没错，这的确是极其稳妥的办事方法，我们家族中的大部分人就是这样做的。我现在觉得上帝也要把我给带走了。小伙子，我能从你那含情脉脉的目光中看出，你喜欢那个美丽的人儿。看啊，她那蓝色的眼睛里满含温柔，耳后还插着几枚钢制饰针。你想和她结婚，但是你又很穷。这样吧，把你的手伸过来。这就是那份牛肉合同，我把他送给你。你把她娶过来，好好享受在一起生活的时光吧。孩子，愿上帝与你们同在。”

关于那份大额牛肉合同引起广泛热议之事，我把我知道的全都叙述给了大家。那个办事助理收下了我的合同，但他现在也死了。至于合同现在在哪里，以及还有哪些人和事和它有关，我就不得而知了。我只知道，要是有哪个人特别长寿，那他可以到华盛顿的扯皮办事机构里追问一件事情，在那里花上九牛二虎之力，费尽周折，最后找到他第一天就能在那里找到（倘若扯皮办事机构能够像一家大型私营企业那样毫不死板地安排工作的话）的答案。

约作于一八六七年

讽刺

这是本文的结尾句，作者提议特别长寿的人可以到华盛顿的扯皮办事机构去追问一件事，极力讽刺了政府机构的扯皮和效率低下。

“小伙子，我能从你那含情脉脉的目光中看出，你喜欢那个美丽的人儿。”

一位中世纪骑士的悬案

第一章　诉说实情

一天夜里，寂静笼罩着克鲁根斯泰恩那座古代封建时期雄伟壮观的城堡。一二二二年马上就要结束了。向几座城堡的塔楼望去，只有远处最高的那一座里有灯光闪烁。在那里，一次密谈正在进行中。面色庄重的克鲁根斯泰恩老勋爵正若有所思地坐在座椅上。不一会儿，他语气温地说道：

设置悬念

此处描述城堡的最高处正在进行一次密谈，这里老勋爵叫一个穿着骑士铠甲的男人“女儿”，引发读者好奇，设置悬念，令读者产生好奇，为下文故事发展做铺垫。

“我的女儿啊！”

一个正值青年、举止优雅、身上穿着骑士铠甲的男人应道：

“父亲，您说吧！”

“我的女儿，那个在你的青春年华里始终让你感到困惑的秘密，我现在该告诉给你了。你应该明白，这样一种情况，正是由我接下来要讲给你的那些事情导致的。我的兄长乌尔里希是勃兰登堡的大公爵。我们的父亲死前留下遗言，倘若乌尔里希没有儿子，同时我有一个儿子，那他就应该把爵位传到我这一脉。另外，倘若我和他都只有女儿，没有儿子，那乌尔里希的女儿便会成为爵位的继承人，但前提是她得是一位冰清玉洁的姑娘。假如她的实际情况与此条件不符，那么我的女儿，只要她的声誉是无可厚非的，就会成为爵位的继承人。于是，为了能生下一个儿子，我和我的老伴儿开始虔诚地向上帝祈

“一天夜里，寂静笼罩着克鲁根斯泰恩那座古代封建时期雄伟壮观的城堡。”

祷，可最后愿望却落空了。你出生了，我非常失望。我眼看着那诱人的猎物从我手中溜走，一场美梦就这样成了泡影。而在此之前，我可是抱着极大的希望啊！乌尔里希结婚有五年的时间了，可是他的妻子既没生下儿子，也没生下女儿。

中世纪的贵族将城堡作为其基地，里面有大量驻军防守，大的城堡周围还会发展出一些城镇。图为一座中世纪的城堡，它建造得非常坚固，里面各种设施齐全，防御能力很高。

“我说：‘不过，不要着急，希望还是有的。’一条能够挽回局面的妙计在我脑海中闪过。你出生时恰逢半夜。除了大夫、保姆，还有六个女仆以外，没有人知道你的性别。不到一小时的工夫我就把他们给绞死了。次日一早，男爵领地上的人民在听说克鲁根斯泰恩生了个儿子——一位勃兰登堡的伟大继承人后，全都陷入到了狂喜之中。这件事一直被严格地保密。当你还是个婴儿时，你母亲的亲妹妹负责照顾你。我们直到现在都没有为这件事担心过。

“你长到十岁时，乌尔里希生了一个女孩。我们非常难过，只盼着她会得麻疹，遇到一个医术很差的大夫，或者发生其他什么不幸的事情。如此一来，我们就能成为受益者，然而我们却一次又一次地失望。她不但活下来了，而且还非常健康。真希望她能遇到天灾人祸！不过，这并无大碍。我们有胜算，因为我们有个儿子啊！哈哈！我们的儿子将来会成为公爵的。我们的心肝宝贝康拉德啊，你说不是这样吗？我的女儿，你已经二十八岁了。按理来说，一个像你这么大的女人无论如何都没有机会得到那个称号啊！

“眼下的状况是，我的哥哥已经年迈，他一天比一天苍老，再也无力操劳国事。有一条法律是从德意志建国以来就一直实行的：如果一位妇女没有在公众面前被正式立为君主，那么只要她座上那个象征权威的侯爵宝座，她就犯下了死罪。因此，你要记住我的话，你必须表现得谦逊低调，要以首相的身份宣布你的每一个判决，那个身份等级是仅次于公爵的。在你还没被立为君主，未处于绝对安全的位置时，你都要这么做。人们发现你是女儿身的可能性应该是非常小的，不过在这残酷的世界上，尽量采取一些措施防患未然是非常明智的。”

“噢，父亲，我用一生的时间去说谎，就是为了达到这个目的吗？我怎么能把本属于我那与我素无恩怨的表妹的权利骗到我的手里呢？父亲，不要让我做这样的事情，不要让你的女儿做这样的事情啊！”

反问

此处一连两个反问句表现了女儿康拉德不愿意像父亲那样欺骗人民，可见她是个善良、纯真的女孩。

“我为了你能有一个大好前程煞费苦心，难道你就是这么报答我的恩情的？”

“岂有此理，真是大胆！我为了你能有一个大好前程煞费苦心，难道你就是这么报答我的恩情的？我对我死去的父亲发誓，你这么爱哭鼻子，一点都不像我。你现在就去找公爵，注意，一定要按照我的意思去办！”

他们的谈话我就不做更多的叙述了。我们仅凭这些就能推知，那位好心肠的姑娘再怎么乞求、倾诉、痛哭，还是不能改变什么。就算把所有能想到的办法都用上，也不能让顽固的克鲁根斯泰恩老勋爵打消他的念头。最终，女儿怀着低落的心情，看着身后的城堡大门慢慢地关上。她乘上车，由一批精神抖擞、全副武装的家丁围绕着，由一群英勇无畏的仆人跟随着，消失在了黑暗之中。

等女儿离开后，老男爵有好一阵只是静静地坐着，一句话也不说，之后他转过头来，对他那忐忑不安的老伴儿说道：

设置悬念

此处描述老勋爵派人去实施一个恶毒的计划，到底是什么样的计划呢？这里设置悬念吸引读者注意。

“看起来我们的事情进展得不错，夫人。自打我派那位聪明、俊俏的德茨因伯爵去我侄女康斯坦丝那里实施那个恶毒的计划时起到现在，已经有三个月之久了。倘若他没能成功，那我们还没法把胜利牢牢握在手中。可倘若他成功了，那么就算我们的女儿没有那么好的运气当上男公爵，那她也能无可争议地当上女公爵。”

“一些不吉利的念头总是浮现在我脑子里。但愿我们能大功告成。”

“得了，你这个女人真是的！猫头鹰想怎么叫就怎么叫吧！我建议你去睡觉，并梦到我们成为勃兰登堡的拥有者，享有那至高无上的权利！

暗喻

此处将猫头鹰的叫声暗喻为不吉利的征兆，表现了老勋爵夫人对女儿将要做的事很不放心，但勋爵却不以为然。

第二章　庆祝与哭泣

六天之后，光彩夺目的勃兰登堡公国首都在军人举办的隆重庆典中熠熠生辉，在忠诚子民的欢呼声中变得热闹极了。之所以会这样，是因为年轻的康拉德——爵位的继承者——来到了这里。老公爵十分开心，因为康拉德相貌堂堂，一举一动落落大方，很快就博得了他的喜爱。宫廷大厅里满是王公贵胄，他们热烈欢迎康拉德的到来。这一切看起来是那么幸福、美好，这让他觉得自己心中的担忧和害怕正慢慢减少，喜悦和满足正慢慢增多。

然而，在宫院一角的一间屋子里，正上演着与此截然不同的一幕。公爵的独生女康斯坦丝正站在窗口处，她那双早已哭红的眼睛依然泪水涟涟。她一个人站在那里。不一会儿，她又哭了起来，同时喊道：

“那个混蛋德茨因离开了公国，他逃跑了！我一开始还不相信，但这的确是事实，唉！想当初我是那样爱他，而且不顾一切地爱他，虽然我知道我的父亲无论如何都不会同意我和他在一起的。那个时候我爱他，而现在我恨他，恨他到骨子里！噢，我将来会落到什么样的田地？我完蛋了，完蛋了！我要精神崩溃了！”

语言描写

此处是康斯坦丝公主的语言描写，照应了前文中描述的德茨因去实施一个恶毒的计划，可见他的计划成功了，令公主不再冰清玉洁，失去了继承爵位的资格。

第三章　横生枝节

几个月的时间一转眼就过去了。举国之内，无人不赞扬年纪轻轻的康拉德是个治国良才，称颂他做出的决断是何等仁慈，他的判断是何等准确，他在担当大任时又表现得何等谦逊。没过多久老公爵就把所有的事务都交由他处理，自己则面带得意之色，心满意足地坐在一旁，看着他的接班人在首相的座位上把王室下达的旨意传下去。按常理来说，一个像康拉德这样深受国民尊敬、

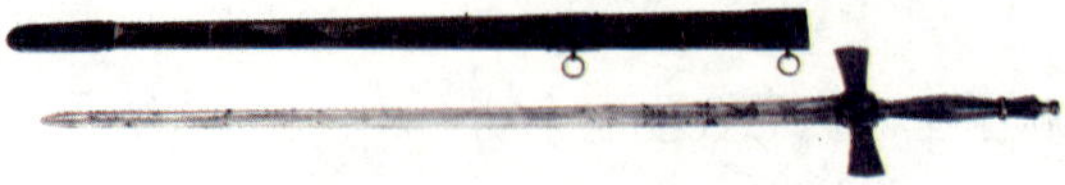

图为中世纪骑士的佩剑。

颂赞和喜爱的人是一定会有幸福感的。不过，奇怪的是，她一点儿也不开心。因为她震惊地发现，康斯坦丝公主已经爱上他了。对他而言，其他人的爱会让他高兴，而公主的爱却会让他陷入险境。他还发现公爵也看出了女儿的心事，并且开始琢磨起这桩婚事来。起初，公主一直愁眉不展，可慢慢地，她脸上的痛苦减少了。她的目光里逐渐有了热情和期待。到了后来，她那张郁郁寡欢的脸上时而还会露出一丝笑容。

神态描写

此处是对康斯坦丝公主的神态描写，从她的神态变化可以看出，她爱上了康拉德。

康拉德被吓得战战兢兢。当初他初来乍到，对这里的人和事都感到陌生，以致心生烦躁，渴盼着能够获得只有女人能理解和给予的那种安慰。想到这里，康拉德开始痛骂自己不该只凭自己的本性行事，想要和与自己性别相同的人建立关系。他开始疏远他的表妹。不过，这样做只会让事情向更坏的方向发展，因为他越是疏远她，她就越想方设法遇见他，这也是非常自然的事情。一开始，他对这种情况有些琢磨不透，但过了一段时间就害怕起来。表妹是在粘着他，追求他。不论何时，不论何地，不管是在白天还是在夜晚，她常常会偶然遇到他。她似乎特别焦急，也特别热切。她必定在哪一方面有着别人无法揣测到的心事。

一定要阻止这样的情况继续发展才行。大家都在背地里谈论此事。公爵看上去即困惑又尴尬。慢慢地，不幸的康拉德被担忧和痛苦折磨得像个鬼魂一样。有一天，他正从挨着画廊的那个私人房间里向外走，这时康斯坦丝朝他迎面走来，随即用力把他的双手握住，满怀热情，用颤抖的声音说道：

比喻

此处描写不幸的康拉德被担忧和痛苦折磨着，将他比作鬼魂一样，可见他的痛苦之深。

“噢，你怎么总是躲避我呢？是不是我做了什么事，说了什么话，导致你轻视我了？因为如果我没有犯错的话，你肯定不会这样对我的。康拉德，不要轻视我，这颗受了伤的心需要你的怜悯。我无法，再也无法把一直想对你说的话埋在心中，不然的话我会被它们逼疯的。康拉德，我爱你！倘若你一定要轻视我，那就随你吧，可我还是要把心里话讲给你听！”

康拉德一句话也没有说。康斯坦丝迟疑了片刻，她误以为他的沉默代表着默许，于是眼中开始闪烁激动的光芒，伸出胳膊一把将他的脖子抱住，说道：

“你动心了！你动心了！你愿意爱我，你会爱我的！噢，我的亲人，我的英雄康拉德，告诉我，你保证你会爱我！”

康拉德开始呻吟。他面无血色，像一颗山杨树似的颤抖个不停。过了一小会儿，他绝望地把那个可怜的女孩子推倒在地上，高声喊道：

“你根本不知道你在干什么！我是绝对不会答应的！”

说完之后，康拉德像个罪人一样逃之夭夭。公主一个人留在那里，吓得愣住了神。过了一阵，她开始抽抽搭搭。康拉德此时也在自己房间里抽抽搭搭。他们都感到绝望，都预感到自己要毁了。

不久之后，康斯坦丝慢慢站起身来，离开了，口中说道：

“我觉得我的爱正软化着他那颗坚硬的心，而他居然会把我的爱看得一文不值，想不到竟会有这样的事情。他太可恨了！他瞧不起我！这样的事情他居然都能干得出——他像踹一条狗那样把我踹开了！”

感叹句

此处是康斯坦丝公主的语言，从她一连三个感叹句可以看出她被拒绝后的愤怒，同时为下文故事发展做铺垫。

“你根本不知道你在干什么！我是绝对不会答应的！”

第四章 惊人的消息

对比

此处用对比的方式表现了宫廷周围的议论声越来越多，越来越广，为下文故事发展埋下伏笔。

时间一天天地过去。难解的忧愁再一次浮现在了那位心地纯善的公主的脸上。现在，她和康拉德已经不再来往了。这让公爵愁烦不已。不过，几个礼拜之后，康拉德的脸上又有了神采，他的眼睛变得像过去那样明亮，他凭借敏锐的观察力和逐渐增长的才智处理国家大事。

不久之后，宫廷周围开始有人议论纷纷。议论的声调一天比一天高，范围一天比一天广。它和都市里的风言风语混在了一起，传得到处都是。大家都在窃窃私语：

“康斯坦丝公主有孩子了！”

讽刺

“康斯坦丝公主有孩子”这件事并不是光彩的，可是老勋爵却为此庆祝，讽刺了当时的贵族为了权利而不择手段。

克鲁根斯泰恩在得知这个消息后把那顶以羽毛做配饰的头盔摇了三摇，高呼道：

“康拉德公爵万寿无疆！看啊，从今天开始，他的爵位已经没人可以撼动了。德茨因把事情办得很好，这个很有办事能力的无赖应该受到奖赏。”

就这样，他把这条消息散播开来。在四十八小时之后，老勋爵领地上的人全都又唱又跳，饮酒吃肉，披红戴绿，为这件有轰动效应的事情做庆祝。克鲁根斯泰恩老勋爵的破费之举让他们心里美滋滋的。

第五章 祸从天降

案件开审在即。勃兰登堡的男爵和贵族们全都聚集在了宫里的法庭上。观众席上密密麻麻坐满了人。康拉德穿着一身紫色貂皮礼服，在首相的位置上坐了下来。公国里的法官大人们在他两旁分列而坐。老公爵下达了严格的命令，在审讯他女儿时绝不可徇私枉法。他悲痛至极，回去休息去了。他已经活不了太长时间了。为了让自己避免在审讯过程中经受痛苦，可怜的康拉德曾经极力请求，不要让他，而是换其他人审讯自己的表妹。可是，他的请求没有起到任何作用。

图为古代羽盔，头盔上的羽毛不仅可以起到装饰作用，而且可以表明其尊贵的地位。

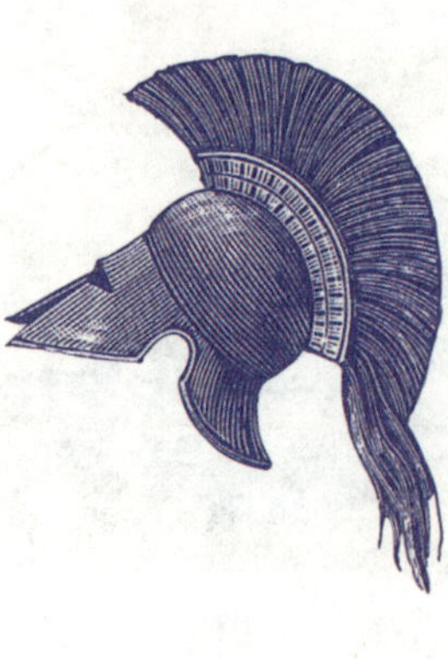

在聚集于此的所有人中，康拉德似乎最难过的那一个，而他的父亲却是最高兴的一个。老克鲁根斯泰恩勋爵并没有告诉自己的女儿“康拉德”他也来了。他待在一大帮贵族之中，为自己那一脉的兴盛沾沾自喜。

图为欧洲早期的法庭，有负责审判的法官，宗教的神职人员和前来的民众。虽然是法庭，但机构的权利却掌握在有权势的人手中，因而为了自身利益所产生的误判和错判也很多。

司礼官宣布审讯正式开始。随后，其他准备工作也都一个接一个地完成了。庄严的大法官说道：

“站起来吧，犯人！”

可怜的公主站了起来，站在众人面前，脸上甚至都没有戴面纱。大法官继续说道：

“最高贵的女士，有人向本公国各位尊敬的法官指控并证明，您因为神圣的结合生下了一个孩子。按照我国那订立已久的律法，这是死罪。不过，假如我们尊敬的代理公爵康拉德大人一会儿肯在他公正的宣判中宽宥您，那您就可以免于死刑。因此，希望您能仔细听着。”

康拉德十分不自愿地举起他的权杖。但就在此时，面对着已被定罪的犯人，她那颗女人心完全被同情所占据，眼泪不禁夺眶而出。他正准备开口讲话，却被大法官止住了。

“大人，不能在那个位置宣判，不能在那个位置宣判啊！但凡对公爵家族成员的宣判，都要在公爵宝座上进行，不然审判程序就不合乎法律。”大法官提醒道。

可怜的康拉德心里哆嗦了一下。与此同时，他那年迈的父亲也颤抖起来。康拉德还没正式加冕过，他有胆量坐在那宝座上，亵渎它的权威吗？他举棋不定，吓得脸色惨白。可是，他必须坐上那个位置。大家已经把惊异的目光转移到了他的身上。倘若他继续迟疑不决，就会招致怀疑。他坐到了公爵宝座上，随即举起权杖，说道：

“罪人，我以神圣不可侵犯的乌尔里希勋爵暨勃兰登堡公爵之名，履行他交予我的无上职责。你要仔细听我说的每一句话。按照我国律法，如果你不供出你的同伙，并把他交给处刑人，那么等待着你的就是死刑。快抓住这个机会自救吧！告诉我，谁是你孩子的父亲！”

整个法庭都被那种沉郁的安静笼罩着。周围鸦雀无声，人们甚至能够听到自己的心跳。康斯坦丝公主慢慢地转向康拉德，双眼充满恨意，伸出手指着他说道：

> **渲染**
>
> 此处描写了法庭上沉郁的安静，静得能听见自己的心跳，渲染了紧张的氛围，为下文故事发展做铺垫

“你就是孩子的父亲！”

那个指控让所有人都惊讶万分，造成了无法挽回的危险局面，像是阴冷的死神一样让康拉德浑身发凉。什么也救不了他了！想

“你就是孩子的父亲！”

要证明自己的是无辜的，她就得把自己的真实性别公布于众，但一个女人如果没有履行加冕仪式就坐在公爵宝座上，那就是犯了死罪。他和他那心如铁石的父亲几乎在同一瞬间昏了过去。

* * *

权杖是王权发出命令的象征，也提醒统治者正义的重要性。在中世纪，权杖和王冠都是王室的两种主要象征物。

这篇情节曲折、扣人心弦的故事的结局，大家不会再这本书里看到，也不会在将来出版的其他书里看到。

说实话，我已经让男（或女）主人公置身于一种极不常见的险境中，可我却不知道怎么样才能让他转危为安。鉴于以上原因，我只能让这个故事就此结束，干脆让主人公自己想出能够化险为夷的最有效的办法，不然的话就让他继续呆在那里吧！起初我觉得想要摆脱那个困境绝非难事，可如今看来我当时想得太简单了。

约作于一八六八年

神秘的拜访

最近一段时间，我“定居”在这里，第一次注意到我的一位以“估税员”自称、在“美国国家税务局”上班的绅士。我告诉他说，尽管我过去没有听说过他所从事的职业，但依然很高兴与他见面。我请他坐下，他便坐了下来。我实在想不出该和他聊些什么。不过我想到，既然我已经有了家庭和事业，有了身份和地位，那么我在接待访客时就得表现得十分亲切，就得能说会道。就这样，因为一时想不到别的话题，我便问他是不是在附近开了一家店。

引号　此处的三组引号均表示着重指出，吸引读者的注意，为下文故事发展做铺垫。

他说是这样。（我不想让自己看上去什么都不了解，但我希望他能告诉我他都卖哪些货品。）

我试着问道：“生意还好吧？”

他答道：“还算凑合吧。”

然后我对他说，我们会登门拜访的，倘若也和其他人一样觉得他那家店铺不错，那么我们会照顾他的生意的。

他说他认为我们会很喜欢他那里的，以后还会专门去光顾，又说哪怕只和他交往过一次的人都未曾抛弃过他，去找另外一个干这档子生意的人。

伏笔　此处描述了这个人的生意很受欢迎，却不说是个什么样的生意，令读者产生好奇。

这句话里好像有自卖自夸的成分，不过，这个人看起来倒是个非常诚实的人，尽管言语之间显现出了大家都有的那种不经意间流露出的俗气。

我也不知道到底是为什么，我们之间的谈话氛围好像变得越来越好，彼此有相同的见解，之后的一切都发展得那样自然，那样舒心。

我们不停地聊（至少我是这样），我们不断地笑（至少他是这样）。不过，我一直都保持着理性。我那发自本能的警觉性被调到了“最高点”——正如工程师经常说的那样。不论他怎样闪烁其词地回应我的话，我总会鼓足干劲，想要把他所从事的行业问得清清楚楚。我决意要引他把他所做的行业吐露给我，同时还要避免让他怀疑我的用心。我打算在他身上用一些绝妙的伎俩，无论如何都要让他上套。我准备巨细无遗地把我做的事讲给他。如此一来，他就会不知不觉间被我的坦怀相待所打动，然后不由

心理描写　此处描写了“我”的心理活动，为了知道对方的行业而准备采用一些伎俩，想让他上套。

这是马克·吐温位于康涅狄格州的寓所，他在这里走完了人生最后一段时光。他一生经历了美国从自由资本主义到帝国主义的发展过程，其思想和创作也表现为从轻快调笑——辛辣讽刺——悲观厌世的发展阶段。

自主地向我敞开心扉，在还没有对我起疑心的时候就把自己的事情和盘托出。我心说，你个晚辈后生，你怎么也不会想到，你面对的是一个何等有心计的老家伙啊。我对他说：

“嘿，您怎么也不会猜到，在上个春天和这个冬天仅演讲这一项工作带给了我多少收入。”

“猜不出来，实在是猜不出来啊！让我再琢磨琢磨，再琢磨琢磨。可能，可能是两千美元？不对，不对啊，先生，我认为您没办法赚那么多。我估计，大概有一千七百美元。是不是？”

“嘿嘿，我早料到您猜不出来！我在上个春天和这个冬天靠演讲赚了一万四千七百五十美元。您觉得这笔数字怎么样？”

“噢，这笔数字真是太让人震惊了，太让人震惊了！我必须把它记下来才行。您的意思是，您的收入不止这些，是吗？”

“我的收入？哎呀，您看您，除此之外，还有《每日心声》在过去四个月给我的报酬，大概有——大概有——噢，大概有八千美元。您认为这笔数字还可以吗？”

“啊！你问我还可以吗？说实话，要是我也能过上这么富足的日子就好了。八千美元啊！我得把这个数字记下来。噢，先生，您是说，除了这些，您还有别的收入？”

“哈哈！哈哈！您啊，这只是大家常说的九牛一毛罢了。另外，我的书《忠厚之人在国外》每本最低售价是三点五美元，最高售价能达到五美元，具体售价按照装订样式来定。您听我接着说，用不着害怕。仅这四个月以来，还不算之前的销售量，仅最近四个月，那本书的销量就达到了九万五千本。那可是九万五千本啊！您想一想，如果每本就按四美元来算，那总的销售额也接近四十万美元。朋友啊，我应该拿到其中的二十万。”

列数字

此处列举的数字是拜访者从“我”这里获得的收入数目，从他记录数目可以反映出，他应该别有目的，但此时说大话的“我”并未发觉。

“老天爷啊！我得把这笔数目也记下来。一万四千七百五，加上八千，加上二十万，我来看看总数，上帝啊，真大大出乎我的意料，总共有二十一万三千多美元呢。这可能吗？”

“是的，很有可能。假如算得有差错，那也是算少了。二十一万四千美元，那正是我今年赚到的钱，倘若我知道该怎么算账的话。”

接着，那位先生站起身来与我道别。当我想到我刚才把自己的收入状况告诉给了一个陌生人，自己却一无所获，而且在看到他惊讶的表情时得意洋洋，夸大了自己的收入数目时，我的心情一点也不舒畅。不过，那位先生并没有立刻离开，他在临走前把一个大号信封递到了我手中，告诉我里面有他的自我介绍，说他的业务的详细情况都写在了上面；说为有我这样一个收入不菲的主顾而感到自豪，并且欢迎我去他那里转转；说他过去总觉得市里有好些大富翁，然而等那些人和他做买卖时，却发现他们的那一点点钱只够他养活自己的；又说他好不容易挨了这么多年，终于亲眼看见我这样一个大财主。并且和我说了话，握了我的手，最后还不由自主地想给我一个拥抱——说心里话，要是我愿意接受他的拥抱，那他觉得这是在往他脸上贴金。

听到他这番话，我心里美极了。因此，我没有再推辞，让这个陌生却又真诚的访客伸出胳膊拥抱了我，任他在我脖子上滴了几滴能够让人平静下来的眼泪。之后，他便告辞了。

他刚一离开，我就把他那份自我介绍打开了。我研究了足足有四分钟之久，然后把我的厨师叫了进来，说道："快搀住我，我快要昏倒了！至于翻烤饼的活，就让玛丽去做吧。"

人物描写

此处是对"我"的行为和语言描写，突出了那份自我介绍带来的震惊，几乎要令人昏倒了。

过了一阵，我恢复了意识，随即吩咐人去了路旁转弯处的小酒馆，花钱请了一个专家，让他在一个礼拜之内整夜照看我，还要诅咒那个陌生的访客。我要是在白天骂累了，就让他替我骂。

"八千美元啊！我得把这个数字记下来。"

“快搀住我，我快要昏倒了！至于翻烤饼的活，就让玛丽去做吧。”

破折号

此处的破折号表示解释说明，是对这份报税单内容的说明。

噢，他真是个混蛋家伙！他那份“自我介绍”只是一份可恶的报税单——上面全是一些让人摸不着头脑的问题，问的都是有关我个人的事情，密密麻麻地铺满了四大页。我不妨在这里告诉大家，那些问题问得真是巧妙无比，就算是最善于处理世俗事务的人也无法弄明白它们的真正用意。

更何况，那些问题都被用心设计过，这样是为了让一个人在报税时不仅没有任何造假的余地，而且还会报上三倍于真实收入的一笔数额。我想方设法寻找可钻的漏洞，但是居然连一个漏洞都找不出来。第一个问题已经轻轻松松把我的所有收入来源都覆盖了，就像一把大伞罩住了一只小蚂蚁一样。

在整个去年，你在你所到之处做过的每笔买卖和每份工作中所得到的收入的总额是多少？

另外，还有十三道同样让人头疼的小题被附在了这个问题的下方，里面有一道题是以极其委婉的方式提出的，我要在这里把它呈现给大家：在以往，我是否做过夜间盗窃、打劫路人、放火抢劫等非法勾当，并借此用不正当的手段谋取利益，收购产业，但还未在收入报表中第一个问题的下方被一一列出。

那个陌生人就是在给我设圈套，这是再明显不过的事情了。想到这里，我跑了出去，雇用了另外一个内行人。而后我才明白，我之所以会把我的收入说成二十一万四千美元，是因为我的虚荣心被那个陌生人挑了起来。依照法律，这笔收入中仅有一千美元是不用上缴所得税的——这是我唯一的安慰，可是这一点钱就像汪洋中的几滴海水那样微不足道。按照规定，所得税为收入的百分之五，所以我得向政府上缴多达一万零六百五十美元的所得税！

照应前文

此处是照应前文内容，原本“我”要让那陌生人上套，没想到自己反而被他设了圈套。

（我在这里向大家说明一下，我后来并没有上缴这笔所得税。）

我有一个特别有钱的朋友，他的房子像是宫殿一般，他在餐桌上吃饭时就像是一个国王在用膳，他的开销非常大，可是我却从他的报税单上注意到他竟然没有任何收入。我实在想不出自救的法子，便去找他帮忙。他把我那五花八门、数目巨大收入凭证接了过去，戴上眼镜，拿起笔来，片刻之后就让我成了个不名一文的穷人。他把这件事办得特别利索。他只是非常聪明地伪造了一份“应扣减项目清单”。他把我要上缴给市政府、州政府，还有联邦政府的税分门别类地做了登记。另外，还把我在“沉船”，“失火”“变卖土地和房产”“出卖牲畜”时所受的损失，和“房屋和土地的租金”，以及“维修费、装修费、到期应付利息”，还有“过去在美国陆军、海军、税务部门工作时从薪资中扣去的所得税”等等一一做了登记。针对以上每种情况所列出的项目，他都登记为数目巨大的“应减除数额”。登记完之后，他把那张清单给了我，我随即看到，在这一整年中，我的净收入已经减少到了一千二百五十点四美元。他说道：

铺垫

此处描述了这个朋友的生活状况，表现了他的奢华生活，但他的报税单上却没有任何收入，为下文故事发展做铺垫。

“根据法律，收入不超过一千美元是要免税的。如此一来，你只要拿

图为美国富人的家庭起居室，可以看出有精美的窗帘、吊灯和桌椅等物品。

着这份清单去宣誓，保证上面所列项目的真实性，之后为剩下的二百五十美元缴纳所得税就可以了。”

插入叙述

此处括号中的文字表示插入叙述，表现了威利小朋友像他父亲一样的狡猾，同时衬托了“我”之前夸大收入是愚蠢行为。

（就在他说这番话时，他最小的儿子威利悄悄从他汗衫的衣兜里拿出两美元的钞票，然后拔腿跑开了。我敢说，倘若我那位陌生人明天来和这个小孩子谈话，那他肯定不会如实交代他应上缴税费。）

“先生，您是否，”我问道，“您是否也是这么填写‘应减除数额’的啊？”

“我得说是这样。如果没有‘应减除数额’这一项下面那十一条附加项，那我每年就得去乞讨了，然后把乞讨所得的钱上缴给这个可恶的、贪得无厌的、自以为是的政府啊！”

要说在本市最有影响力的人士之中，在那些德高望重、做事规矩、颇有商业信誉的人士之中，最有社会地位的就是这位先生了，所以我恭恭敬敬地接受了他的建议，按照他所说的行事。我去税务局办理这件事情，我站起身来，不停地说瞎话、不停地蒙骗、不停地扯皮，与此同时，之前那个访客一直盯着我看，目光里充

“就在他说这番话时，他最小的儿子威利悄悄从他汗衫的衣兜里拿出两美元的钞票，然后拔腿跑开了。”

满了谴责。到了后来，当伪证罪的罪名已经印在了我的内心深处时，我的尊严感也不复存在了。

可是，这根本算不上什么。每年美国有许许多多最有钱、最骄傲、最有派头、最被人尊敬、最受人讨好的人都在使用这种伎俩。因此，对这些我一点都不在意，也没有任何羞耻感。从今往后，我得管住自己的嘴，少说话，处处谨慎，不然的话，我也难免会养成一些有危险的恶习。

作于一八七零年

美元是美国的官方货币，其在1792年美国铸币法案通过后出现。图为美元硬币。

我的好词好句

⊙自卖自夸　闪烁其词　巨细无遗　摸不着头脑　巧妙无比　微不足道　不名一文　贪得无厌　德高望重

⊙我心说，你个晚辈后生，你怎么也不会想到，你面对的是一个何等有心计的老家伙啊。

⊙第一个问题已经轻轻松松把我的所有收入来源都覆盖了，就像一把大伞罩住了一只小蚂蚁一样。

⊙这是我唯一的安慰，可是这一点钱就像汪洋中的几滴海水那样微不足道。

⊙每年美国有许许多多最有钱、最骄傲、最有派头、最被人尊敬、最受人讨好的人都在使用这种伎俩。

一则真人真事

（详实地叙述了我亲耳听到的事情）

外貌描写

此处描写了女佣雷切尔大妈的外貌特点，令读者觉得真实可感。

“她会发出阵阵笑声，之后坐下来，把脸用双手捧着，笑得浑身上下直哆嗦。”

在夏日里的一个黄昏，我们所有人都坐在山顶上那座农舍的阳台上，唯独“蕾切尔大妈”固执地守着老规矩，坐在比我们的座位低一层的台阶上。她是我们的女佣人，同时也是个黑人。她个子很高，长得又粗又壮，尽管已是六十岁高龄，但视力依然很好，体力也依旧很充沛。她是个快乐的女人，而且有一副热心肠。你能轻而易举地把她逗得哈哈大笑，比你逗一只小鸟叫几声还轻松。每当这时，一天的事情都忙完了，她就要面对炮火的考验了。我是说，她会面对人们那些毫不留情的玩笑话，可她却为此颇感骄傲。她会发出阵阵笑声，之后坐下来，把脸用双手捧着，笑得浑身上下直哆嗦，说话时气都喘不上来。一遇到这样的时候，一个问题就会在我脑海中闪过。我问她：

“蕾切尔大妈，你活了六十个年头，却从未遇到过任何烦心

事，这是为什么呢？”

她不再哆嗦了，止住了笑声。沉默了片刻之后，她把头转向我，非常严肃地说道：

“你这样问我，没有开玩笑的意思吧，C先生？”

她这么说让我很吃惊，也让我的态度和语气看起来认真了许多。我说道：

“噢，我是说，我是想问——噢，你怎么可能会遇到烦心事呢？我从未听到你叹息过，也从未看到你的目光中流露出过哀愁。”

图为解放了的黑人妇女，她手拿书本，打扮得很时髦，和白人一样可以接受教育，到工厂做工。

这个时候，她扭转过脸，面向我，神态非常庄重。

“我是否遇到过烦心事？C先生，我现在就给你讲一讲，之后你自己去思考吧。我生来就是个奴隶，和一群奴隶生活在一起，所以奴隶经历过的生活我都经历过。先生，还有，我的老伴儿，也就是我的男人，他心疼我，爱惜我，正如你对待你妻子那样。我们有七个孩子，我们爱他们，正如你爱你的孩子那样。他们都是黑人，不过，即便上帝让他们长得再黑，做母亲的还是会爱他们，不忍心离开他们，一点也不忍心啊。

“另外，先生，我小时候生活在弗吉尼亚州，而我的母亲小时候则生活在马里兰州。噢，如果你哪天把她惹烦了，那她爆发起来会很吓人的啊！上帝啊，她会让你不得安宁的！只要一发脾气，她就会习惯性地说那句话。她每次都会挺起身子，攥紧拳头叉在腰间，对你说：‘你们给我听好了，我可不是在下贱的地方出生的，可不能受你们这些蠢货的气。我是一个老兰母鸡的幼崽，这是毫无疑问的！’看啊，一个在马里兰出生的人原来就是那样称呼自己的，而且还为此感到骄傲。谁说不是呢，那是她的原话，我永远都会记得，因为她常常说那句话，因为有一天小亨利把手腕摔伤了，把额头碰破了，而那些黑人中没有一个肯来照顾他，她便又说了这句话。当他们和她辩论时，她被激怒了，说：‘你们给我留点儿神！’她说：‘你们这帮黑人给我听好了，我可不是在那种下贱的地方出生的，可不能受你们这些蠢货的气。我是一个老兰母鸡的幼崽，这是毫无疑问的！’说完之后，她把厨房打扫了一下，又把孩子的伤口包扎上了。因此，一旦我被惹怒了，我也会像她那样说那几句话。

引用

此处是雷切尔引用自己母亲说过的那句话，表现了这句话在她的记忆中占有重要地位，同时为后文的故事发展做铺垫。

“又过了一段时间，我当时的女主人告诉我们她破产了，所以不得不把她拥有的黑人全都卖掉。当我听说她把拍卖我们的地

图为买卖黑奴的场景。黑人地位低下，特别是在美国南方。图中的黑人母子被迫分离，这些景象在黑奴市场上经常发生。

点选在了里士满时，我就知道大事不妙！”

蕾切尔大妈越说越激动，身板挺得也越来越直。此刻，她已经高高地站立在我们眼前。在星光的照耀下，她的影子投在了地面上。

“他们用锁链把我们拴住，让我站在一个台子上。那个台子的高度和这个阳台差不多，大概有二十英尺。一大群人围着它站着，黑压压的。他们走到台子上，命令我们站起来走一圈，有的说：‘这个年纪太大了。’有的说：‘这个是瘸子。’有的说：‘这个不中用了。’他们先是卖掉我的老伴儿，将他领走了，接着又卖掉我的孩子，把他们也领走了。我听到有一个人说：‘把你那张呜嗷喊叫的臭嘴给闭上！’说完之后，他给了我一巴掌。到后来，除了我的小亨利外，所有人都被卖掉了。我于是紧紧地抱着他，把身子挺直，对他们说：‘你们不可以领走他！要是谁敢动他一根毫毛，我就要了他的命！’然而，我的小亨利却小声对我说：‘我会逃走，然后找一份工作，赚钱把你给赎出来。’噢，上帝啊，可怜可怜这孩子吧，他总是有一副好心肠。但他们还是把他抓住了，还是把他抓住了，那些人把他抓住了。我紧紧拽住他们的衣服，把衣服撕得一条条的，还用锁链往他们头上砸。他们也打了我一顿，但我不在乎那些。

伏笔

此处描述了雷切尔与家人们已经分别了22年，七个孩子中有六个没有再见到过，极力谴责了当时社会上买卖黑奴的现象，同时为下文埋下伏笔，有一个孩子是见到的，会是谁呢？

“就这样，我的老伴儿以及我的七个孩子全被领走了。那可是我所有的孩子啊，其中有六个我到现在都没有再见到过。到上一个复活节，算下来已经有二十二年了。我的买主居住在辛博恩，因此他带我去了那里。几年之后，战争爆发了。我的主人在南方军队里任上校，我是他家的厨师。到后来，当北方军队攻下了那座城市之后，他们就一块儿逃到了其他地方，把我和另外几个黑人扔在了那所空空荡荡的大宅子里。再后来，那些北方军队的军官住进了那所房子，还问我是否愿意接受为他们做饭这份工作。我告诉他们说：‘上帝啊，我一直在干这个。’

“要知道，他们可都是一些大军官，一些级别最高的军官。他们总是给士兵下这样那样的命令。那位将军把厨房交由我管理，他说：‘要是有人欺负你，你就把他赶跑。你不用担心，现在和你在一起的都是你的朋友。’

“我心里琢磨，要是我的小亨利能成功地逃走的话，那他一定会去北方。于是，一天，我走进客厅，见到那些军官，向他们躬身施礼，起身之后就把亨利的事情讲给了他们。他们很有耐心地听我诉苦，完全把我当成白人。我对他们说：‘我来请求各位先生帮忙的原因是，你们是打北方来的，所以假如他逃到了北方，那你们可能见过他，能告诉我如何才能再次找到他。他个头不高，左手手腕上和额头上各有一道伤疤。’听完我这番话，他们全都替我难过。那位将军说：‘你们有多长时间没有见过面了？’我答道：‘十三年没由见过面了。’将军说道：‘那么他现在已经长大成人了，个头肯定也变高了。’

外貌描写

这一句是对亨利的外貌描写，是雷切尔寻找儿子的依据，为下文故事做了铺垫。

“在那之前，我从未想过这些，我依然认为他还是那么小呢。我从未想过他会慢慢长大，成为一个大人啊。不过，现在我知道了。那几位军官都没有见过他，因此都帮不上什么忙。在那段日子里，不知道他的情况的恐怕只有我了。实际上，我的亨利早已逃到了北方。这么多年以来，他一直在做理发师的行当，靠这份工作维持生活。战争爆发后，他激动起来，说：‘我不当理发师了，我要去找我的母亲，只要她还活着。’就这样，他卖掉了理发用具，去了招兵站。那个上校看中了他，雇他做了仆人。之后，为了寻找他的母亲，他走遍了那些打仗的地方。谁说不是呢！说实话，他为一个军官做一段时间仆人，再为另一个军官做一段时间仆人，说他要把整个南方找个遍。你看啊，我那个时候对这些事情一无所知。不过话又说回来，我的确是没办法知道啊。

行为描写

此处是对亨利寻找母亲的行为描写，表现了他找母亲的决心，突出了母子间的深厚感情。

“在一个傍晚，我们那里举办了一场很有规模的军人舞会——辛博恩那里的军队特别爱开舞会，一跳就没完没了。他们经常跑到我的厨房里跳，因为那里特别宽敞。我得跟你说，我特别讨厌这种事情，因为厨房是供军官使用的。看到那些普通士兵在那里跳来跳去，我可是烦透了。不过，我总是什么也不说，让他们一直跳完，这就是我。偶尔他们把我惹火了，我就让他们打扫厨房，我说什么就是什么。

“在一个礼拜五的晚上，来了一个排的士兵，他们隶属于黑人兵团，负责保卫这所宅子。你看啊，这所宅子就是指挥部。到后来，我也变得兴

图为美国内战中的军官和士兵们，可以看到有黑人士兵。

反复

连续出现两次的词语是反复的修辞，表达了雷切尔在回忆和讲述这件事情时的激动心情。

致高昂，我高兴极了！我转啊转，转啊转，就是想让他们带着我一起跳舞。他们飞快地旋转，跳个不停。噢，他们太快乐了！我只是转来转去，转来转去。不一会儿，一个穿得整整齐齐的黑人青年抱着一个小姑娘，迈着轻快的步伐跳到了这边来。如果你能看到他们，你肯定会陶醉于她们的舞姿当中。等他跳到我身旁的时候，他们像是在做平衡身体的动作，先用一条腿站着，之后又用另一条腿站着，而且面带笑容，看着我那条红色的头巾，跟我打趣。这可把我惹恼了，我对他们说：'给我滚远点儿，你们这些蠢家伙！'就在那一瞬间，那个年轻人的表情发生了变化，但很快他再次露出笑容，恢复了刚才的样子。就在这时，乐队里的几个演奏乐器的黑人走了过来，他们不管去什么地方都会故意做出一副高人一等的样子。那天晚上，他们正要在众人面前一显身手，我就故意找他们的茬。他们咧着嘴大笑，这把我惹怒了。还有几个黑人也笑了起来，我一下子来了劲头，真的发起脾气来！我双眼燃烧着怒火，将腰杆挺直——就像你现在看到的头使劲向上扬，都快要挨到天花板了——攥紧拳头叉在腰间，说：'你们给我听好了，我可不是在下贱的地方出生的，可不能受你们这些

“我话音刚落，那个年轻人一下子怔住了，眼睛瞪着，像是在看头顶的天花板。”

蠢货的气。我是一个老兰母鸡的幼崽，这是毫无疑问的！’我话音刚落，那个年轻人一下子怔住了，眼睛瞪着，像是在看头顶的天花板，又像是在回忆某件事情，一时又回忆不起来。接着，我像一个将军那样迈着大步走向那一群黑人，他们立刻躲到了外面。后来，我听到那个年轻人在出门时和他的一个黑人同伴说：‘吉姆，你先回长官那里吧，告诉他我明天八点钟再去上班。今晚我不回去了，因为我有点事情要办。我想一个人留在这里，你回去吧。’

在美国内战中，黑人起着很重要的作用，特别是林肯颁布《解放宣言》宣布解放黑奴，使很多黑人加入了北方军队，大大增强了北方的力量。图为马萨诸塞州第54黑人步兵团军乐队。

“那时大概是晚上一点钟。后来，到了七点钟左右，我起来为军官准备早餐。我走到火炉前，正准备像这样蹲下来——就把你的脚当成那个炉子吧，然后我像这样用右手把炉门打开，又像此刻推你的脚那样把它推了回去。就在我端起那盘热乎乎的小圆饼，正要站起来时，一张黑色的脸从下方凑了过来，那双眼睛盯着我的眼睛看，就像我现在把脸向上凑到你的眼前看你一样。我立刻僵住了，动也动弹不得！我目不转睛地看着他，手中的盘子也开始颤抖起来。我一下子全都明白了！盘子掉了下去，我一把将他的左手握住，像我现在撩你的袖子那样撩起了他的袖子，接着我又去检查他的额头，把他的头发往上这么一拨，然后失声喊道：‘天啊！我的孩子！假如你不是我的亨利，那你的手腕上怎么会有这样一道伤疤，额头上怎么会有这样一道伤疤呢？谢天谢地，我终于和我的亲人相聚了！’

“噢，C先生，我不能对你说我从来没有遇到过任何烦心事，或者从来没有遇到过任何开心事！”

双重否定句

这是本文的结尾句，用双重否定的句式表现了雷切尔经历过烦心的事和开心的事。

作于一八七四年

我的好词好句

⊙轻而易举　大事不妙　毫无疑问　目不转睛

⊙她是个快乐的女人，而且有一副热心肠。

⊙我话音刚落，那个年轻人一下子怔住了，眼睛瞪着，像是在看头顶的天花板，又像是在回忆某件事情，一时又回忆不起来。

我受到的一次采访

人物描写

此处描写了年轻人的性格特点和工作安排，令读者清晰明了。

我把我的椅子让给了那位活跃、兴奋、“办事利索”的年轻人。他坐下了，对我说他来自《美日风暴》报社，然后又说：

“但愿别打扰到您，我是专程来采访您的。”

“来做什么？”

“来采访您啊！”

“噢，原来是这样。好吧，好吧。嗯，这很好——这很好。”

那天早晨，我身体有些不适。我没说假话，我全身上下都好像不是很舒服。不过，我还是迈步走到了书橱那边，花了六七分钟时间在那里看了一下。我认为我现在非常有必要去问一问那个年轻人。我问道：

“您是如何拼写它的呢？”

“您是指什么啊？”

“我指的是采访。”

“哦，上帝啊！您为什么要拼写它呢？”

“我没打算拼写它，只是想弄明白它的意思。”

“噢，我得告诉您，这太奇怪了。我可以把它的意思告诉给您，要是您——要是您——”

“嗯，好，这就好，太谢谢您了！”

“C——ai，cai，f——ang——”

“哎呀，闹了半天您是用字母C来拼的啊！”

“是啊，当然是这样了！”

“噢，怪不得我用了那么长的工夫。”

“哦？尊敬的先生，那您觉得它应该怎么拼写才对呢？”

“噢，我——我——我不太清楚。我刚才拿着一本完整版的字典查了好一会儿，寄希望于能在后面的图画上找到它。不过非常遗憾，那个版本太旧了。”

“噢，亲爱的朋友，字典里怎么会有他的图画呢？就算是版本最新的字典……我尊敬的先生，

马克·吐温做过记者，因而对新闻界的内幕比较清楚。他的作品虽然没有深挖社会黑暗的罪恶渊薮，也没有探讨人生的深邃哲理，但只要仔细玩味，就能领悟其表面故事背后的深层寓意。图为其小说《我如何编辑农业报》中的插图。

我向您致歉，我一点儿冒犯您的意思都没有。不过，您看上去没有——没有——我之前设想的那样有头脑。我没有冒犯您的意思，一点儿都没有。”

侧面烘托

此处是采访者的语言描写，从侧面烘托出马克·吐温表面上的平易近人，看起来似乎没什么头脑。

“噢，您千万不要这么说！过去总是有人，还是那些不喜欢讨好别人的人，那些连讨好别人的想法都没有的人，都觉得我在这方面做得很棒。真的是这样，真的是这样啊！他们总是非常乐于说起这个。”

“这不难想象。不过，关于这次采访……不说您也清楚，对那些名声显赫的人做采访已经变成了一种潮流。”

“说实话，这样的事我从来都没有听说过。这一定很有意思。既然如此，您接下来要怎么做呢？”

“噢，这——这——这可太枯燥了。有些时候，这得用到一根大棒子。不过，按照习惯，采访者会先提问，然后受访者会回答问题。毕竟，现在这套做法非常流行嘛。为了能获知您人生经历中那些与众不同的东西——不管您那些经历是否已经被公布于众，我能向您提一些问题吗？”

“我刚才拿着一本完整版的字典查了好一会儿，寄希望于能在后面的图画上找到它。”

比喻

此处将记忆力的反应时间快的时候比作闪电，慢的时候似乎在耗时间，表现了马克·吐温对即将开始的采访抱有戏谑的态度。

“啊，我很愿意配合，很愿意配合。不过呢，我的记忆力特别不好，这一点请您不要介意。我是说，我的记忆力特别不稳定，而且我这种不稳定是特别不常见的。它有时反应迅速，快得像是闪电一般，有时却非常迟钝，慢得像是在耗时间。这种情况让我特别难过啊！”

“噢，不要紧。既然如此，那您就尽力而为吧。”

“会的，我一定会尽自己最大的努力来配合您的工作。”

“非常感谢。那我们就开始吧，您做好准备了吗？”

“做好准备了。”

问：“您多大年纪？”

答：“到今年六月份就满十九岁了。”

问：“说实话，我起初还以为您有三十五岁了。您的出生地在哪里呢？”

答：“我生在密苏里州。”

问：“您是何时开始从事写作的？”

答：“从一八三六年开始的。”

问：“哦？这不可能吧？您刚才说您还没满十九岁。”

答：“我也不清楚这是怎么一回事。似乎这件事有些疑点。”

问：“说的就是嘛！那在您遇到过的那些人里，哪一位在您心目中是最伟大的？”

答：“埃伦·贝尔。”

反问

此处是马克·吐温对采访者的反问，可见他在采访过程中故意制造悬疑，令采访者摸不着头脑。

问：“不过，既然您只有十九岁，那您怎么可能会遇到埃伦·贝尔……”

答：“哦，似乎我的经历您比我自己都了解。既然这样，您还有问我的必要吗？”

问：“噢，我只是顺带说了一句而已，绝无他意。说说您是怎么和贝尔相遇的吧？”

答：“这个啊，一天，我碰巧去参加贝尔的葬礼，他让我不要用那么大的声音说话，就这样……”

问：“但是，上帝啊！您说您是去参加他的葬礼，那他必定已经死了。他都死了，还怎么可能嫌您说话声音大呢？”

答：“这我就不得而知了。他是个特别爱挑毛病的人，一直都是。”

问：“但我还是摸不着头脑。您说他已经死了，又说他和您说话了。”

答：“我不记得我有说过他死了。”

问：“莫非他还活着不成？”

答：“看啊，有些人说他还活着，还有些人说他死了。”

问：“那您怎么看呢？”

答：“噢，这和我一点关系都没有啊！被下葬的人又不是我。”

问：“但是您——算啦，我们永远也不会把这件事情搞明白。我还是换一个问题吧。您是在那一天出生的？”

答：“我是在一六九三年十月三十一日礼拜一出生的。”

问：“您说什么？这怎么可能呢？如果按您说的，那您现在已经是一百八十岁的高龄了。对此您怎么解释呢？”

答：“我压根儿用不着解释。”

问：“但您刚才还十九岁，而现在却变成一百八十岁了。这是极其矛盾的。”

答：“是吗？这一点您已经觉察到了吗？（我们握了握手。）我时常觉得这里面似乎有矛盾之处，但每次又不敢确定。您的觉察力可真够强的啊！”

问：“您这么夸奖我，我得感谢您。您过去是否有，我是指，您现在是否还有兄弟姐妹呢？”

讽刺

前文中描述了马克·吐温故意制造的矛盾表述，此处赞扬采访者有很强的觉察力，实际上是在讽刺他。

“是吗？这一点您已经觉察到了吗？”

图为年轻时的马克·吐温。为了纪念在密西西比河上当水手和领航员的那段生活，他在从事写作后，选用了水手们常喊的一句话——“2 倍 6 英尺水深”（Mark Twain）作为他的笔名。

答：“噢，我——我——我觉得有。的确如此，但是我有些记不起来了。”

问：“啊，这是迄今为止我听到的最令人感到不可思议的话了！”

答：“什么？你为什么会这样认为呢？”

问：“我只能这么认为啊。看看这里吧！是谁的照片挂在了这面墙上？那不是您兄弟的照片吗？”

答：“噢，对，对，对啊！您可是给我提了个醒啊！他曾经的确是我兄弟。他叫威廉，过去我们都称他比尔。我那不幸的老比尔啊！”

问：“为什么这么说？难道他已经去世了吗？”

答：“啊！应该是的，我们无法确定。总之这件事非常古怪。”

问：“这太让人心痛了，太让人心痛了。既然这样，那他再也不会出现在人们的视线里了吧？”

答：“对，是这样的，按常理来说是这样的。我们已经埋葬了他。”

问：“已经埋葬了他！就算把他埋葬了，可还是不知道他是不是已经真的死了！”

答：“噢，不是这样的，不是像你说的那样！他已经彻彻底底地死了。”

问：“看，老实说，这件事情已经超出了我的理解范围。你说你们已经把他埋葬了，而且你们确定他已经死了……”

答：“不，不是这样的啊！那个时候，我们仅仅从主观上认为他已经死了。”

问：“噢，那我懂了。他是不是复活了？”

答：“我敢向你保证，他绝没有复活。”

问：“看，我还是头一次听说这样的事情，某人死了，然后被埋葬了，这有什么古怪的？”

答：“啊，问题就出现在这里，刚好就出现在这里啊！你看，我们——那位死者和我——是双胞胎兄弟。那时，我们只有两个礼拜大。一次，我们俩在浴缸里洗澡时混在了一起，分不清谁是谁了。当时我们中的一个溺水身亡，但我们搞不清究竟是哪一个被淹死了。有的人说是比尔淹死了，有的人说是我淹死了。”

补叙

此处补充叙述马克·吐温捏造的双胞胎兄弟溺亡的事件，真令人啼笑皆非。

问：“哎呀，这样的事情还真是罕见。那您认为是谁淹死了呢？”

答：“谁淹死了？上帝才晓得！我很想把事实查清楚。这件即特别稀奇又十分重大的事情，让我在一生之中都处于一片灰蒙蒙的阴影之中。不过，我现在要把一个一直都埋藏在我心里的秘密告诉给您——我们中有一个人左手背上长着一颗大疣子，这是个特殊标志。那个有疣子的人便是我，而我正是淹死了的那个孩子。”

影射

此处描写马克·吐温说自己是那个淹死了的孩子，但是家里却埋错了孩子，影射的是当时社会混乱颠倒的黑暗。

问：“好，好！但我还是想不到这件事的古怪之处！”

答：“您想不到吗？嘿，我可想到了。说穿了，我想不通他们为什么会那么愚蠢，居然埋错了孩子。然而，小声点……千万不要让我家里人听到这件事。就算他们不知道这件事，让他们忧愁的事情也是多如牛毛啊。”

问：“那好吧，我觉得我采访到的内容已经足够多了，谢谢您的倾力配合。不过，最让我感到好奇的依然是埃伦·贝尔的葬礼。您是否愿意跟我谈谈，您为什么觉得贝尔是一个杰出的人呢？”

答：“啊，那是件无足轻重的小事。如果有五十个人，那么这五十个人谁也不会把视线放在那件事情上。做完礼拜之后，我们准备前往墓地，死者此时已经被稳稳当当地放入了灵车。就在此时，他说他想看最后一眼外面的景色，然后就爬了出来，和车夫一块儿赶着马车离开了。”

照应前文

前文中描述马克·吐温否认埃伦·贝尔是死而复生，此处结尾却又描述了贝尔复活的情景，真是极大的讽刺了当时的社会黑暗本质。

采访完之后，那个年轻人恭恭敬敬地向我告辞。他是个特别惹人喜爱的朋友。他就这么离开了，我还真有些舍不得。

作于一八七五年

我的好词好句

⊙声名显赫　与众不同　尽力而为　不得而知　稳稳当当　恭恭敬敬　迄今为止

⊙它有时反应迅速，快得像是闪电一般，有时却非常迟钝，慢得像是在耗时间。

⊙这件即特别稀奇又十分重大的事情，让我在一生之中都处于一片灰蒙蒙的阴影之中。

⊙如果有五十个人，那么这五十个人谁也不会把视线放在那件事情上。

米克威廉斯夫妇和膜性喉炎

背景介绍

此处括号中的描述是对本文进行背景介绍，令读者清楚明白。

（本文作者在一次外出旅行的途中偶然遇到了一位谈吐十分幽默、名叫米克威廉斯的纽约绅士，以下内容便是这位绅士口述给作者的。）

看啊，我又离题万里了，只顾着跟您讲膜性喉炎——那可怖的绝症，是如何快速地在全城传播，把每一位做妈妈的吓得魂不附体。那么接下来我还是把话题拉回来吧。记得在那时，我让我夫人好好看管小佩妮洛普。我对她说：

伏笔

这句话是说结了婚的女人一般会先强词夺理地辩论一番，而不是采纳别人的建议，为下文故事的发展埋下伏笔。

“宝贝儿，要是换成我，我是绝不会允许这孩子咀嚼那根松树枝的。”

“亲爱的夫君，这没什么坏处吧？”她一边说，一边伸出手去，想要把那根松树枝抢下来。一般来说，女人如果不先强词夺理地辩论一番，那即便是最明智的建议摆在她眼前，她也不会采纳。我是指那些已经结了婚的女人。

我答道：

“宝贝儿，小孩子是不应该啃松树枝的，它没什么营养，这个道理人尽皆知啊！”

动作描写

此处是对夫人的动作描写，“缩回”和“放”表现了她生气的样子。

我的夫人这时缩回了那只准备夺下松树枝的手，放在了膝盖上。显而易见，她生气了。她对我说：

“聪明人，你心里比我更清楚。你明知那样做是错误的。连大夫都说，松木里含有松脂，这能够缓解腰背酸痛。”

“噢，那我冤枉你了。我不晓得孩子的腰和背有问题，我们的家庭医生以前推介过……”

“我有说过孩子的腰和背有问题吗？”

“宝贝儿，你刚才那番话的意思就是这样啊！”

“哎呀，你的想法可真够奇怪的！我压根儿就没这个意思。”

“噢，亲爱的太太，就在一分钟前，你还认为——”

“别再提我刚才说的话了！我一点儿也不在乎我说过什么话。要是孩子想啃松树枝，那让她啃一点也无妨。那样做并没有什么坏处，这你心里有数。另外，她啃它是理所当然的。理所当然，就是理所当然的！”

“宝贝儿，好了，不要再说了。你的话非常有道理，这一点我现在已经意识到了。我今天就去选购一些上等松木。我的孩子怎么可以缺少它呢？除非有一天我——”

“噢，你快去忙你自己的事情吧，也让我静一静。每当我把问题简单化的时候，你就会找我的茬，然后跟我不停地辩论，辩论来辩论去，到最后连你自己都搞不清自己在辩论什么。这就是你。”

“好吧，你说什么就是什么吧。不过，你最后那句话没有什么逻辑性，你竟然说——”

松脂主要是松树或松类树干分泌出的树脂，它含有松香和松节油。松脂具有一定的保健作用，可以降血脂、防治血管硬化、延缓衰老等。图为松脂化石。

然而，我还没来得及把话说完，她就挥了挥手，领着孩子走开了。当天，在我们吃晚餐的时候，她面无血色地对我说：

“噢，莫蒂默，又有一个染病了！染病的是小乔治·戈登。”

“是不是染上膜性喉炎了？”

“是的。”

“那孩子还有救吗？”

“没救了。唉，我们该如何是好呢？”

“我还没来得及把话说完，她就挥了挥手，领着孩子走开了。”

夸张

此处描写小女儿的一声咳嗽，令夫人的身体仿佛受到了巨大的打击，夸张地表现了全城蔓延的膜性喉炎带来的恐慌。

过了一小会儿，保姆领着我们的佩妮洛普来和我们说晚安，然后女儿像往常那样走到她母亲近前，跪下做祷告。当“我准备安睡”那句话还没说完时，她小声地咳嗽了一下。我的夫人身体向后一倾，仿佛受到了巨大的打击一般。不过，她急忙站了起来，在恐惧的作用下有了下面一连串的举动。

她让人把育儿房里女儿的小床移到我们的卧房里，她还要亲自监督，看一切是否是按照她的吩咐办的。当然，她也把我领着。我们急急忙忙地把大事小事都处理好，并且把一张为保姆准备的床放在了我夫人的梳妆间。然而，我的夫人这时却说，另一个孩子离我们太远了，假如夜里他也出现这种症状的话，我们该如何是好。说完之后，她的脸唰地变白了，真是个可怜人！

细节描写

此处描写了夫人假设另一个孩子也生病时的脸色变化，这一细节突出表现了夫人对孩子的爱。

就这样，我们把孩子的小床挪了回去，让保姆在育儿房里陪着孩子们睡，又把我们自己的床放在了紧邻育儿房的那间屋子里。

但没过多长时间，我的夫人又开始担心佩妮洛普会把疾病传染给另外一个孩子。产生这样的念头之后，她又紧张起来。于是我们大家一起动手，又把小床移出了育儿房。她也没闲着，在匆忙之中险些把那张小床给弄散架。然而，她还是嫌我们动作慢了。

我们搬到了楼下，准备在那里睡，可是那里却没有足够的空间来安置保姆。米克威廉斯夫人说，保姆的经验能够给我们提供莫大的帮助。就这样，我们把所有东西全都搬回自己的卧房，与此同时，我们像被暴风雨袭击后重新找到自己巢穴的鸟儿一般备感欣慰。

我的夫人去了育儿房，在那里观察孩子的状况。没过多久，她战战兢兢地回来了，对我说：

“孩子为什么会那样睡呢？”

我答道：

“噢，宝贝儿，孩子每次都睡得那么香啊！”

“这我清楚，这我清楚。不过，现在她睡得和往常有些不一样。她的气息似乎——似乎——似乎特别平稳。哎呀，这太吓人了！”

破折号

此处的破折号表示语言的断断续续，可见孩子的母亲由于紧张和担忧，连话都说不好了。

“不过，我亲爱的夫人，她的气息一直以来都很平稳啊！”

“噢，这我清楚。但是她现在看上去特别让人担心。她的保姆年纪太小，缺乏经验。我应该让玛利亚在那里陪着她。万一有遇到什么状况，她还可以照应一下。”

“这是个好主意。但这样的话，你就没有帮手了啊！”

“在我需要帮忙的时候，你总会助我一臂之力的。在这种时候，我用不着别人替我把所有工作都做了。”

于是我对她说，如果我去休息，而让她整晚守在我们的小病人身边，我心里会不是滋味的。不过，她最终说服了我。就这样，我们的老玛利亚去育儿房——那个过去她经常待的地方———休息去了。

早期美国的黑人社会地位低，只能从事一些低端工作，其中在美国家庭中，很多保姆都是黑人妇女。图为 19 世纪初的一位黑人女奴。

佩妮洛普在睡觉的时候咳嗽了两次。

“哎呀，那个医生为什么迟迟不到！莫蒂默，房间里的气温太高了，肯定是太高了。把炉子上的风力调节机关掉吧，快点去啊！”

“我把风力调节机关掉了，顺便看了下温度计，心里嘀咕，七十度的室温对于一个生病的儿童而言算不算太高呢！”

就在这个时候，车夫从市里赶了回来，说医生病倒了，无法从床上爬起来。我的夫人直愣愣地看着我，无精打采地说：

“看来这是老天爷的意思！他命该如此啊！这是她第一次生病，第一次。我们最近并没有规规矩矩地过日子。我不止一次这样告诉过你。你看，这就是后果，我们的孩子好不起来了。倘若你能谅解自己，那说明你命好。我是无论如何都无法谅解自己的。”

我对她说，我觉得我们过去并没有过那种有罪恶的生活。这样说的时候，我无意伤害她，只是在选词用句的时候没有考虑那么周全。

“莫蒂默啊！莫非你是准备让我们的孩子来抵罪吗？”

说完之后，她失声痛哭，随后用颤抖的声音说道：

“医生肯定给我们拿药了！”

“对，药就在这里。我刚才一直插不上话。”我说道。

“那太好了！快把它拿给我！你应该知道，现在的每分每秒比黄金都要宝贵。但话又说回来，就算有药也无济于事啊！他很清楚，这种病是不治之症，难道不是吗？”

> **反问**
> 此处描述孩子母亲悲观的反问，表现了她的极度担忧，仅凭几声咳嗽就断定孩子得了膜性喉炎。

我告诉她只要人有一息尚存，就有活下来的希望。

“有活下来的希望！莫蒂默，这样的话你都说得出来，连一个未出世的孩子都比你明白事理。假如你……真让人感到意外，这个药的服用说明上写，一小时服用一次，一次一茶匙。一小时服用一次啊！说得好像留给我们治好这个小家伙的时间还有一年似的。亲爱的，请你抓紧时间，拿一汤匙的药让我们那不幸的、在死亡线上挣扎的孩子服，务必要快！”

“噢，宝贝儿，可是一汤匙的药量会使……”

语言描写

这是对妻子的语言描写，一边对丈夫说话，一边对孩子说话。责备、轻哄、命令交织在一起，展现了一个担忧孩子而着急慌乱的母亲形象。

“你是想把我急死不成？哎呀，我的乖孩子，好啦，听话，我的小心肝，虽然这东西不好吃，但是对你的身体是有益处的，对我小宝贝的身体是有益处的，能够让你好起来。听话啊，听话，把头靠在我怀里，睡一会儿，要不了多久就能……唉，她挺不过今晚了！莫蒂默，每小时服一汤匙的量会让——还得加点颠茄。她需要颠茄，我清楚！她还需要乌头。莫蒂默，快去拿点儿。你现在一定要听我的，你一点也不懂这些！”

后来，我们都去休息了，孩子的小床就在我夫人枕头边上。经过一阵忙碌，我浑身疲惫，很快就入睡了，但我夫人不一会儿就把我叫醒了，她说：

“宝贝儿，你有没有把风力调节机打开？”

“我没把风力调节机打开。”

“一猜就是。你快去把它打开吧，房间里的温度太低了。”

我把风力调节机打开，回到床上倒头就睡。我的夫人再一次把我叫醒，她说：

“亲爱的，你能把孩子的小床挪到你睡的那边吗？那边更靠近风力调节机。”

“我告诉她只要人有一息尚存，就有活下来的希望。”

于是，我去挪动小床，却一不留神被脚下的那块地毯绊倒了。孩子被我的声音惊醒。就在我的夫人哄孩子时，我又不知不觉睡着了。可我刚睡了一小会儿，就隐隐约约地听到我的夫人在嘀咕：

“莫蒂默，如果我们现在能有一点鹅油就好了……你可否把铃按一下？”

我迷迷糊糊地下了床，结果踩到了一只猫。那只猫大为不满，朝我叫了起来。如果没有那张椅子为它挡了我一脚，它准会尝到苦头。

“嘿，莫蒂默，你开煤气灯干吗？孩子会被弄醒的！”

“卡洛琳，因为我想看看我的伤严不严重。”

“嗯，顺便也看一下那张椅子，我猜你已经把它踢坏了。不幸的小猫咪，我认为你——”

“我现在没工夫关心那只小猫。要是刚才让玛利亚留在这里，那么这样的事情就不会发生。她很擅长干那些活，而我却是个门外汉。”

“哼，莫蒂默，这样的话你居然也能说出来。你难道不觉得羞愧吗？真让人失望，你连几件这样的小忙都不愿意帮。在这种危急关头，我们的小家伙正——”

“行啦，行啦，你让我做什么我就去做什么，但是铃我是不能按的，因为那样会把所有人都吵醒。她们都已经睡着了。鹅油在什么地方？”

“在育儿房里，你能在壁炉架上找到它。你去吧，然后告诉玛利亚……”

我把鹅油拿来，之后又睡着了。我的夫人又一次叫醒了我，她说：

“我的夫君，我打心眼儿里不想打扰你睡觉，但是房间里的温度还是太低了，我没办法把这服药熬出来。帮我把炉子点着，可以吗？你不用做别的，只需划一根火柴。”

我努力爬了起来，把炉火生着，接着一脸不高兴地坐了下来。

“不要坐在那里，莫蒂默，不然的话你会感冒的。快躺到被子里。”

我正准备上床，她又开口了：

“不过，先等等，再帮孩子拿点药来吧。”

于是我把药取来了。孩子吃完药后比原来精神了一点。就这样，我的夫人趁孩子暂时还没睡，便把孩子的衣服脱掉，往她身上涂了一层鹅油。我不一会儿就睡着了，但又一次被唤醒。

“我能明显地感觉到屋子里有过堂风，莫蒂默。对患这种病的病人来说，过堂风是最可怕的。帮我把小床挪到壁炉旁边吧。”

煤气灯由连有煤气入口管的灯座、螺丝栓、下部有小孔的金属管等组成。旋转螺丝栓可以调节进入的煤气量；旋转金属管可调节进入的空气量，这样可以控制火焰及温度。

人物描写

此处描写了丈夫的动作和神态，表现了他的疲惫不堪。

小床被我移了过去。那块地毯再一次把我绊倒，我拿起它，准备把它扔进炉子里。我的夫人立刻从床上跳下来，将它夺了过去。紧接着，我们两个人吵了起来。我又睡着了，然后又爬了起来，按她说的去调配亚麻籽药膏。我把药膏敷在小家伙的前胸上，让它在孩子身体上发挥疗效。

列数字

此处用具体的数字来说明填木柴所间隔的时间很短，从侧面反映了丈夫的辛苦。

木柴不耐烧，总是很快就烧尽了，所以我每隔二十分钟就得爬起来一次，往炉子里填木柴。我的夫人借这样的机会成功地把服药间隔期减少了十分钟，她对此颇为满意。我还得隔三岔五地去调配亚麻籽药膏，往孩子身上那些空着的地方涂抹像芥子泥这样的一些发疱剂。为早晨准备的木柴就要被用光了，于是我的夫人让我去地下室再拿点儿。

“宝贝儿，这个活可够费体力的。孩子已经加了衣服，肯定不会受凉的。你看，我们再给她敷一次药膏，之后可不可以……”我说道。

她打断了我的话，所以我只说了一半。我花了不少时间，费了九牛二五之力，总算从地下室里拖上来一些木柴，之后回到了床上，马上就打着呼噜睡着了。一个人只有在累得疲惫不堪时才会这样。到了早晨，我感觉到有一只手在抓我的肩膀。我一下子就醒了过来。我的夫人正睁大了眼睛，喘着粗气，向下注视着我，一句话也说不出来。等她能够讲话的时候，她说：

神态描写

此处细致地描写了夫人的神态，突出表现了她的紧张和担忧，令读者不禁也为孩子担心。

“泡汤了，全都泡汤了！小家伙开始发汗了！我们该如何是好呢？”

“上帝啊！你快把我给吓死了！我也一筹莫展啊。要不然，我们先把她身上的药膏都擦掉，然后找个通风的地方，把她放在那里……”

“啊，你可真够笨的！我们没有时间可以耽误。快点，去把医生找过来，你要亲自去找，并告诉他，无论如何他是死是活，他都得来一趟。”

我把那值得同情的、生了病的医生扶下了床，带他来到了我家。他察看了一下孩子的病情，对我们说她不会有生命危险。听到这句话后，我开心极了，很难用语言形容我当时的心情。然而，我的夫人却勃然大怒，仿佛有人用恶语侮辱了她似的。大夫又说，孩子之所以会咳嗽，是因为有东西轻微地刺激了她的咽喉，也可能是因为别的什么状况。当他说到这里时，我开始担心我的夫人

对比

此处对比夫妻二人听到医生的话之后的反应，可见夫人并不相信医生说的，还在认为孩子的身体不适跟膜性喉炎有关。

会请他出去。医生接着说，他打算想办法让孩子猛咳几声，以便把病罩咳出来。就这样，他把什么东西喂给了她。她的身体开始抽搐，大声咳嗽了几下，随即咳出了一小块东西，那东西看上去有点像木屑。

“这个孩子并没有染上膜性喉炎，”大夫说道，“她应该嚼过松木片，或者与此类似的一些东西，导致她的喉咙被一些碎片卡到了。那些碎片是不会危害到她的生命的。”

“当然不会啦，”我应道，“我对这一点毫不怀疑。就是嘛，它们里面含有松脂，这特别有助于治疗孩子们的某些常见病呢！关于这方面，我的夫人会给您讲一讲的。”

语言描写

此时真相大白，孩子并没有染病，这里的语言表现了丈夫对妻子的揶揄。

不过，我的夫人一个字都没有讲。一种不屑一顾的神情浮现在了她的脸上，她转身走出了那个房间。从那一天开始，这段经历便被封存在了我们的记忆当中，谁也没有再提及。所以，我们的岁月就那样拖着慢悠悠的步子，静悄悄地逝去了。

（在已经成家的男子中，有过像米克威廉斯夫妇那种经历的人是少之又少的。所以，在本书作者看来，这样一桩稀奇的事情，或许能够博得读着一笑。）

约作于一八七八年

“听到这句话后，我开心极了，很难用语言形容我当时的心情。”

米克威廉斯太太如何躲避雷电

解释说明

此处是对恐惧闪电的毛病进行解释说明，认为这种不健康的表现是一种病态，令读者清楚明白。

先生，还有——米克威廉斯先生接着给我讲他的事情，我们的谈话并不是从此处开始的——对闪电有恐惧感这种不健康的表现应该是最让人头疼的。一般来说，只有女人才会有这种表现。不过，你有时会发现一只小狗或者一个男人也会这样。这种不健康的表现真是让人苦不堪言，因为它可以让人丧失勇气，而这是其他种类的恐惧感无法做到的，而且它无法通过理性思维消除，也无法让有这种恐惧感的人因为知道这是一种可耻的病态而改掉这种毛病。一个女人或许有勇气面对一个幽灵，一只耗子，但是却会在电闪雷鸣之中吓得情绪失控，吓得魂不附体。如果你看到她那种害怕的样子，你肯定会心生怜悯之情。

先生，正如我刚才所说，当我醒来时，我只听到一阵啜泣声。“莫蒂默，莫蒂默啊！”一个又低又闷的呼唤声传到了我耳畔，我一时搞不清它是从哪里发出的。接着，我努力稳了稳心神，然后在黑暗中向那个声音凑了过去，问道：

“伊万杰琳，你是不是在喊我？你在哪个位置？究竟发生了什么？”

“我在鞋帽间里躲着呢。这会儿正下着暴风雨呢，这太可怕了，而你却躺在床上呼呼睡觉，你难道不会为自己的行为感到羞愧吗？”

“这是怎么一回事啊？当一个人熟睡的时候，他是没法感到羞愧的啊！你这句话一点也不合逻辑。伊万杰琳，一个正在睡大觉的人怎么可能会产生羞愧感呢？”

“莫蒂默，我从来都没有见过你有动脑子的时候，这一点你心知肚明。你是从来都不愿意动脑子的。”

马克·吐温1870年和纽约一个资本家的女儿欧莉维亚·兰登结婚。欧莉维亚体弱多病，和马克·吐温有三个女儿。图为马克·吐温一家人。

一阵闷声闷气的哭泣声传了过来。要不是因为听到这阵哭声，我就把嘲笑她的话说出来了。我重新组织了一下语言，说道：

“宝贝儿，抱歉，真的很抱歉！那样说不是我的本意。快回来，躺到床上，之后……”

“莫蒂默！”

“上帝啊！宝贝儿，你是怎么了？”

“你是说，你现在依然待在床上？”

“对啊，当然在床上。”

“赶紧给我下床。我以前还错误地认为你会珍视自己那条命，就算不为你自己着想，也总会为我和我们的孩子着想。”

“但是，宝贝儿……”

“莫蒂默，不要再没完没了地跟我说那些了！你心里很清楚，在这么大的一场暴风雨袭来之时，床上是最危险的地方。你可以在任何一本书里看到这样话。然而，你却非要在那儿躺着，简直就是不要命了——只有上帝知道你为什么会那么干，要么你就是有意想借此机会和我不停地摆事实讲道理，与我争辩，争辩……”

“但是，真见鬼，我现在并没有待在床上啊，伊万杰琳。我所在的地方是……”

（就在这时，一道闪电把这句话打断了。随后，米克威廉斯夫人吓得发出低沉的惊叫声，与此同时，震耳欲聋的雷声轰隆作响。）

“你看啊！这就是你惹的祸！天啊，莫蒂默，你怎么可以任性妄为到这种地步，居然在这样的时候骂起老天爷来！”

“我什么时候骂老天爷了？话又说回来，骂老天爷怎么可能

“就在这时，一道闪电把这句话给打断了。”

插叙

此处括号中的文字表示插入叙述，夫妻二人的聊天当中一道闪电的出现，惊吓到了夫人。

反复

重复出现两次以上的词句叫反复，此处采用反复的方式表现了妻子对丈夫的责备，认为丈夫只会争辩。

招来雷电呢？就算我什么都不说，该打雷的时候也照样会打啊！伊万杰琳，这一点你心里非常明白。你总该知道，当大气中全都是电……”

“那好，你现在就争辩吧，争辩吧，尽情地争辩吧！我实在想不通，我们家的房顶上没有装避雷针——这一点你很清楚，你的老婆和孩子只能听天由命，而你竟然会做出这样的事情。你现在在干吗？啊，你怎么能在这种时候划火柴呢？你的脑子是不是坏掉了？”

“你这个女人真是的！这样做一点害处也没有，难道不是吗？这里漆黑一片，黑得堪比异教徒的心肠，而且……”

“把它弄灭，赶紧把它弄灭！你是不是想把我们所有人的命都交给死神呢？亮光最招雷电，这一点你又不是不清楚。（哧楞——咣啷——咚——噹——噗隆——咚——咚）啊，你快听啊！你招来了什么样的后果，现在你总该知道了吧！”

“把它弄灭，赶紧把它弄灭！你是不是想把我们所有人的命都交给死神呢？亮光最招雷电，这一点你又不是不清楚。”

“不知道，我不知道我招来了什么样的后果。我只清楚一件事，那就是火柴对雷电有吸引作用，但是它无法生成雷电，这一点我敢跟你保证。而且，它并没有把雷电引到我们家里来，其原因是，倘若刚才的雷电是冲着我的火柴来的，那它的准头也太差啦！我敢跟你打赌，就算它打一百万次也不会打中我这根火柴。

哎呀，这种枪法，如过是在多瑞蒙打靶场的话……”

“莫蒂默，你怎么可以说出这样的话？现在我们正处于生死存亡的危急关头，在如此关键的时刻，你居然还这么说。莫蒂默，你是不是存心想要……”

诗告是基督教的一种仪式，是人与神倾谈，主要是为了赞美、祈求、忏悔或者表达自己的思想或愿望。图为虔诚祈祷的人们。

“想要什么？”

“今天晚上，你有没有做祷告？”

“我——我一开始是想做祷告来着，但是后来我只顾着算十二乘以十三能得多少了，就这样……”

（咻楞——咚——噹——轰隆——咚——咚——啪啦——呼——咣啷啷！）

“天啊。我们没救了，我们要彻底完蛋了！在这种时候，你怎么可以把这么重要的事情给忘了？”

“但是，那时候的天气和现在完全不一样啊！那时候天气晴朗，万里无云。我无论如何都不会想到，老天爷会因为我那微不足道的失误而恼羞成怒，大动干戈啊！而且，你心里清楚，发生这种事情的概率是微乎其微的。我怎么也不会想到你会就这件小事对我大发脾气，我觉得你这样待我是有失公平的。记得在四年前，我把地震给招来了，从那以后我就再也没有祷告过了。”

联想

这一句是丈夫的联想，认为老天爷因为他没有认真做祷告而大动干戈，真是愚钝至极，令人哭笑不得。

“想不到这种话你也能说出口，莫蒂默！莫非你已经把那次黄热病给忘到了九霄云外不成？”

“宝贝儿，你每次都会把闹黄热病的责任往我身上推；我觉得这太荒谬了。就算是往孟菲斯发电报，你也得经过几个中转站不是？以此类推，我在祈祷上犯的一点小错误，怎么可能会对那么远的地方产生影响呢？让我负责我也没什么怨言，毕竟地震是在不远处发生的。但是，我真是走了霉运，我还得负责那一次又一次讨厌的……”

（咻楞——轰隆——咚——咚——咣！）

“噢，啊，天啊！莫蒂默，肯定有什么东西被它击中了！我们活不过今晚了！假如我们死了，那这对你不无益处，要是你还能记得住你说过的那些难听的话……我说莫蒂默！”

假设

此处描述妻子被雷电吓得失魂落魄，竟假设自己会死，表现了她受惊过度的样子。

“啊！我又哪里有问题了？”

“你的说话声听上去……莫蒂默，你居然有胆子在敞开的壁炉旁站着。”

反问

此处是妻子对丈夫站在敞开的壁炉边上的恐惧，一连两个“难道”表现了她对丈夫的反问，可见她的惊慌失措。

“这确实是一个大的失误。”

“离那里远点儿，要快！你难道真的想要把我们所有人都害死吗？通往房顶的烟囱是雷电的最佳导体，这你难道不清楚吗？这工夫你又去哪儿了？”

“我在这里呢，正挨着窗户站着。”

“噢！上帝啊，请您睁开眼吧！你是不是精神不正常了？赶紧给我离开那里。甚至一个还没断奶的婴儿都知道，在打雷的时候站在窗户旁边是很容易丢掉性命的。噢，天啊，我想我是活不过今晚了，这一点我很清楚。我说莫蒂默！”

“怎么了？”

“是什么东西在窸窣作响？”

“是我啊！”

“你在干嘛呢？”

“我在找我的裤腰呢！”

“把那些东西丢开，动作要快！我早就料到你会找这样一个机会穿它们。所有专家都认雷电会被毛皮衣料所吸引，而这一点你十分清楚啊。哎，天啊，自然灾害对一个人的生命已经够有威胁的了，难道你还非要想尽办法扩大那种威胁才行吗？唉，不要唱歌了！你究竟安的什么心啊？”

词语赏析

此处的“多少次”“千百次”并不是具体数字，而是大概数字，用意是突出妻子曾经强调过这些事的次数非常多。

“噢，唱歌又有什么关系呢？”

“莫蒂默啊，这句话我都不知道已经你说过多少次了。我曾千百次地告诉过你，唱歌会让大气产生振动，这会使电子流动得不顺畅，然后会……莫蒂默，你怎么把那扇门给打开了？”

“噢，你这女人真是的！打开那扇门又有什么关系呢？”

暗讽

此处妻子的话暗中讽刺丈夫是个精神失常的家伙，可见丈夫的一系列行为令妻子特别不满。

“有什么关系？那会要了你的命的！任何一个重视这个问题的人都会知道，如果把过堂风放进来，那雷电就不远了。你没把它关严，你得把它关得严严实实的，动作要快，不然的话我们就有生命危险！哎，在这样一个时候，和一个精神失常的家伙待在同一间屋子里可以算得上是最大的不幸了！你又在鼓捣什么呢，莫蒂默？”

“没鼓捣什么，只是把自来水拧开了。我们的房间不通风，里面又闷又热，我得把手和脸洗一洗。”

“我敢说你的脑子已经彻底坏了！雷电击中水的概率是击中其他东西的五十倍！你一定要我把水龙头关掉。唉，宝贝儿，

我再也想不出能帮助我们脱离危险的法子了。我发自内心地认为……那是什么东西，莫蒂默？”

“是——是一副相片。我把它撞倒了。”

“这么说，你的身体现在正贴在墙上，对吧？像你这样鲁莽的人，我还是第一次见到。墙是雷电的最佳导体，这你难道不清楚吗？离墙远点儿，快！你又想骂老天爷了！哎呀，你的心眼儿怎么这么坏呢？看看你的老婆和孩子正处于什么样的险境吧！我让你订购一张绒料床垫，你有订购了没有，莫蒂默？”

“没有，我把这码事儿给忘了。”

“你给忘了！你会为此搭上性命的！要是眼下有一张绒料床垫，那你就能把它铺在地板上，然后躺上去，这样一来你就不会有危险了。快点儿，趁你还没来得及犯下更可笑的错误，赶紧来我这里吧。”

我试着走进了那个小衣帽间，可是里面的空间实在是太小了，门一关上就挤不下我们了，除非我们成心想把自己闷死在里面。我使劲儿喘着气，在里面待了一会儿，然后就被挤到了外面去。

“噢，你这女人真是的！打开那扇门又有什么关系呢？”

虚实结合

此处描述妻子在想象有一张绒料床垫就不用担心眼下的雷电危险了，虚实结合的运用令文章更加生动传神。

蜡烛是一种用石蜡做成的日常照明工具，燃烧时发出光亮。

我的夫人高声喊道：

“为了能让自己彻底脱离危险，你得做一些事情，莫蒂默。把壁炉架边上那本德文书拿给我，再为我取来一支蜡烛。不过，你先别把它点着。拿一根火柴来，我要在这里把它点着。那本书里有一些指导性的内容。

我总算把那本书找到了，不过我在找书的过程中打碎了花瓶和别的一些易碎品。就这样，我的夫人拿着蜡烛，关上房门，一个人躲在小间里面。我好不容易安静地待了一会儿，夫人又喊了起来：

“刚才怎么了，莫蒂默？”

“没怎么，只是那只猫而已。”

“猫？天啊，真是糟透了！赶紧把它捉住，关进盥洗柜。宝贝儿，一定要抓紧时间！猫浑身是电啊！我敢说，在经历过这个危险重重的、吓人的夜晚之后，我的黑发都会变成白发了。

夸张

此处描述妻子认为自己受到的惊吓会使黑发都变成白发，夸张地表现出她心中认为的雷电很可怕。

闷塞的哭泣声再一次传来。如果不是因为这个，我是不会摸着黑为这件荒谬无论的事情出力气的。

可是，我最后还是照她的话去做了。我翻过几张椅子，撞上了一个又一个硬邦邦、边缘锐利得像刀锋一样的物体，这才我把那只小猫捉住，关进盥洗柜。我的小腿擦破了，而那些被我碰坏的东西至少值四百美元。之后，我听到小衣帽间里传出一阵闷塞的说话声：

“莫蒂默，我从书上读到，最保险的方法，就是站在室内的一把椅子上，用绝缘体垫在椅子腿下面，使其绝缘。意思就是说，你得用平底玻璃杯把椅子腿套上。（咚——咚——啪啦——呼——咣啷啷！）噢，你听到动静了吧！莫蒂默，一定要抓紧时间啊，趁雷电还没把你击中。”

我费了好大工夫才拿到平底玻璃杯。杯子刚好剩下四只，别的都被碰碎了。我把它们套到了椅子腿上，然后请示接下来我应该做什么。

“莫蒂默，书中写道，在雷雨天里，是不能把诸如戒指、手表、钥匙这样的金属物品带在身上的，也不能把它们随便乱放；倘若把它们堆积在一处，或者把它们放在诸如灶台、炉子、铁架这样物体的上面……莫蒂默，这句话想表达什么？究竟是想让人带着那些金属物品呢，还是想让人远离它们呢？”

引用

此处引用的是妻子从德文书上看到的指导性内容，令人好奇的是：书中所写的是对的吗？此处为下文故事发展做铺垫。

“这句话吗？我也不太理解。它好像并没有把意思说清楚。任何一本德文书上的指导说明性文字或多或少都有些含糊其辞。不过，我觉得这句话里大部分用的都是第三格，这样可以让人读得更顺口一些。此外，还有零星几处地方变换了宾格和所有格。因此，我认为这句话是在表达，你身上得带一些金属物品才行。”

伏笔

此处是妻子从德文书上的指导性内容得出的结论：要在身上带一些金属才行，为下文故事发展埋下伏笔。

“没错，绝对是这个意思，这非常符合逻辑。你看，它们的作用和避雷针是一样的。莫蒂默，把你那顶消防员头盔戴上吧，它几乎是全金属的。”

找到头盔之后，我把它戴在了头顶上。在那个气温极高的夜晚里，在那间不通风的房间中，那件又重又不舒适的东西可真够让人受的。我甚至觉得我都没有必要穿我身上那件睡衣。

“我认为，你得护好你的腰，莫蒂默。我能否请你把你那把民兵军刀挂在腰间？”

我服从了指示。

“嘿，你得想方设法把你的脚保护好。你可不可以把你那双带着马刺的皮靴穿上？”

我照做了，什么也没说，尽力保持着耐心。

“我照做了，什么也没说，尽力保持着耐心。”

"莫蒂默，书上写道，打雷又打闪的时候是特别危险的，由于钟会被气流震动发出鸣声，又由于图尔姆山（这座高山位于德国北部）海拔如此之高，所以雷电可能会被吸引过来。莫蒂默，这句话的意思是你在雷雨天里必须要去教堂敲钟，否则会遇到危险吧？"

"对啊，似乎这句话就是想表达这个意思。要是这句话里的独立主格的部分用到了过去分词，那么在我看来它的意思就是这样。没错，我觉得这句话想告诉我们，教堂的钟楼太高了，而里面又没有流动的空气，因此在雷雨天里，你必须去敲一敲钟，不然的话会发生危险的。此外，你有没有注意到，如过只从用词方面来看这句话的话……"

"好了，莫蒂默，管那些做什么？不要光顾着说那些没有用的，时间是宝贵的，不能浪费。我们那个大饭铃就放在门厅里，去把它拿过来吧。莫蒂默，宝贝儿，快点去啊！如此一来我们基本上就能高枕无忧了。哎呀，亲爱的，我们总算可以渡过这个难关了，这一点我毫不怀疑。"

位置描写

此处描写房子所处的位置以及与附近农宅之间的距离，为下文故事发展做铺垫。

我们那座避暑的小房子正位于一座小山的山顶上，位置非常高，紧邻一片山谷，周围有几所农宅——最近的那一所离我们有三百多码远。

我站到了那张椅子上，拿着那只大饭铃，铆足了劲儿，丁零当啷地摇了好几分钟。就在这个时候，不知道谁从外面把我们的百叶窗拉开了。一盏发出刺眼光芒的提灯伸进了窗内，随即有人用粗重的声音问道：

"这里到底发生了什么事情？"

窗外人头攒动，一双又一双睁大了的眼睛都好奇地盯着我，还有我那身用来对付雷电的装备。

饭铃是一种提醒人们吃饭的铃，图为一款大饭铃。

我一不小心把饭铃弄掉了，然后满脸困惑地从椅子上跳下来，对他们说：

"朋友们，这里没发生什么大不了的事情。只是刚才雷电交加，让我有些担心。我正在想方设法躲避雷电。"

"雷电交加？我说米克威廉斯先生，你是不是精神出问题了？现在，夜空中闪烁着繁星，哪来的雷电啊！"

我往窗外一望，不禁惊诧万分，有那么一会儿连话都没法说出来了。

“这到底是怎么一回事，我实在想不通。我们刚才可是听见了雷声，还隔着窗帘和百叶窗看到了闪电发出的光亮。”我对他们说道。

他们全都笑得前仰后合，有几个人甚至笑得昏倒了。其中一个人对我说：

“你们本该把百叶窗拉开，然后望向远方那座高山的山顶上方，但遗憾的是你们居然没想到要这么做。刚才，你们听见的是隆隆的炮声，看到的是亮堂堂的炮火。你不知道吗，就在昨晚，电报传来了议会提名加菲尔德为总统候选人的消息。事情就是这样！”

百叶窗起源于中国，是窗子的一种式样。直条的被称为直棂窗，横条的叫卧棂窗，其中卧棂窗是百叶窗的一种原始式样，是百叶窗原来的状态。

吐温先生（米克威廉斯先生对我说道），谁说不是呢！就像一开始我们探讨的那样，能够让我们免受雷电袭击的方法是那样妥当，而且数不胜数。因此在我看来，最难以理解的事情就是世上竟然还有人会被雷电击中！

这时，火车抵达了他生活的那个城镇。他一边跟我说，一边整理起他的行囊和雨伞，之后便走下了火车。

作于一八八零年

“我往窗外一望，不禁惊诧万分，有那么一会儿连话都没法说出来了。”

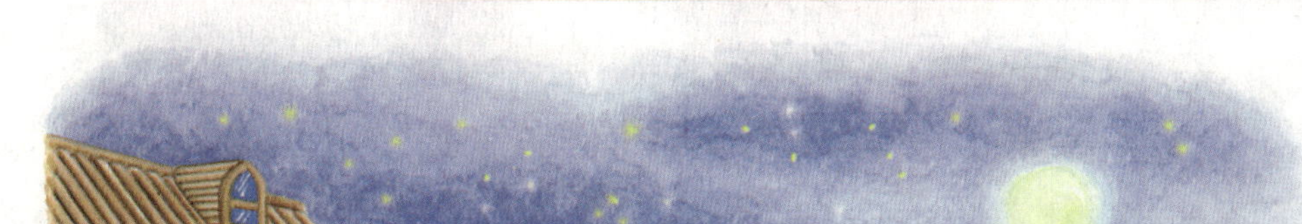

法国人之间的对决

背景介绍

本文一开始就介绍法国人的决斗是一种让人不寒而栗的社会风气，为下文的叙述做了铺垫。

至于那些喜欢嘲弄别人的人是如何小瞧和讥讽法国人的决斗的，我们姑且不用去理会。不管怎么说，目前决斗依然是一种最让人不寒而栗的社会风气和习惯。因为它通常都是在户外展开的，所以可以断定参加决斗的人十有八九都会着凉。那位决斗成性、旧习难改、名叫保罗·德克萨尼亚克的法国先生就是因频频决斗而屡患风寒，结果成了一个经常卧床不起的病秧子。甚至巴黎最负盛名的大夫都觉得，倘若他无法养成一种在没有过堂风和潮气的舒适房间里决斗的习惯，那他再这样厮杀下去，短则十五年，长则二十年，必定会一命呜呼的。毫无疑问，这个例子能够让那些有着奇怪想法的人闭嘴，那些人总是坚定地认为法国人的决斗对健康是有好处的，因为它能够促使人们进行户外运动。除此以外，这个例子也能够平息另外一些人的荒谬之词，他们居然觉得那些有过决斗经历的法国人和被社会主义人士所痛恨的国君有着不死之身。

不过，接下来我们就得来到本文的主题上了。当我听说福尔图先生和冈伯特先生前些日子在法国议会中吵得不可开交时，我就意识到将会有棘手的事情发生。我和冈伯特先生交往了许多年，十分了解他那无所畏惧、固执倔强的脾性，所以我才会有那样的预感。他个子很高，身材魁梧，但我清楚他身上的每一个细胞都会被复仇的强烈愿望所占据。

在他来找我之前我就去他那里了。正如我所预料，我看出这位勇敢的先生已经完全处于那种法国人的安静状态之中。我之所以会说“法国人的安静状态”，是因为法国人和英国人各自的安静状态是不一样的。他正在屋子里来回踱步，身旁全是砸得面目全非的家具，偶尔还会把不经意间碰到的碎块儿猛地踢到屋子的另一头。他牙关紧咬，痛骂了好一阵，每过一段时间就会停下脚步，将手上那把从脑袋上扯下来的头发放在桌子上——那里已经积累了一堆头发。

古时候决斗被认为是解决纠纷的方式之一，这种方式在欧美一直延续到了近代才逐渐消失。图为持剑决斗的两个人。

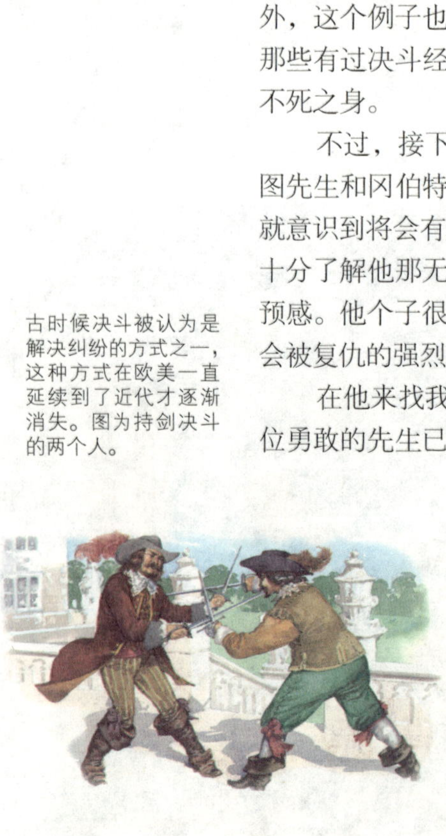

他伸出有力的胳膊，一把将我的脖子搂住，吻我的两颊，使劲儿抱了我好几次，之后让我坐在了他那张专属靠椅上。等我一恢复精神头，他就开始和我谈论起正事来。

行为描写

此处描写了冈伯特先生的一系列动作，表现了他见到了“我”之后的热情，可见两人相交多年，有深厚的感情。

我对他说，我觉得他希望我给他当助手。

他说：“没错！”

我说，我可以给他当助手，前提是我得用法国人的姓名；这样一来，倘若出现某方死亡的情况，那我在回国之后至少不会受到谴责。听到我这样说，他往后缩了一下身体，可能我这句话让他觉得决斗在美国是受人鄙视的吧。不过，他最后还是接受了我提出的条件。这可以解释为什么之后各家报纸都会报道“很明显，给冈伯特先生当助手的是一个法国人”这条消息。

为决斗者订立遗嘱，这是第一步。我坚持认为，必须得先把这件事办好才行。我说，一个神志正常的人没等把遗嘱订好就跑去决斗，这种事情我长这么大就没听说过。他告诉我，一个神志正常的人竟然会在决斗前订立遗嘱，这种事情他还是第一次听说。他写好了遗嘱，然后准备想一段“最后的遗言”。他特别想知道，下面这段由一个毅然赴死者发出的呐喊会对我产生怎样的作用。

“我是为上帝而死，为祖国而死，为言论自由而死，为文明的进步而死，也是为天下大同而死！”

我不同意他这么说，并告诉他，在垂死之际说这样一大段话

“他正在屋子里来回踱步，身旁全是砸得面目全非的家具，偶尔还会把不经意间碰到的碎块儿猛地踢到屋子的另一头。”

显得太耗费时间了；对一个肺痨病人而言，这篇演说词是最适合不过的了，但在有着强烈要求的决斗场上，它却是不合时宜的。我们想出了各种各样的临死前的呼声，但至于究竟选哪一种，两个人则争论不止。

不过最终，我还是说服他把最后的那句遗言精简为“我是为了法兰西的万古长青而死”。他在他的备忘录里记下了这句话，准备把它背熟。

> **引号**
> 此处引号的作用是表示着重强调，用这一句精简过后的话来代替前文中的演说词，能更加清晰有力地表达出情感。

我对他说，这句话和决斗之间似乎缺少关联性。然而他告诉我说，关联性在最后的呼声里是无足轻重的，激动人心才是最重要的。

选择决斗用的武器，这是第二步。决斗者说，他感到身体有些不适，想把与本次决斗有关的事宜和具体细节全都交由我去负责。就这样，我写了下面这份通知，把它送到了福尔图先生的好友手中。

尊敬的先生：

福尔图先生下的战书，冈伯特先生接受了。他委托我向你方提议，决斗的地点拟定在普雷西的皮克空场，时间拟定在明天日出时分，决斗武器拟定为斧子。

先生，我在此向您献上无比的敬意。

马克·吐温

福尔图先生的好友在读完这份通知之后战栗了一下。随后，他扭过身子，非常庄重地对我说：

> **细节描写**
> 此处是对福尔图先生好友的细节描写，表现了他对这次决斗的担心。

“先生，您是否想过，这样一场决斗所引发的后果是什么吗？”

“那您讲一讲，它到底能引发什么样的后果呢？”

“后果就是流血啊！”

“总体来说，事情就应该是这样的。”我对他说，“那么，能否请您赐教，告诉我你方准备付出什么样的代价呢？”

> **反问**
> 此处是“我”与对方的交谈，用反问句式令对方哑口无言，同时引出下文的话题内容。

他一下子被我问住了。他意识到自己说错话了，于是急忙吞吞吐吐地解释了一番。他说他刚才只是在开玩笑，然后又说斧子是他和他的授权人都喜爱的决斗武器，和别的武器比起来它的确更适合，但遗憾的是法国法律中这种武器是不允许使用的，因此我有必要把我的提议做一个修改。

我在房间里走来走去，琢磨着这件事情，后来我想到了一个点子——倘若两个决斗者能在相距十五米远处用格林冲锋枪互相扫射，那他们或许就能一决高下了。就这样，我把这个点子讲给了他。

“先生，您是否想过，这样一场决斗所引发的后果是什么吗？”

然而，他并没有采纳这个主意。法律又一次成了拦路石。我提议用来福枪，然后是双筒猎枪，再然后是柯尔特海军型左轮手枪，可是，它们都被否决了。我又琢磨了一会儿，之后便用讥嘲的语气提出，决斗双方在相距四分之三英里处用碎砖块往对方身上砸。我平生最讨厌的就是浪费口舌同一个不风趣的人说风趣话；因此，当这位先生郑重其事地接受了我刚才的提议，准备将它带给他的授权人时，我心里特别不是滋味。

他没过多久就回来了，对我说，决斗双方在相距四分之三英里处用碎砖块往对方身上砸的这个点子，他的授权人特别喜欢；不过，鉴于这种做法可能会对那些在决斗双方之间走路的人造成伤害，他实在不能接受这个建议。听完他的话后，我说道：

“噢，那我想不出别的办法了。这样吧，我能请您想想，看哪一种武器合适吗？或许您早就有了主意呢？”

柯尔特海军型左轮手枪，是柯尔特最成功的一种左轮手枪。这种手枪并非专门用于海上，它是因其枪管上刻有海军的场景而得名。

他眼睛一亮，立刻答道：

“啊，先生，的确是这样。”

说完之后，他把手伸进了衣兜。他的衣

兜可真不少。他掏完这个掏那个，同时嘴里还嘀咕道：“哎呀，它们到底被我放在哪个衣兜里了？”

物体描写

此处是对这两支单管手枪的形状和大小的描写，突出表现了它们的小巧。

他可算是找到了。他从马甲的衣兜里掏出一对儿小东西。我拿着它们走到了光线充足的地方，确定了它们是手枪。这对儿单管手枪上嵌着银饰，特别小巧，样子很可爱。我实在不知道该如何把自己的感情表达出来。我一句话都没有说，只是拿起了其中一支，将它挂在我的表链上，接着把另一支交还给了他。之后，那位先生把一张被折叠过的邮票拆开，从包在邮票里面的几颗子弹中拿了一颗，放到了我手中。我问他说，决斗双方是不是只能打一发子弹。他告诉我，根据法国律法，他们最多只能打一发子弹。就这样，我继续向他求教，问他我们的委托人相互之间离多远比较合适。我的心弦绷得实在是太紧了，以致我现在开始变得头脑迟钝，不会思考了。他居然把决斗距离定成了五十六码。我险些情绪失控。我对他说：

“在五十六码的距离用这种武器？就算在五十码的距离使用水枪，也要比这更有杀伤力啊。朋友啊，你不妨思考一下，我们一起做这件事情的目的是让他们早点儿没命，而不是让他们活得更久啊。”

“我拿着它们走到了光线充足的地方，确定了它们是手枪。”

可是，在我一次又一次的劝说，一次又一次的争辩之下，他

只勉强答应采取将决斗距离缩短成三十五码的折中办法。他长叹一声，对我说道：“从这一刻开始，这件人命关天的事情就和我没有任何关系了，您来承担所有的罪责吧。”

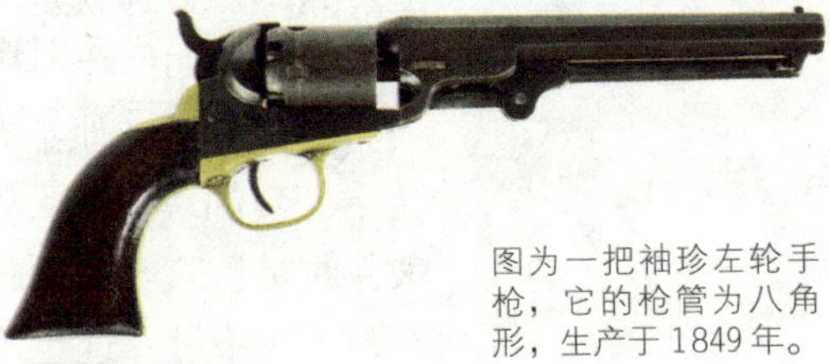

图为一把袖珍左轮手枪，它的枪管为八角形，生产于1849年。

我再也想不出别的办法，无奈之下回到了我的勇士那里，向他说明我这次有损颜面的办事经过。我进门之后，发现冈伯特先生正拿着他最后一把头发，将它们往祭坛上放。他立刻跳到我近前，兴奋地说道：

“我能从您的目光中看出，那件搏命的事情已经被您办妥了。”

“是已经被我办妥了。”

他的脸唰地一下变白了。他靠着桌边，把身子稳了稳，然后大口地喘了一会儿粗气。他实在是太兴奋了。之后，他用又低又嘶哑的声音问道：“既然如此，那决斗器具呢？决斗器具是什么？快告诉我啊！用什么武器决斗？”

人物描写

此处通过描写冈伯特先生的神态、动作和语言，突出表现了他在决斗前夕的激动和不安，令人物形象更加丰满。

“用这个家伙决斗！”我说着，把那支嵌着银饰的手枪拿了出来。他的视线刚一触碰到它，他就昏了过去。

等恢复意识后，他面带哀伤地对我说：

“过去，我总是故意表现得非常镇定，结果这让我的神经出了问题。不过，从现在开始我一定要刚强起来。既然大难临头，那我就要像个顶天立地的汉子、像个真正的法国人一样正视它。”

他站起身来，摆出了一个雄浑、壮美的身姿。他这种姿态，常人压根儿无法与之比肩，绝大多数雕塑也无法与之媲美。随后，他用他那低沉、浑厚的嗓音喊道：

对比

此处将他摆出的雄壮身姿和常人与雕塑进行对比，表现了他在决斗前用行动来鼓励自我。

“你看啊，我现在毫不惊慌，我已经做好准备了！把决斗的距离告诉给我吧！”

“相距三十五码。”

可想而知，这一次我是没有力气把他搀起来了。不过，我把他的身体翻了过去，接着往他背上泼了一些水。他不一会儿就有了意识，对我说：

“相距三十五码，却没有什么东西供人扶一下吗？话又说回来，我根本就没有必要问这么多啊！那个人既然成心想要杀掉我，就不会有多余的心思考虑那些无足轻重的小事。然而，您一定得注意到一点，那就是一旦我倒下去，世上的所有人都会看到一个法国骑士是如何壮烈牺牲的！”

有好一会儿他都默不作声，之后问道：

“我的块头很大，你们在商议的时候有没有提出让那家伙的家族成员也陪着他一起站在决斗场上，以此来弥补我们身材上的差距呢？不过，这也不要紧。我怎么能不顾自己的身份，提出这样的要求呢！要是他一点儿格调都没有，自己不提出这样的要求，那给他点儿便宜占也无妨。要知道，像这种便宜，有着崇高人格的人是不稀罕的。”

神态描写

此处描述冈伯特先生的沉思状态，看起来很迷茫，表现了他的复杂的内心世界，令人不禁为他担心。

随后，他陷入到了沉思之中，看上去是那样迷茫。几分钟之后，他又开口了，问道：

“那么时间呢？决斗在什么时间开始？”

“就在明天日出时分。”

他表现得十分惊讶，急忙说道：

“天啊，难道是疯了不成？这样的事情，我有生以来还是第一次听说。谁也不会这么早出门的！”

“正因如此，我才把时间定在了一大早。您这么说，是不是希望能有一群观众观看你们的决斗？”

“在这个节骨眼儿上争辩是一点儿也不明智的。我十分惊讶，

“相距三十五码，却没有什么东西供人扶一下吗？”

想不通福尔图先生居然会接受这种别出心裁的提议。你现在就过去一趟，要求他把时间向后推一推。”

我立刻顺着楼梯跑了下去，一把将大门打开，险些和福尔图先生的助手撞个满怀。他开口说道：

“我的委托人要我跟您回话，他对拟定的时间特别有意见，想把时间改为九点半，希望您能同意。”

“先生，只要是我们力所能及，且又不坏规矩、合乎礼仪的事情，我们都乐于为您那位令人尊敬的委托人尽绵薄之力。我们同意按照您更改的时间决斗。”

“我方委托人很感谢您，还望您能接受这份谢意。”

说完这句话之后，他把身体转了过去，朝那个站在他身后的人说：

图为全副武装的骑士和战马。可以看出骑士和他的战马都得到了很好的保护，其所穿的盔甲和修饰物的多少也表明了他所拥有的财富。

“诺维尔先生，您已经听到了，决斗时间已经变更为九点半了。”

诺维尔先生立刻向我鞠了一躬，表达了谢意，随后走开了。我的那位合作人继续说道：

“我们双方的首席外科大夫可以依照老规矩，和决斗者乘坐同一辆马车前往决斗场地。不知道您觉得这个建议是否合适。”

“我觉得这个建议是再合适不过的了。谢谢您向我说起外科医生，因为我没准儿真的会忽略这个问题。既然这样，我请几位比较妥当呢？我认为，两三位医生应该足够应付可能出现的状况了吧。”

“依照老规矩，双方应该各请两位。我是说除了首席外科医生之外各请两位。不过，毕竟我们的委托人地位非同一般，所以为了合乎身份，我们各方最好能从最受推崇的外科大夫中再请几位做医学顾问。那些大夫可以乘坐自己的马车前往决斗场地。您有没有把灵车雇来呢？”

“你看，我的脑袋简直是木头做的，这件事我完全没有想到！我立刻就去办。在您眼里我一定特别没有见识，但是您别介意，因为安排这种神圣决斗的经验我可是一点儿都没有啊。虽然我曾经在太平洋沿岸地区接触过很多与决斗有关的事情，但那些都不是什么细致活儿——这一点我现在才意识到。真是的，更别提什么灵车了！我们每次都会让那些被老天爷召唤去的人四脚朝天地躺在那里，任凭别人用绳子把他们绑起来，接着放到车上运走。您还有别的提议吗？”

关联词

此处的“虽然……但……”是一组表示转折关系的关联词，突出了这场决斗的不同寻常。

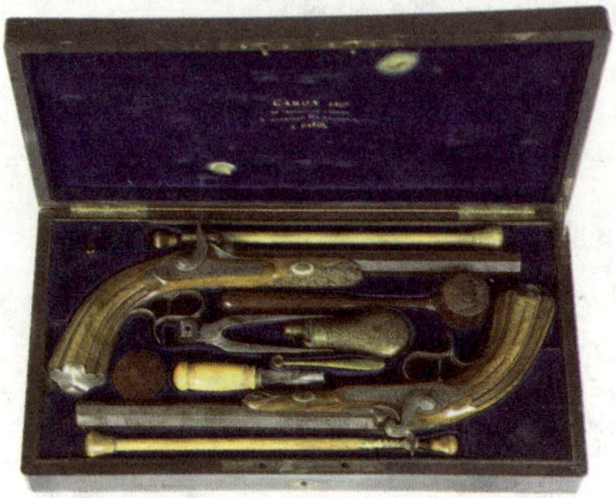

起初决斗者使用的是普通手枪，后来制造出专门用的决斗手枪。由于决斗主要是上层阶级的习俗，因而拥有价格不菲的盒装决斗手枪就成为一种地位的象征。图为盒装的决斗手枪。

“我没有别的提议，只是想说料理后事的几位负责人会按照惯例一块儿乘马车赶到那里。他们的助手以及聘来护送灵车的人会按照惯例徒步走过去。我明天上午八点来找您，到时候我们把队伍的次序再安排一下。我现在得走了，告辞。”

我回到了冈伯特先生那里。他对我说：“您来得正是时候。决斗时间改成了几点钟？”

“改成了九点半。”

“这真是太好了。您是不是向报社提供这个消息了？”

“老伙计，我们可是交往了多年的知心朋友了。要是您居然有了这样的想法，觉得我会为了谋求私利无耻地把您的事情说给……”

“哎呀，哎呀，我亲爱的朋友，您怎么能说这种话呢？是不是我哪里做得不周，冒犯了您？噢，希望您能原谅我。我让您费了太多的心，谁说不是呢！因此，您还是去安排剩下的工作吧，不用办理这件事了。那个心狠手辣的福尔图一准儿会把这件事给办了的。实在不行的话，我就亲自——没错，为了万无一失，我就给诺维尔先生，就是我那位在报社上班的朋友，写一张便条……”

“噢，我想起来了，福尔图先生的助手已经把这件事情告诉给了诺维尔先生，所以您用不着再费心了。”

“咳，我早就猜到了！福尔图那个家伙正是这种人，他总是喜欢表现自己。”

到了次日上午九点半，队伍依次向决斗场地——普雷西的皮克空场进发。走在最前面的是冈伯特先生和我所乘的马车；我们身后的那辆马车上坐着福尔图先生和他的助手；两位胸前衣兜里露着悼词稿、持无神论思想的诗人演讲家坐着马车跟在他们后面；再往后是验尸官所乘的马车，另有两辆灵车紧随其后；再往后是几位治丧负责人乘坐的马车；再往后，一些助手以及聘来护送灵车的人正徒步前进；一大群人顶着雾气慢悠悠地走在队伍的最后面，他们是商贩、治安人员，以及普通居民。那是一个非常壮观的队列，倘若那天没有那么大的雾气，那么整个队伍看上去一定

叙述说明

此处是对队伍顺序的叙述说明，可见法国人对决斗相关事项进行了周密安排，同时跟着一大群看热闹的人。

非同凡响。

大家全都沉默不语。我主动和我的委托人搭了几次腔，但他并没有注意到，只顾着翻他的记事本，同时还六神无主地嘀咕着：“我是为法兰西的万古长青而死的。”

词语赏析

“六神无主”一词形容心慌意乱而拿不定主意，此处突出表现了冈伯特先生内心的慌乱，可见他是个怕死之人。

到了决斗场地后，我和福尔图先生的助手把三十五码的距离测量好，之后双方抽签选择位置。实际上，抽签这个步骤只是个起到装饰作用的形式而已，因为决斗者在这种天气下不管站在哪个位置都没有什么区别。等一开始这几个步骤都走完之后，我走到冈伯特先生近前，问他是否准备就绪。他尽力将身体伸展开，愤怒地答道：“我已经准备好了，把子弹装上吧！”

就这样，我们在几位证人面前把子弹装上了。我们觉得，鉴于天气的缘故，在做这个细活时最好能把手电筒打开，以便看得更清楚些。随后，我们准备让我们的委托人各自站在自己的位置上。

然而就在这个时候，治安人员发现场地的两边已经聚集了大量的人，所以他们提议把决斗的时间向后推一推，以便把那些闲散人员疏散到安全的地方。

“我主动和我的委托人搭了几次腔，但他并没有注意到，只顾着翻他的记事本。”

我们接受了这个提议。

治安人员把两边的人都安排到了决斗者的后方，之后我们又

环境描写

这一句是对当时的天气情况进行描写，渲染了紧张而肃穆的决斗前氛围。

一次准备好了。此时，雾气变得更重了。我和我那位同行助手都认为，我们有必要在决斗信号发出之前使劲儿喊一嗓子，这样就能让两个勇士确定对方的位置。

接着，我走到了我的委托人旁边。我看到他变得胆怯了很多，这让我不禁生出悲凉之情。我想方设法为他鼓劲儿。我对他说："先生，说心里话，实际状况并不像看上去那样糟糕。您仔细想想，你们用的是这种武器，又没法开那么多次枪，离得又那么远，而且隔着大雾什么都看不清，此外，你们中一个是独眼龙，另一个还是近视眼外加斜楞眼。我觉得吧，你们在决斗完之后有可能都会安然无恙的。两个决斗者都有保住性命的机会。因此，鼓起您的勇气吧，不要这样萎靡不振啊！"

对比

此处将小巧的手枪与冈伯特先生的大手掌进行对比，从他的战栗可以看出他心中充满恐惧。

这番话起到了非常大的作用。我的委托人随即把手伸了出来，对我说："我现在什么事情都没有了，给我武器吧。"

我把那支小小的家伙放在了他那厚大的手掌上。他瞪着眼睛看了看它，禁不住战栗了一下。随后，他再一次沮丧起来，一边盯着手枪，一边吞吞吐吐地嘀咕道："

噢，我并不是怕死，只是害怕变残疾啊。"

我又一次给他壮胆，而且效果依然不错。他立刻对我说："就让悲情的那一幕到来吧。我亲爱的朋友，您要做我的坚强后盾啊，可不要在这样一个神圣的时刻抛弃我啊！"

破折号

此处的破折号作用是表示声音的延长，因为距离很远，"我"得拉长声音用力地喊，才能让对方听到。

我对他做出了承诺，然后协助他把手枪指向在我看来其对手所处的方位，同时提醒他仔细听敌方助手的吆喝声，以此判断他们位置。随后，我站在冈伯特先生身后，用身体顶住了他的后背，用力喊了一嗓子，以便引起对方注意。

"可——以——了！"我喊道。

之后对方隔着大雾，从遥远的那一头给了回应。

我立刻高声叫道：

"一，二，三，射击！"

我仿佛听到了"咔嚓！咔嚓！"两个轻微的响声。几乎与此同时，我被一大坨肉压在了下面。我受伤不轻，但还是听清了从我上方传过来的低低的说话声。那声音说：

"我是为——为——为了，真见鬼，我究竟是为了什么而死的呢？噢，我想到了，是为了法兰西！我是为了法兰西的万古长青而死！"

外科医生们拿着探针，一下子围了过来。他们用显微镜把冈伯特先生的全身看了个遍。可喜的是，他们并没有在他身上看到任何伤口。随后，一件让人雀跃不已的事情发生了。

两个勇士跑向对方，紧紧地把对方的脖子搂住，骄傲和开心的泪水奔涌而出。我的同行助手给了我一个拥抱。外科大夫、演讲家、出殡的人，还有治安人员全都互相拥抱，送出祝福，全都尽情地欢呼。这片场地上尽是称颂声以及难以形容的喜悦。

场面描写

此处描写决斗没有造成死亡，人们互相拥抱庆祝的场面，真是件大喜事啊！

此时此刻，一个念头出现在了我的脑海之中，那就是宁可做一位决斗场上的法国勇士，也不愿做一位戴着王冠、握着权杖的国王。

等大家的情绪平复了一些，外科大夫们开始会诊。他们争论了好一会儿，最后得出结论，认为我虽然受了伤，但只要好好调养，还是能够保住这条命的。我的伤势非常重，因为很明显，我的左肺被一根大夫们都觉得已经断了的肋骨插了进去，我的一部分内脏被挤得移开了原来的位置，它们以后在新的地点能否继续发挥它们的作用就不得而知了。接着，他们把我左臂上两处骨折的地接好了，将我脱臼的右腿推回了原位，又托高了我的塌陷下来的鼻子。大家对我特别感兴趣，还对我大加赞扬。有不少热情和真

“大家对我特别感兴趣，还对我大加赞扬。”

权杖和王冠都是王室权利的象征。848年，法兰克国王查理在奥尔良的祝圣是权杖作为一种加冕礼饰物第一次出现在记载中。图为王冠。

诚的人都把自己介绍给我，说他们为能够结识我而感到骄傲，因为我是四十年来第一个在法国人的决斗中受伤的人。

他们把我放在了一辆救护车里，这辆救护车走在队伍最前面。就这样，我被护送到巴黎，一路上心花怒放，满足极了。我成了这浩荡人群中的大人物。接着，我被送进了医院。

我被他们授予了一枚十字勋章，尽管那里的大多数人都获得过这一殊荣。

上面的内容如实地讲述了当代最有纪念意义的一次个人恩怨。

我没有理由埋怨任何人。我是搬起石头砸自己的脚。不过幸运的是，自己造成后果，我还能承担得起。

这绝非是信口开河，我敢说，倘若此刻让我在一个法国决斗者的跟前站着，我是丝毫不会害怕的；不过，尽管如此，只要我还能保持理智，我是无论如何也不会在一位决斗者的身后站着了。

作于一八八零

我的好词好句

⊙不寒而栗　不可开交　无所畏惧　郑重其事　默不作声　心狠手辣　非同凡响　奔涌而出　难以形容

⊙他这种姿态，常人压根儿无法与之比肩，绝大多数雕塑也无法与之媲美。

⊙那是一个非常壮观的队列，倘若那天没有那么大的雾气，那么整个队伍看上去一定非同凡响。

⊙两个勇士跑向对方，紧紧地把对方的脖子搂住，骄傲和开心的泪水奔涌而出。

⊙此时此刻，一个念头出现在了我的脑海之中，那就是宁可做一位决斗场上的法国勇士，也不愿做一位戴着王冠、握着权杖的国王。

美国人的欧洲之行

在最初的几天，我们都很满足，完全醉心于那碧波荡漾的卢瑟恩湖，还有环绕着它的连绵不断、银装素裹的群山。特别是那些山，谁看到它们都会心驰神往的，因为当金灿灿的阳光照在那白雪皑皑的山顶时，或者当如练的月光温柔地洒在它上面时，它所展现出的美景真的是世上少有，让人流连。不过，我们最终决定乘坐轮船去周边看一看，而后先选择里吉山来爬。真是太棒了，那天晴空万里，此次弗洛伦之旅让我们无比开心。每个人都在甲板帐篷下面的凳子上坐着；每个人都说说笑笑，同时不忘称赞那旖旎的风光。在这个湖上乘舟而行简直算得上是人生最美妙的体验。一座座山呈现出变幻莫测的奇异景观，它们有时凸显在湖中，巍然屹立，那巨大的山体映衬出我们那艘轮船是多么渺小。这些山上没有盖着积雪，可是它们直入云霄，山峰周围环绕着白云。它们并非是丑陋、荒芜的不毛之地，上面长满了绿树，看起来非常舒适，清幽。有时候它们是突兀而立，很难想象有人能稳稳地站在那样一个斜坡上。不过，山上有小径，瑞士人经常沿着山路

环境描写

此处描写湖泊、群山的美景，表达了对这世上少有的美景的赞叹。

“在最初的几天，我们都很满足，完全醉心于那碧波荡漾的卢瑟恩湖，还有环绕着它的连绵不断、银装素裹的群山。”

卢瑟恩湖位于瑞士，其所处的地理位置非常重要，有很多货运船只经过，交通方便。此外由于风景美丽，很多人也会以旅游和休闲为目的来此。图为卢瑟恩湖。

行走。

有时，可以看到那险峻而又奇特的悬崖峭壁微微倾斜着，就像是船坞里的存放船只的巨大仓库一般，可是它又继续向上伸展，坡度变得更陡，就像法国复式屋顶那样。你可以发现，有一些燕窝一样的东西建在了那让人眩晕的复式屋顶上，而且你要不了多久就能看出他们其实是一些农舍——的确如此，那些人都把家安在了云雾缭绕的高山之上。万一有农夫梦游，或者有孩子翻出院墙呢？如果真的出了这样的事情，那么想要找到他们的遗骸，死者的亲友就必须从那高耸入云的山上下来，走过一段既漫长又枯燥的路。可是，那遥远的宅子却又如此让人向往，它们远离喧嚣的都市，安然地睡在那静谧和如梦似幻的画面中。可以肯定的是，如果一个人学会了如何在那上面生活，那他必然不会再去一个更低微的地方安家了。

在这一个又一个绿色的巨型幕布之下，我们的船很快驶过了那些曲曲折折而又非常有诗情画意的湖边支流，我们在船上欣赏着那些之前从未见过的美景。这景色像是一幅壮观的图画，铺展在我们眼前，转而又合拢在我们身后。当我们忽然靠近一座如容弗劳峰那样高大的白色巨型山岩时，我们又是激动，又是惊诧。它巍然耸立在远处，就像是一个在阿尔卑斯山脚下的石堆上露出肩膀和头颅的巨人似的。

比喻

此时将这块巨石山岩比作巨人，突出表现了这块山岩的高耸和巨大。

那次，我正如饥似渴地观赏着这些瑰丽的景色，想要趁它们还没消失，尽可能地一饱眼福。就在这个当儿，一个小伙子用悠闲自在的声音把我从遐想中拉了出来，他对我说：

“如果我猜得没错的话，您是个美国人，对吧？我也是美国人。”

他看上去有十八岁，或者十九岁，中等个头，身材瘦削，脸上透着直率和开心，眼睛有神，但至少会给人一种任性的感觉，鼻子羞涩地从刚刚长出来的胡子里露出了头，正等人把它引出来，下巴非常放松地垂着，仿佛只有这样它才能在关节上自如地活动。他头戴一顶矮筒窄边草帽，帽筒上围着一根蓝色丝带，蓝丝带上用白色绣线绣着一个船锚图案；身上穿着漂亮的燕尾服和马甲，看上去非常考究，也非常搭配；脚上穿着带有红色条纹的长筒袜，和一双后帮特别低的皮鞋，皮鞋上系着黑色丝质鞋带；一条蓝色缎带围在他的脖颈上，领子敞着；一颗精细的宝石纽扣固定在衬衫的前胸部位；羊皮手套看上去非常光滑，没有任何褶皱；袖口向外翻着，上面缝有一颗不再有光泽的银质袖扣，袖扣上印着狗脸图案；手里拿着一根非常细的手杖，手杖顶端被制成了英国巴儿狗头的形状，狗头上镶着红色玻璃眼睛；胳膊下面夹着《奥德氏语法》——一本德语语法书。他的头发又短又直，梳得非常顺滑；当他后来把头扭过去时，我发现他后脑勺上的头发是分开梳的，而且梳得特别细致。他把一根香烟从一个做工精巧的盒子里取出来，又从身上的摩洛哥皮袋里拿出一个海泡石烟嘴。把烟装上去后，他伸手来拿我的雪茄。就这样，在他向我借火时，我回了话，答道：

外貌描写

这一段是对这位小伙子的外貌进行细致的描写，突出了他的外貌和衣着特点，令读者具体可感。

“没错，我的确是美国人。”

“就说是嘛，我早就看出来了。您是乘坐什么船过来的？”

“乘‘霍尔斯凯亚’号来的。”

“您看看，我们是坐‘巴蒂维尔’号来的，那艘船是孔纳达公司的。您此次海上旅行，情况还好吧？”

“就在这个当儿，一个小伙子用悠闲自在的声音把我从遐想中拉了出来。”

哈佛大学是美国一所享誉世界的私立大学，同时也是著名的常春藤盟校成员，在文学、医学、法学等多个领域有着广泛的影响力，进入其中的人都是各方面很优秀的人。图为哈佛大学早期的场景。

“风很大，浪也很高。”

“我们也一样。船长说他极少遇到那么大的风浪。您是从什么地方过来的呢？”

“从新英格兰过来的。”

“我也一样。我来自布鲁姆菲尔德。您不是一个人过来的吧？”

“不是一个人，一个朋友和我一起来的。”

“我们是全家人一起来的。独自去外面旅行，时间会显得特别漫长，您说是不是？”

“是有一点漫长。”

“您是第一次来这里吗？”

“不是第一次。”

“我可是第一次来，之前从没有来过。不过，除了这里之外，我们把每个地方——巴黎和其他地方——都走过了。我目前在学德语，明年会去哈佛。不学德语的话是不能入学的。法语我懂得很多，不管是在巴黎还是别的什么地方，我都能和别人流畅地交谈。您住在哪家旅店呢？”

“施维茨尔霍夫旅店。”

“这怎么可能呢？您没说假话吧？我从未在客厅里看到过您。因为客厅里总是有不少美国人，所以我常常去那里。如果一个美国人出现在我眼前，那我很快就能认出他是美国人。所以，我会主动找他聊天，和他成为朋友。我特别爱交朋友，您也是吗？”

“噢，是啊！”

联想假设

此处是小伙子对旅行中结交朋友的联想和假设，突出了他爱交朋友的特点。

“您看，它能够让这样的旅行变得不那么枯燥，真是好得不能再好了。如果我能结交一些人，同他们说说话，我就不会在旅途中感到无聊了。要是一个朋友也交不上，在旅途中没人可以聊天，那我会觉得这种旅行十分枯燥乏味。我喜欢交谈，您也喜欢吗？”

“喜欢。”

“在这次旅行的途中，您有感觉枯燥乏味的时候吗？”

“偶尔会有，并非经常这样。”

“您说得没错！看，您一定得去各处转转，认识一些朋友，交流一下才行。这正是我的一贯做法。我会一直这么做，不断地去旅行、旅行、旅行，不停地聊天、聊天、聊天，这样我就不会觉得无聊。您有没有去过里吉山？”

“没去过。”

“是不是打算去？”

“应该会去吧。”

“那您打算住哪一家旅店？”

“我还没有想好。是不是有好几家旅店？”

“是的，有三家。您可以选择施莱贝尔旅店，因为住在那里的都是美国人。您刚才说您来的时候乘的哪一艘轮船？”

“乘的‘安特卫普市’号。”

“我认为那是一艘德国轮船。你是不是打算去日内瓦？”

“是的。”

“那您打算住在什么旅店呢？”

“住在日内瓦金币旅店。”

“您千万不要选择那家旅店啊！那里一个美国人都没有。我建议您在桥附近选一家大旅店，那边的旅店里住的都是美国人。”

“可是，我得练一练阿拉伯语。”

“上帝啊，您能说阿拉伯语啊？”

“能，而且说得非常流畅。”

“哦，真是的，在日内瓦可没人跟您说阿拉伯语。那里的人都不说这种语言，但是说法语。您现在住在哪家旅店？”

“如画滩公寓旅店。”

“哎呀，您怎么不住施维茨尔霍夫旅店呢？莫非您没听说过施维茨尔霍夫旅店是瑞士最好的旅店不成？你可以翻阅一下您的旅行指南。”

“这我听说过，但我起初以为那里一个美国人也没有。”

“一个美国人也没有？哎呀，上帝啊！那里的美国人真是太多了！我一有空就会去那个大客厅里待着。我在那里结识了不少人。我刚住进去的时候，里面的美国人比现在要多。之所以会这样，是因为老客都是住完就走，目前住进来的都是一些新客。您是从什么地方过来的？”

“从阿肯色州来的。”

“噢？我来自新英格兰。我就住在

前后矛盾

此处描写“我”与小伙子的对话，从对话中可以看出“我”的回答前后矛盾，可小伙子却聊得兴致勃勃。

日内瓦湖位于法国和瑞士之间，是阿尔卑斯山湖群中最大的一个，气候温和，风景优美，因而吸引了世界上很多游客前来参观。图为日内瓦湖的版画。

新布鲁菲尔德。我今天特别高兴，您感觉怎么样？”

“感觉非常好。”

“我一猜就是这样。我爱四处转悠，无拘无束的，还能结识不少朋友，还能和他们聊聊天。只要一个美国人出现在我眼前，我就能知道他是美国人。然后我会走过去和他交谈，和他结为朋友。如果我能结交一些人，同他们说说话，我就不会在旅途中感到无聊了。我特别爱和人交谈，要是能遇到一个聊得来的人的话，您也是吗？”

照应前文

此处小伙子的话与前文相照应，表现了他颠三倒四、重复又啰嗦地与人聊天，令人啼笑皆非。

“我认为它是最好的打发时间的方式。”

“我们的想法一样啊。你看，有些人爱坐下来读书，他们会不停地读，或者傻乎乎地四下里看，冲着湖水、山，或者这样那样的东西大喊大叫。我就不喜欢那么做，不喜欢，先生，要是他们乐意，那他们爱怎么样就怎么样吧。我不反对别人那么做，不过对我而言，聊天才是有乐趣的事情。您有没有在里吉山上转转？”

“有过的。”

“您当时住在了哪家旅店？”

“施莱贝尔旅店。”

“那家旅店是最棒的，我曾经住过。那里全是美国人，我说得没错吧？一直都是那样，一直都是。人们都是这么说的，每个人都是这么说的。您是乘坐哪艘轮船过来的？”

“乘‘巴黎’号”

“我觉得那是一艘法国轮船。您这次海上旅行，天气状况……很抱歉，我得离开一下，我看到几个陌生的美国人走过来了。”

手杖也称文明棍，是旧时西方绅士经常携带的物品，可以显示绅士的风度和身份。它与笔挺的身姿和礼服一起，成为西方绅士的招牌形象。

他刚说完这句话就离开了。我已经产生了杀死他的想法，特别想用我的手杖朝他后背砸过去。不过，我刚把手杖拿起来，这个想法就没了。所以，他离开的时候毫发无损。我对他动了恻隐之心，他是一个那样单纯、快乐、老实的呆子。

过了半个钟头，我坐在凳子上，饶有兴致地观察着我们从旁驶过的那座崔嵬、雄壮、呈金字塔状、高达八十英尺的巨型岩石(它孑然而立，没有任何人工雕琢的痕迹，是造物主的鬼斧神工造就了它的模样)。造物主在远古的时代就将它设计出来，留给那些配得上享有它的人做碑石。那样一个时刻最终到来，现在这座庄重、巍峨的碑石上已经刻上了一个巨大的名字——席勒。说来也不可思议，这个刻字丝毫没有让这座巨型岩石的价值受到贬损，也没有让它本来的样子受到破坏。听人们说，头两年有一个外地人来到了这里，他利用滑轮和绳子把自己悬挂在岩石上，在上面写满了字，那些字比席勒的名字还要大。他是这样写的：

补叙

此处补充叙述这座巨型岩石上曾被一个外地人写满了字的事，令马克·吐温产生好奇，打发了空闲时间。

请服用止汝痛；
欢迎购买阳光牌炉漆；
请选用赫尔姆波尔德氏布枯；
降压药请认准乍得灵。

他后来被捕了，最终被证实是个美国人。审判官在法庭上对他说：

“在你们国家，只要有狂妄自大的人想要将一笔不干净的钱装进自家口袋，他就有权轻蔑和玷污大自然，轻蔑和玷污上帝——大自然的创造者。但是，这起案件的情况有些不一样。因为考虑到你不是本地人，而且愚蠢蒙昧，所以我决定从宽处罚；倘若你是本国公民，那我肯定会从严治罪。接下来，听我宣布审判结果。你得马上把席勒纪念碑擦得干干净净，不能留下任何由你造成的印迹；我要罚你一万法郎；你要在监狱里度过两年的时间，期间

“我已经产生了杀死他的想法，特别想用我的手杖朝他后背砸过去。”

还得做苦工；服完刑期后，你得挨一顿鞭子；而后，我们会在你身上涂上一层柏油，把羽毛粘上去，并割下你的耳朵，让你骑着木棍，抬着你走到这个州的边界线上，把你驱逐出境，再也不准你踏入这片土地。就此案件，本法庭并没有对你施以最严厉的惩罚，这并非是对你个人网开一面，而是不想让你那伟大的祖国颜面扫地。真遗憾，她居然造就出了一个你这样的无耻之徒。”

铺垫

此处描述“我”在床甲板上坐着休息时，听到一个人和两位女士聊天，为下文的叙述做铺垫。

船甲板上的坐凳有两排，是背靠背并列排放的。不经意间，我脑后的头发和两位女士脑后的头发触碰到了。没过多久，一个人走了过来，然后主动和她们聊天。只听那个人说：

“我觉得你们是美国人，对不对？我也是美国人。”

“没错，我们的确是美国人。”

“我已经猜到了，我看一眼就能认出来。你们是乘坐什么船过来的？”

“乘坐‘彻斯特市’号来的。”

“噢，对啊，那艘船是英曼航运公司的。我是乘‘巴蒂维尔’号来的，它是孔纳达公司的船。你们此次海上之旅，情况还好吧？”

“一点儿风浪都没有。”

“你们的运气真不错。我们坐船过来时风浪特别大，船长说他极少遇到那么大的风浪。你们是从什么地方过来的？”

“从新泽西州过来的。”

“我也一样。噢——不是，我表达有误。我是想说我来自新英格兰。我老家在新布鲁姆菲尔德。这些孩子是你们的吧？是不是你们两位的？”

“这几个孩子都是我的，是我一个人的；我这位朋友未婚。”

“我猜，是处于单身状态吧。我也一样。没人陪你们两位女士一起出来旅行吗？”

“不是的，我有丈夫陪着。”

“我们全家人都来了。独自出门旅行，时间显得太漫长了，您说是不是？”

“是的，我是这么认为的。”

叙述

此处叙述小伙子与两位女士聊那座比拉迪斯山以及山的名字来由。

“看那边，比拉迪斯山再一次出现了！要知道，它的名字取自庞修斯·比拉迪，那个人曾经把威廉·泰尔头上的苹果给射落了。所有人都告诉我，旅行指南里有这个故事，而且讲得很详细。我是从一个美国人那里了解到这些的，但我并没有读它，我可不想读书，我觉得还是旅行有意思。你们有没有看到威廉·泰尔曾经在里面讲过道的小教堂？”

“他还在那个地方讲过道？我之前一直都不知道。”

“对啊，他的确在那里讲过。我是从那个美国人嘴里听到的。他总是拿着他的旅行指南翻来翻去。和这片湖有关的故事，湖水里的鱼都没有他知道得多。对了，别人都叫它‘泰尔小教堂’，这您不会不清楚吧。您是第一次来吗？”

“不是第一次。”

“我可是第一次来，之前从没有来过。不过，除了这里之外，我们把每个地方——巴黎和其他地方——都走过了。我目前在学德语，明年会去哈佛。不学德语的话是不能入学的。我手里这本书名字叫《欧托式语法》，是一本非常不错的书，可以让你学会‘我拥有’‘有了他’这样的短语。不过，在四处旅行的时候，我可不会花心思学习它。只有在一时兴起的时候我才会快速地将那些学过的东西——‘我拥有，你拥有，他拥有，我们拥有，他们拥有’——复习一遍。您听啊，说它们的时候像是在唱‘这会儿——我——想——上床睡觉’。在这之后我连续三天都不会碰它。它们可真让人头疼啊，我是指那些德语；你一定要慢慢地学习它们，不然的话，你的脑子会一片混乱，你会感觉它们在你脑子里乱七八糟地混在了一块儿，就像搅在一起的面粉和黄油一样。不过，法语就大不一样了。学法语简直就是小菜一碟。我一点儿也不害怕说法语，如同一个流落街头的人不害怕吃饼子一样。我能叽里呱啦地把那些东西说出来，眼睛都不眨一下，比如‘我有’‘你有’‘他有’，还有后面的一长串，它们对我来说简单得就像‘a’‘b’‘c’一样。我在巴黎，甚至任何一个说法语的地方都能流畅地和别人聊天。你们住的是什么旅店？”

“施维茨尔霍夫旅店。”

“这怎么可能呢？您没说假话吧？我从未在客厅里看到过您。因为客厅里总是有不少美国人，所以我常常去那里。我结交了很多朋友。你们是否去过里吉山？”

“没有去过。”

“是不是打算去？”

“是的。”

席勒(1759—1805年)，是德国18世纪著名诗人、哲学家、历史学家和剧作家。他是德国启蒙文学的代表人物，被公认为是德国文学史上地位仅次于歌德的伟大作家。

类比

此处描述小伙子对学习德语的感受，将脑袋中混乱的感觉比作面粉和黄油搅在了一起，突出了德语不容易学习的特点。

“你们打算住在什么旅店？”

“我还没有想好。”

“噢，我建议你们选择施莱贝尔旅店，因为那里住的都是美国人。你们是坐哪一艘船过来的啊？”

叙述

此处叙述小伙子知道自己常常重复问对方问题，表现了他的自我检讨。

“坐‘彻斯特市’号过来的。”

“哎呀，没错，我想起来了，这个问题我刚才问过你。您看，我总爱问别人坐了什么船，因此偶尔就会忘了，会去重复地问对方。你们有去日内瓦的打算吗？

“这个打算。”

“你们准备选择哪一家旅店？”

“我们准备住在公寓里。”

“我几乎不相信自己的耳朵，你们竟然想要住在公寓里。绝大多数美国人都不会选择住在公寓里。你们在这边住的是什么旅店？”

“施维茨尔霍夫旅店。”

“噢，没错，我想起来了，我已经问过你们一遍了。”

“噢，没错，我想起来了，我已经问过你们一遍了。您看啊，我总是爱问别人住什么旅店，以致自己被旅店给弄得头昏脑涨的。不过话又说回来，这样才有话题嘛，我特别爱聊天，聊天能让人

容光焕发。您在旅行的时候也喜欢聊天的吧？”

“没错。偶尔会这样。”

“噢，我也一样啊。如果能够聊天，那我一定不会觉得无聊。您是不是也是如此呢？”

“没错。通常是这样，不过也有例外的时候。”

“啊，那是自然，见到谁就和谁聊天，这种事我可不喜欢。要是对方开始喋喋不休，没完没了地谈论景色啦、历史啦、美术啦，等等这样的无聊话题，我立刻就会感到厌烦。我会告诉他：‘噢，我必须得走了，我们有缘再会吧。’说完之后我便会去散步。你们是从什么地方过来的？”

“卢瑟恩的狮子”是瑞士人修建的一座纪念碑，是为了凭吊1792年法国大革命时，为保护法国国王路易十六及玛丽王后而战死的瑞士雇佣军。马克·吐温称赞它是“世界上最哀伤、最感人的石雕”。

“从新泽西州过来的。”

“天啊，真是太讨厌了。这个问题我也问过。你们有没有见过卢瑟恩的狮子？”

“没有。”

“我也是。但那个给我讲解比拉迪斯山的人告诉我说，它长约二十八英尺，还是值得瞧一瞧的。这听上去太不可思议了，但他就是那么对我说的。昨天他去看了，说它只剩下最后一口气了，因此我担心它现在已经断气了。不过，这也不要紧，我相信它的尸体会被制作成标本。对了，这些孩子是你们中的哪一位的来着？”

“我的。”

“哎呀，您刚才已经告诉我了。您打算去——啊，我问过这个问题了。您做什么船——噢，我也问过这个了。你们住在哪一家旅店——噢，我已经问过了。容我思考一下——哎呀——哎呀——我觉得，嗯——我已经把想说的都说完了。告辞了（原文为德文），很高兴认识你们，告辞了（原文为德文）。”

破折号

此处连续出现的几个破折号均是表示语句的跳跃和转折，表现了小伙子发现了自己的问题，最终无话题可聊了。

作于一八八零年

故设迷魂阵

我是从一位少校口中听到这个故事的，下面我会把我能回想起来的内容如实地讲述给大家。

那是个一八六二年的冬天，当时正值年末，我在特朗贝尔要塞担任司令的职务，那个要塞位于康涅狄格州的新伦敦县。可能那里的生活和“战场”比起来显得有一点沉闷，但从另外一个角度上来看，它其实并不沉闷。在那个地方，即便没有战火的刺激，人们的头脑也没有变得迟钝。之所以会如此，首先是因为那个时候北方盛传着一些谣言——叛军的特工正在各个地区活动，打算把我们北方的要塞一一炸掉，还要烧毁我们的旅店，悄悄向我们的城镇运送携带病菌的衣物，而且还要搞更多的破坏。这样的事情您一定没有忘记吧。有了这些谣言，我们理所当然地会处于一种警戒状态，这让那种枯燥无味的驻防生活变得活跃起来。其次，我们的要塞还担负着征兵的责任，也就是说，我们根本没那么什么时间去打盹儿，幻想，或者四处晃悠。噢，虽然我们尽力小心行事，可往往当天招募来的新兵中有一半都会趁着半夜溜掉。过去，刚入伍的士兵往往能拿到一份不错的津贴，如果他想开小差，那么就算他用三五百美元来贿赂哨兵，最后还能剩下不少钱。对一个身无分文的穷人来说，这足可以称得上是一笔财产了。情况就是这样，正如我刚刚说的，那个时候，我们的生活既不安逸，也不清静。

背景介绍

这里介绍了故事发生的时代背景，令读者清楚明白，同时为下文故事发展做铺垫。

那一天，我一个人坐在营房中写公文，这时有一个年轻人走了进来，他穿着破破烂烂的衣服，脸色煞白，看样子大概有十五岁。他很麻利地给我鞠了一躬，随后说道：

“我认为这个地方正在招募新兵，对吗？”

“没错。”

“我想当兵，可以吗长官？”

“噢，我可不能收你！孩子，你太年轻了，而且个头儿也远远不够。”

美国南北战争期间，双方征兵时都会出现图中的场景，丈夫与妻儿惜别，身后是整装待发的部队。

他看上去有些失落，这种失落很快发展成了颓丧。他缓慢地扭过身去，像是想要离开；可他却迟疑地在那里站立了片刻，之后转过头来，用一种让我深深动容的语气说道：

“我无家可归，而且没有任何朋友。假如您能把我收下，那该有多好！”

不过，我实在是不能答应他，所以我尽量用最为温和的语气跟他说明了原因，之后让他靠着火炉坐下来暖暖身子。我继续对他说道：

“你是不是饿了？你马上就能有吃的了。”

他什么都没有说，而且，他也不需要说什么。他那双水汪汪的大眼睛流露出了任何话语都无法形容的感激之情。他坐在了火炉旁边，我则接着写我的公文，有时候会偷眼看一看他。我发现，尽管他身上的衣服和鞋子看起来破破烂烂的，但款式和布料都还不错。这一发现很值得人去体会和琢磨。另外我还注意到，他的说话声十分低沉，而且十分好听；他的眼睛像是在诉说着什么，透出些许哀伤；他的言谈举止又是那么文质彬彬。我觉得这个令人同情的孩子肯定是遇到了什么不幸。因此，我开始关注起这个

人物描写

此处描写了年轻人的神态、动作和语言，突出表现了他想当兵的愿望。

“我无家可归，而且没有任何朋友。假如您能把我收下，那该有多好！”

小家伙来。

然而，我没过多久便把他抛在脑后，将全部注意力都放在了手头的工作上。但后来我不经意地把头抬起来瞥了他一眼，看到他正背对着我，但是向一旁侧着脸，一行眼泪正顺着朝向我这一侧的面庞悄然落下。我在心里说：“噢，上帝啊！这个可怜的小家伙肯定是饿极了，我居然把这个事情忘了。”

心理描写

此处是对“我”的心理描写，表现了“我”对年轻人的同情和关怀。

我无意间怠慢了他。所以，为了补偿他，我说：

“孩子啊，快点儿过来。我们一块儿吃饭吧。今天，这里除了我之外没有别人。”

他再次用感激的目光看着我，脸上浮现出快乐的神情。他在饭桌旁站定，用手把着椅背，等我坐下来之后才就座。我把刀叉拿了起来，然后，哎呀，我就停了下来，保持着那种姿势，因为我发现那个小家伙正低着头小声地祈祷。所有跟故乡和童年有关的纯真而又神圣的回忆全在这一刻浮现在我的脑海里。我禁不住发出一声长叹，想到自己早已忽略了宗教信仰，忽略了它给那些痛苦的心灵带来的帮助、慰藉、勉励和支撑。

“我就停了下来，保持着那种姿势，因为我发现那个小家伙正低着头小声地祈祷。”

就在我们吃饭时，我发现年幼的威克洛——全称是罗伯特·威克洛——能够正确地使用餐巾；另外……啊，总而言之，我发现这个孩子非常有教养，所以其他的例子我就不在这里详述了。还

有一点引起了我的注意，那就是他具备质朴、真诚的品性。我们聊的基本上都是他的事情，所以我很容易就从他嘴里了解到他的背景和经历。当他提到自己出生于路易斯安那州，并且在那里长大时，他就给我一种非常亲切的感觉，因为我有过一段在南方生活的经历。我对密西西比河入海口附近的那些地方既熟悉又喜爱，加之我离开那里的时间并不长，对那一带依然有着浓厚的兴趣。他说到的一些地名是那么动听——真是动听极了。为了让他谈论那些地方，我甚至会主动找一些与之相关的话题来聊。他说到了巴德鲁奇，唐纳森维尔，普莱克明，帽子尖，六十里角，卡罗尔顿，仓库码头，新奥尔良，轮船码头，大广场，乖孩子大街，迪沃瑞广场，圣查尔斯酒店，扇贝路，还有庞查特雷恩特湖。当我再一次听到"洛尔·艾·李"号、"纳奇斯"号、"日蚀"号、"奎特曼海军上将"号、"邓肯·F.肯尼"号和别的一些我过去耳熟能详的汽轮时，我高兴极了，简直就像是重新回到了那里一样。这一个又一个名字让我回想起了一段又段往事，甚至有一种身临其境的感觉。接下来，就让我把小威克洛的身世简要地给大家讲一讲吧。

马克·吐温早年曾在密西西比河上做过舵手，所以对那里非常熟悉，后来还以此写过小说《密西西比河上》。图为密西西比河入海口。

内战打响了，他和父亲，还有他那病秧子姑妈都住在一个丰饶的农场。这个农场位于巴德鲁奇郊外，已被他们家族传了五十年。他的父亲是北方的支持者，尽管屡遭迫害，但依然坚定地站在自己的立场上。后来，在一个晚上，他们的房子被一些蒙着面的家伙放火烧掉了。无奈之下，全家人只能逃到别的地方。他们走到哪里，就被人追踪到哪里，饱受贫困、饥饿，还有痛苦。病入膏肓的姑妈最终被上帝接走了，贫穷和寒冷要了她的命。她像一个流离失所的人一样死在了一片空旷的原野上。她身上落下了雨点，她上空响起了雷声。没过多久，一个武装组织把他的父亲抓住了。他在一旁不停地哀求，但那些人却在他眼前把那不幸的人送上了绞架。（说到这个地方，那个孩子眼中流露出哀伤，他喃喃自语道："假如这里不收我，那也不要紧，我会有出路的，我会找到一个出路的。"）那些家伙刚把他父亲已死的消息宣布出来，就对他说，他必须在二十四小时之内离开那片区域，否则就要给他罪受。当天晚上，他悄悄走到河边，躲在离农场码头不

暗讽

这里描述年轻人的姑妈惨死在原野上，雨打在身上，雷响在头顶，暗中讽刺了战争给人们带来家破人亡的惨状。

图为1858年5月，亲奴隶制者在总统皮尔斯的庇护下枪杀反对者的场景。

远的一个地方。过了一会儿，“邓肯·肯尼”号停靠在了那里，他便涉水而过，在那艘系在船尾后面的小艇上藏了起来。在天亮前，轮船把小艇拖到仓库码头。他偷偷上了岸，之后步行了三英里，走到了新奥尔良的乖孩子大街。他的一个叔父住在那里。至此，他总算暂时性地远离苦难了。他的叔父也是北方的支持者。没过多长时间，叔父觉得有必要离开南方。就这样，叔侄二人悄悄动身了，他们乘上一艘帆船，没过多久就到了纽约。他们在阿斯特旅店住下了。有那么一阵，小威克洛过得非常开心，他总是在百老汇大街上逛来逛去，观赏一幕又一幕奇特的北方景象。然而，后来他的命运又有了转折，而且还是一个坏的转折。一开始，叔父心情很好，但随着时间的推移，他变得愁眉苦脸，精神不振，脾气也越来越差。他常常抱怨自己的收支严重不平衡，总是说：“手头儿的这点儿钱都无法养活一个人，更何况是两个人呢？”后来，在一个早晨，他突然消失了。他没有去吃早点，于是小家伙去柜台打听，结果被告知他的叔叔在昨天晚上已经把账结清，然后离开了。旅店里的工作人员觉得他去了波士顿，但这只是猜测。

小家伙孤零零地一个人，没有任何依靠，他一筹莫展，什么法子都想不到。不过，他后来做出了一个决定，那就是想尽一切办法追上他的叔父。他走到汽轮码头后才明白口袋里仅有的那点钱是无法支付前往波士顿的船票的，但是足够支付去往新伦敦的船票。就这样，他乘船去了新伦敦，决定把自己的命运交给老天爷来掌管，到时候再想办法把剩下的路程走完。眼下，他已经在新伦敦转悠了三天三夜了，到处找好心人施舍给他一些吃的，临时为他提供一个可以睡一会儿觉的地方。可是，他最终放弃了希望，也不再有勇气。要是能让他留下来当兵，那他一定会感激不尽的；要是不能收他做士兵，那让他做一个小鼓手怎么样呢？噢，要是可以的话，他会好好工作，让每个人都满意，而且会非常感激。

心理描写

这里描写年轻人的心理活动，一连三个“要是”表现了他心中的盼望，突出了他的可怜。

以上便是小威克洛的个人经历，里面只有一些细节被略掉了。这些内容都是他讲述给我的。我对他说：

“孩子啊，现在你有很多伙伴，你再也用不着为这件事担忧了。”

看，他那双眼睛里闪烁着怎样的光芒啊！我叫来了约翰·瑞博恩中士，他出生在哈特福德，现在依然住在那个地方；说不定您知道他。我对他说：

“瑞博恩，就让这个孩子去军乐队吧，和那些小伙子们住在一起。我准备把他留下，让他做个小鼓手。我希望你能好好关照他，一定要让他受到善待。”

按理说，我这个司令官在那之后就没有必要再和那个小鼓手保持接触了。然而，我还是很关注这个举目无亲的可怜孩子。我继续留意着他的一举一动，盼着他能活泼起来，变得开开心心的。可是情况并没有按照我所预想的那样发展，时间一天天地过去了，他却没有任何改变。他不和周围的人来往，总是那么郁郁寡欢，总是那么忧心忡忡，总是挂着一幅愁眉苦脸的表情。在一个早晨，瑞博恩找到我，要求和我单独谈一谈，他说：

伏笔

此处描述留在军队的他并没有活泼开心起来，这是怎么回事呢？为下文故事发展埋下伏笔。

“长官，请您不要见怪，实际上，军乐队的队员们再也忍受不了了。我认为必须得有人站出来说一说了。”

“怎么一回事？是不是遇到麻烦了？”

“长官，就是威克洛那个小家伙。可以说，乐队的伙计们已经对他恨之入骨了，您根本无法想象他们有多么恨他。”

“可以说，乐队的伙计们已经对他恨之入骨了，您根本无法想象他们有多么恨他。”

“既然如此，你接着说，接着说吧。他做了什么事情？”

“长官，他经常祷告。”

“祷告？”

“是啊，长官。那小家伙的祈祷把乐队的小伙子们弄得不得安宁。清晨，他一起床就祷告；到了中午，他会再祷告一次；那么夜里呢，一到深夜，他干脆向大家发起一阵猛烈的攻击，简直就像疯了似的！能不能入睡？老天爷啊，他们根本就无法入睡。这就像那句俗语说的：不管地位高低，都得听我号令。只要他开始祈祷，就没人可以让他停下来。他先是为乐队指挥祷告，之后为首席号手祷告，再往后选中了军鼓鼓手，为他祷告。就这样，他为乐队中的每一个人都做了祷告，一个都没有落下。而且，他祷告的时候是那么专注，以致你会产生这样的想法——他之所以会这样做，是因为他觉得自己活不长了，认为要是不带走一个军乐队，那他进了天国也会觉得无趣，因此为了能让自己再快活起来，他挑选了那些人，如此一来就能确保军乐队的演奏风格和天国中的氛围相得益彰。另外，长官，就算用靴子丢他也没用，因为屋子里黑暗无光。而且，不管从哪方面来说，他的祈祷都不正规；他总是在大铜鼓后面跪着祷告。所以，就算大家疯狂地朝他扔靴子也不要紧，他毫不在意，仿佛那是众人在为他喝彩似的，他会继续用颤抖的声音祷告。他们会高声喊：‘嘿，给我闭嘴！’‘我们想静一静！’‘把他拉出去毙了！’‘嘿，赶紧滚得远远的！’等等这一类的恶语。然而，这一点儿作用都起不到。他依然兴致不减，一点儿也不在意这些。”

引用

此处引用一句俗语来表现人们对年轻人一直祷告的看法，突出了他对祷告的执着。

他停了片刻，然后继续说道：

“不过吧，有时他也傻乎乎的，让人又爱又怜。早晨的时候，他一起床就会收拾那堆靴子，成对儿地挑出来，挨个放回到它们的主人那里。那些靴子已经朝他丢了不知道有多少次了，因此他对乐队成员们的每一双靴子都很熟悉，即便是摸着黑也能把它们对号入座。”

他又稍停了一下。我忍着不去打断他的思路。

“然而，最让人无法忍受的是，他一祷告完——倘若他的祷告还有结束的时候——就会扯开细细的嗓门儿，唱起歌来。唉，您又不是不清楚，他的说话声是那么动听，是那么有感染力，甚至能让一只不听话的狗乖乖地跑下台阶，伸出舌头舔他的手。假如您不怀疑我所说的都是真的，长官，他唱歌时候产生的影响力甚至比这还要大得多。那小家伙的歌声比笛子的声音还要好听。啊，他在黑暗之中唱出的歌就像泉水汩汩流淌的声音一般优美甜柔，能让你觉得自己正待在天国之中。”

图为美国南北战争时联邦军的一个少年鼓手。

“既然这样，那他为什么会让人无法忍受呢？”

“噢，长官，这就是问题之所在啊。他会这么唱：

贫苦，愁烦，又盲目——正如我一般。

军乐队是为演奏军乐而发展出来的专业乐队，是由军方或是官方成立的专业部门。19世纪时世界主要列强军队都配有军乐队，有的还非常庞大。图为美国内战时联邦军的横笛鼓乐队。

任何人听到他这么唱，浑身都会变得软绵绵的，眼睛也会变得湿润。至于他唱的究竟是什么，我们暂且不去理会；不管怎么说，他的歌声会钻进你内心深处，深深地感染你，每次都能让你情不自禁地竖起耳朵来听。您可以听一听，他会这么唱：

那有罪的、烦恼的孩子啊，你是这样沮丧。今天就是你皈依的时机，不要一再向明天推了。

及时把握住那份慈悲，因为那是上仓的恩赐……

他会唱这一类的歌。人们听到它们后，会觉得自己是世界上最恶毒、最冷血的混蛋。每当他唱那些与他的老家、母亲、童年、回忆，还有那些如烟的往事有关的歌给他们听的时候，他们就会回想起所有自己曾深深眷恋过的人和事。长官，它真是太好听了，可以说是超世绝伦。但是，上帝啊，它会让听者伤心不已啊！乐队的每一名成员都潸然泪下——他们全都是一把鼻涕一把泪，并且不去遮掩。你会注意到，那些过去用靴子朝小家伙身上扔的人此刻会一下子从床铺上跳下来，摸着黑跑过去拥抱他。的确如此，他们就是那么做的，他们可劲儿地亲吻他，还用亲切的昵称叫他，恳请他原谅他们。在那种时候，倘若有一支部队来动那孩子一根毫毛，就算那支部队的人马有一个兵团那么多，他们也会跟那些家伙血拼到底！”

联想假设

此处是联想假设，若是有一支部队来动那孩子，一定会遭到强烈抵抗，突出了士兵们对他的爱。

他再一次停下了。我问道：

“你想说的就是这些？”

“没错，长官。”

“原来如此。唉，那他们究竟为什么事情发牢骚呢？另外，他们希望我做什么决定呢？”

“做什么决定？我说我的长官啊，他们想让您下禁止他唱歌的命令。”

“这真是怪事一桩！你刚才还说他的歌声是那样动听。”

“的确是这样。他的歌声真是美妙极了，然而我们这些凡夫俗子接受不了它。它会让人深受刺激，让人完全暴露出自己的内心世界，还会细致入微地解析一个人的感情，使人觉得自己是罪恶的，是歹毒的，只配落入地狱；它让人深深地沉浸在悔恨的情绪中，觉得自己做的都是错事，在生活中找不到一个能让自己觉得舒坦的地方。还有，那眼泪抹的啊！您应该能猜得到，每天早晨起床后，他们都羞于让对方看到自己的眼睛。”

侧面描写

这一段从侧面来写孩子的歌声带来的影响，烘托出他的歌声具有极大的感染力。

“噢，这件事确实很奇怪，而且这样的投诉也不多见。如此说来，他们真的想让我下禁止唱歌的命令吗？”

“没错，长官，他们就是这么想的。他们没有太多要求，只是非常急切地盼着那样的祈祷能立刻停止，即便不能停止，那至少它的祈祷文也应该简化一下；不过重中之重是要禁止唱歌。在他们看来，如果他能不唱歌，那么他们还是可以忍受他的祈祷的，虽然祈祷也搅得他们很闹心。”

“那些心烦意乱的人骂个不停，我可以听到一只又一只靴子呼呼呼地在空中飞过，然后那只大铜鼓发出叮叮当当的响声。”

我对中士说，我会仔细想一想这件事的。当天晚上，我悄无

声息地走入乐队宿舍，凝神去听里面的动静。中士说得一点儿也不夸张。在黑暗之中有祈祷声传到了我耳畔，那是向上帝恳求的声音。那些心烦意乱的人骂个不停，我可以听到一只又一只靴子呼呼呼地在空中飞过，然后那只大铜鼓发出叮叮当当的响声。这样的情况触动了我的心，同时也让我觉得特别有意思。之后是一阵引人自省的寂静。经过不长时间，歌声响了起来。上帝啊，它是如此哀伤，如此动人！它简直是世上最甜柔、最真诚、最美妙、最圣洁、最感人的声音。我还没在那里待多久，就觉察到自己心里已经产生我配不上司令官这个身份的念头了。

美国内战时期联邦军的军鼓。

次日，我下达了禁止唱歌和祈祷的命令。在这之后的三五天时间里，有不少新兵在拿到入伍津贴之后就逃跑了。这样的事情不但影响了军心，还很让人气愤，所以我完全没有再去关注我们那位小鼓手。然而，在一个清晨，瑞博恩中士过来找我，对我说：

“长官，那个新来的小家伙有着特别古怪的行为。”

“古怪的具体表现是什么？”

“这个啊，他经常会写一些东西，长官。”

“写东西？他都写了些什么？是不是在写信？”

“长官，这我就不得而知了。不过，每次他下班之后，都会一个人在要塞周围看来看去。说心里话，我觉得连要塞里最不起眼儿的地方都被他看过了。另外，每隔一段时间，他就会把纸和笔拿出来写写画画。”

听到这样的事情，我的心情变得很糟糕。我本不想把它当成一回事儿，可一旦某件事让人产生了疑心，你就没办法做到置之不理。那个时候，我们北方经常有各种各样的破坏性事件发生，那些事件给我们敲响了警钟，提醒我们不管在任何时候，不论对任何事情都要保持警惕。我想起一件耐人寻味的事情——那个孩子来自南方，来自路易斯安州那最南端。在当时那种形势下，一想到这个，就必须得加以小心。可是，当我给瑞博恩下达那些命令时，我心里却感到不是滋味。在我看来，我的这种做法就像是一个父亲在想方设法把孩子的秘密暴露给别人，故意羞辱他、伤害他。我告诉瑞博恩要不急不躁，伺机而动，想办法趁小家伙不注意的时候把他写的东西搞到手。我还吩咐他，千万不要打草惊蛇，让孩子发现我们正在监视他。我又叮嘱他务必不要限制孩子

设置悬念

这里描述“我”因为自己的一些命令而感到不是滋味，到底是什么命令呢？此处设置悬念，吸引读者注意。

图为美国路易斯安那的一座种植园别墅，其建于 19 世纪 30 年代，非常奢华，反映出了当时奴隶主的富有。

的行动自由，不过当孩子离开要塞前往镇子里的时候，就要派人远远地盯着他。

瑞博恩在之后的两天里向我汇报了几次情况。我们没有任何收获。小家伙依然在写东西，可是每次瑞博恩出现在他近旁时，他都会若无其事地把纸放进衣兜里。有几回，他去了镇上一个被遗弃多年的马厩里，并且在里面停留了几分钟才出来。这样的事情你千万不能掉以轻心，因为它看上去会招致一些祸事。我当时意识到我自己也开始担忧起来。我回到营房，叫来我的副官。我这位副官足智多谋，非常有判断力，他是詹姆斯·沃尔森·韦伯之子。他非常惊讶，心里也是七上八下的。我们针对这件事探讨了很长时间，最后都觉得有必要秘密地搜查一下。我做出决定，这项任务，我要亲力亲为。就这样，我命人在深夜两点钟叫醒我；然后，我走进了乐队的宿舍，在那些熟睡的人当中向前爬行。后来，我总算爬到了那个已经睡熟了的孤儿的床边，接着神不知鬼不觉地拿到了他的衣服和包，然后又悄无声息爬了出去。我走回我的营房，发现韦伯已经在那里等着我了。他非常急切，想尽快知道事情的结果。我们立刻开始翻查。让人失望的是，那些衣服的口袋里只有一支铅笔、几张空白的纸、一把小刀，还有小男孩儿喜欢搜集的一些八怪七喇、破破烂烂的

“我们只找到一本小巧的《圣经》。”

东西。随后，我们又重拾希望，翻了一下那孩子的包。结果，我们只找到一本小巧的《圣经》。我们看到它的扉页上写着一句斥责我们的话——异乡的朋友，希望你能善待我的孩子，就算是为了她的母亲。我看了看韦伯，他把目光垂了下去。他又看了看我，我也把目光垂了下去。我们全都没有说话。我怀着虔敬之心把那本《圣经》放了回去。随后，韦伯站了起来，一声不吭地走了。过了一阵，我重新提起了精神头，去做那件让我很讨厌的事情——把拿到的东西给他的主人送回去。于是，我再一次像刚才那样挨着地面爬到了那孩子床边。不过，这个姿势倒是最适合用来做这样一件事情。这事情结束后，我真是欣慰极了。

次日，大约正午时分，瑞博恩又像往常那样来向我汇报情况。我急忙把他拦住，对他说：

“这种让人笑话的事情就不要再提了。我们把一个无依无靠的孩子当成了一个令人恐惧的怪物。实际上，他一点恶意也没有，就好似一本赞美诗一般。”

语言描写

此处是对“我”的语言描写，可以看出“我”认为自己错怪了那孩子，不应该怀疑他。

瑞博恩中士感到很吃惊，他说：

“噢，您看，这个命令可是您下达的啊，长官。他写的东西被我弄到了手。”

“写了什么内容？你是用什么办法把它搞到的？

“我透过房门的钥匙孔往里面瞧，看到他正在写东西。我观察了一会儿，估摸着他要写完了，便小声地咳嗽了一下。他拿起那张纸，将它揉成一团，往炉子里扔了进去，接着东瞅瞅西瞅瞅，看是不是有人来了。然后，他靠在了椅子上，看上去是那样舒畅，那样无所顾虑。于是我推门而入，用非常亲切的态度和他聊了一会儿，之后交给了他一些差事让他去办。他始终都表现得很自然，马上走了出去。那炉子里的火是新生的，而且里面放的是煤块儿。他没有发现那张纸条落在了一个大煤块儿后面。我最后找到了它。您看，那张纸条就在这里，好在它没有被火烧糊。”

我看了看那张纸条，里面的一两句话刚好落在了我的视线里。之后，我让瑞博恩中士离开了，吩咐他把韦伯喊过来。那张纸条上写道：

《圣经》是记载耶稣基督和其门徒的言行，以及早期基督教事件的书，是一本宗教读物。虔诚的教徒都会随身携带，并经常阅读。图为《圣经》书影。

特朗贝尔要塞，第八天。

上校，我没有把上一次在清单末尾列出的那三门大炮的口径写对。它们用的是重型炮弹，每颗炮弹重达十八磅；别的武器和我之前所报告的并无二致。有两个轻型步兵连驻守在这里，他们起初是准备派往前线作战的，这个情况和我之前说的是一样的。他们目前依然驻扎在这里，至于还要驻扎多长时间，我暂时没有办法打探出来。不过，要不了多久我就能够知道。从大局来考虑，我们认为，那些事情不宜立即实施，一定要等……

佳句赏析

信件说明那孩子是个间谍，这一句话中连用了三个“所有”，突出表现了“我”此时的愤怒和懊悔。

内容只有这么多，写到这里就没了。瑞博恩的咳嗽声让写信的人没有再继续写下去。这一刻，那孩子的恶劣行径把我之前对他产生的所有好感，所有关爱之心，所有怜悯之情统统抹杀掉了。

不过，眼下提那些也没有意义。事情已经发生，我们需要立刻采取应对措施。我和韦伯对这一问题进行了再三的研究，并且考虑到了各个方面。韦伯对我说：

“当时中士打断了他，这真是太遗憾了。要被延后的是什么事情？要等……要等多久呢？到底是一些什么事情？或许他当时准备提到那些事情。看啊，这个寄生虫居然装得那么虔诚。”

“这一刻，那孩子的恶劣行径把我之前对他产生的所有好感，所有关爱之心，所有怜悯之情统统抹杀掉了。”

“谁说不是呢！”我说道，“一个很好的机会被我们错过了。另外，信中提到的‘我们’又是什么意思呢？是指要塞外面有他们的人，还是指要塞里面有别的奸细？”

“我们”这两个字可能代表的含义让我感到忧心忡忡。不过，以当时的状况，就这个问题猜来猜去是费力不讨好的，因此我们开始着手研究接下来该采取哪些有实际意义的措施。第一，我们准备安排双人岗哨。第二，我们打算叫威克洛来一趟，逼他把所有的秘密都说出来；不过，等其他措施都失效后再采取这一步才是最明智的。对他向外提供的军事情报，我们得掌握更多才行；于是，为了达到这个目的，我们开始考虑行动方案。最后，我们想到了一个点子：威克洛一向都不去邮局，说不定他的“邮局”就是那个废弃的马厩。我们把我的机要文书叫了过来。这位文书是一个法国人，名叫施特尔纳，可以说此人颇具当侦探的天赋。我们把事情的来龙去脉跟他说了一遍，并责令他去侦察这件事。还不到一个钟头，我们就得到消息，威克洛又开始写东西了。不一会儿，我们又获知，他请假去了镇子里。他被故意拖延了一阵子。而就趁这个机会，施特尔纳抢先一步去了镇上，在马厩里藏了起来。没过多久，他看到威克洛悠哉悠哉地走了进去，环视了一圈儿，而后往角落里的一些垃圾下面放了些东西，接着又悠哉悠哉地走了出去。施特尔纳立刻过去把那东西拿了出来，发现那是一封信。他带着信回到了要塞，把它交到了我们手中。信上看不到寄信人的署名，也看不到收信人的地址和姓名。我们之前看到的那些内容被重新写到了信中，接下来的内容是：

叙述说明

此处叙述这件事情的处理方案，说明了这件事的严重性。

我们觉得，最好是把行动的时间延后，等那两个连被调离这里之后再做定夺。我是说，我们这里的另外四个人都是这么认为的。我们一直没有和其他人联络，因为担心这样做会引起怀疑。因为我们少了两个人，所以我才说成是四个。那两个人刚参军，刚渗透进来，就被派至前线。再找两个人接替他们的位置是非常有必要的。离开的那两个人是亲兄弟，来自三十里角。我想汇报一些特别重要的情况，不过再也不能用目前这种方法来通讯了。我会采用别的方法。

图为南北战争时北方联邦军的一处炮兵阵地，他们正做好了随时战斗的准备。

19世纪工业革命传到美国，美国经济迅速发展，与此同时美国通过不同的方式获得了大片领土。每当新州成立时，就会发生容许或禁止奴隶制存在的斗争。北方主张禁止奴隶制，南方主张扩大奴隶制，双方矛盾不断激化，由此引发战争。图为南北战争期间双方的势力分布，红色为南方支持州，蓝色为北方支持州。

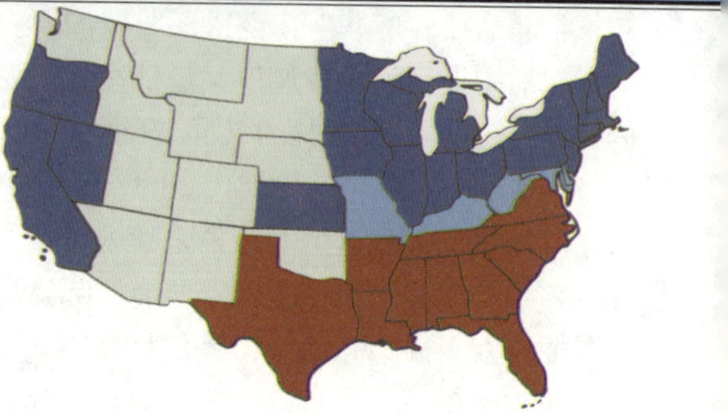

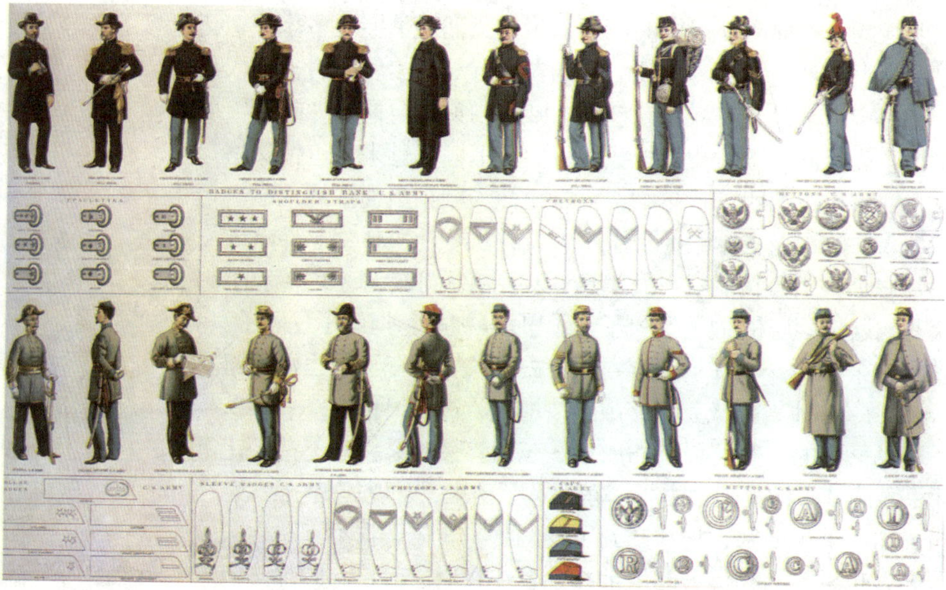

图为南北双方军人的军装。上面一层是北方军队各级官兵的制服和徽章，下面一层为南方军队各级官兵的制服和徽章。

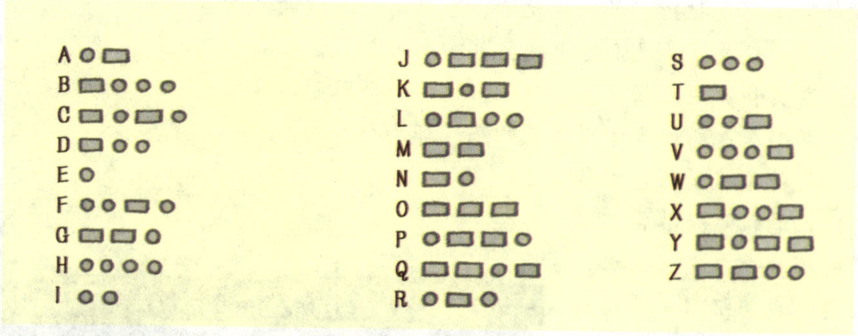

南北战争中双方都积极使用新式武器和技术，特别是情报传输和保密工作，首次使用摩斯密码与电报通信。图为摩斯密码。

美国南北战争

南北战争是美国历史上唯一一次内战，参战方分别为北方的美利坚合众国和南方的美利坚联盟国，最后北方取得胜利。战争最初是为了维护国家的统一，随着局势的发展演变成了一场废除奴隶制的战争。南北战争是工业革命后的第一次大规模战争，战争中不仅出现了很多新式武器，也出现了新的战术、战略思想等一系列现代战争标准。这次战争废除了奴隶制，维护了国家统一，为美国资本主义的加速发展扫清了道路。

南北战争期间很多黑人积极参加北方军队，为北方的胜利做出了很大贡献，有很多人因此而牺牲。图为南方军队屠杀投降的黑人士兵。

图为南方旗帜。

图为北方旗帜。

南北战争后期，南方的失败已成定局，在李与格兰特谈判后，双方的战争基本停止，军事对抗也基本结束，美国保持了统一。图为李与格兰特谈判。

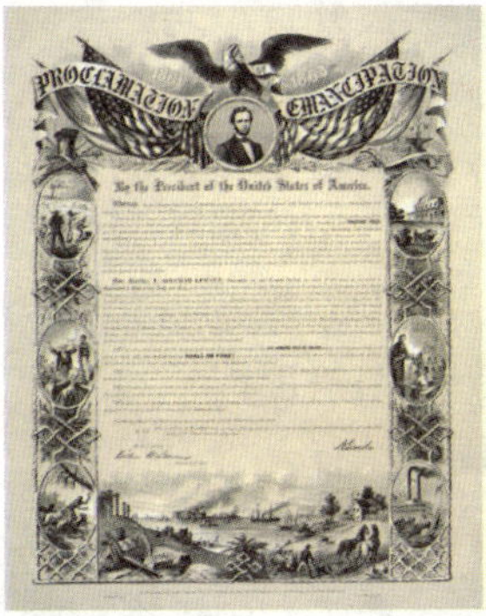

图为解放宣言。解放宣言的发表对广大黑人起了很大鼓舞作用，他们踊跃参军，增强了北方的力量。

南北战争结束后，根据 1867 年的《重建法案》，南方邦联被分为 5 个军事区，会有相应的联邦军队进驻。图为在密西西比河两岸的军事据点。

反问

此处是韦伯惊讶的反问，表明谁也不曾想到这样一个孩子竟然是一个奸细。

“他真是个小混蛋！”韦伯说道，“他竟然是一个奸细，这谁能想到呢？不过，我们暂时没有必要去想这些，而是应该把掌握到的消息做一个汇总，然后分析一下目前的状况。首先，我们的部队里有一个奸细，而且他的身份已经暴露了。其次，我们的部队里还有三个奸细，至于他们是谁我们还不清楚。第三，这些奸细都是借北方军队征兵的机会混进来的，其中的两个没有得手，而是被我军派到战场去了。第四，这些奸细在‘外面’还有同伙，那些同伙具体有多少人还是个未知数。第五，威克洛手里握有一条特别重要的消息，他不敢用‘目前使用的通讯方法’把那个消息传出去，他会采用‘别的方法’。眼下，大概就是这样一个情况。我们有没有必要唤威克洛过来，逼他说出秘密呢？或者我们要不要把那个在马厩里取信的人抓住，而后逼他招供呢？还是应该按兵不动，放长线钓大鱼呢？”

我们采纳了最后一种建议。所有人都认为现在还没有到万不得已的时候，因为很显然，在那两个步兵连被调走前，他那些同伙是不会展开行动的。我们让施特尔纳想尽一切办法查出威克洛究竟会用哪种新方法传递消息，并在这件事上给了他非常充分的权力。我们准备大胆地采取行动。为了能够成功，我们准备把时间尽量往后拖；如此一来，那些奸细才不会对我们产生怀疑。就这样，我们命令施特尔纳即刻回到镇上，悄悄把那封信重新放回马厩里，留给那孩子的同伙，另外要求他在进马厩之前务必要先确定周围没有人。

夜晚到来了，不过没有别的什么事情发生。外面漆黑一片，十分寒冷，下着雨夹雪，刮着又湿又冷的风。在夜里，我不止一次爬下我那温暖的床，亲自去外面巡察，看是否有异常状况，看哨兵们是否提高了警惕。每一回我都能看到他们精神抖擞、专心致志地戒备着；显而易见，那尚未完全浮出水面的危险情况已经在军营里传开了，而且布置双人岗哨这个举措为那些传言提供了可信的依据。有一回，天刚蒙蒙亮，我和韦伯相遇了。他正冒着寒风朝我这边走。原来，为了看看外面是否有异常情况，他也出来巡察了好几次。

次日，一些事情的发生让情况有了进展。那个小家伙又写了一封信。施特尔纳提前赶到了马厩，看着他把信藏起来了。等他一走，施特尔纳就把那封信拿了出来，随后走出马厩，隔着一段距离偷偷地跟着这个小奸细。与此同时，一

图为美国南北战争时期的双方士兵，左边为联邦军，右边为联盟军。北方联邦军士兵为深蓝色上衣，天蓝色长裤和黑色皮鞋，头上是平顶圆帽，帽顶有步兵帽徽。南方联盟军士兵为灰色军大衣和毡帽，蓝色长裤。南方由于物质不足，因而军服的式样较多，图中南军军服是带红镶边的灰色短上衣和长裤，头上是宽沿平毡帽。

个穿着便装的侦探紧随其后。之所以这么安排，是由于我们出于谨慎，想到假如有必要的话，可以随时随地通过法律途径得到支援。威克洛走到火车站，站在那里等待。当那列从纽约发过来的火车进站后，他开始挨个观看从火车上走下来的旅客们的脸。不一会儿，一位戴着绿色风镜的老者拄着手杖踉踉跄跄地走了过来，然后在威克洛近处停下了脚步，用期待的眼神向四下里望。那一瞬间，威克洛径直朝他跑了过去，往他手里塞了一个信封，随后匆匆跑开，消失在来往的人流之中。施特尔纳赶紧奔上前去，把那封信抢了下来。他急急忙忙地从那个便衣侦探身旁走过，同时对他说：“把那个老者盯紧了，千万不要让他跑了。”接着，施特尔纳快步随着人流走出火车站，回到要塞。

行动描写

此处描写威克洛传递信件给一位老者的行动，令读者产生疑惑，为下文故事发展做铺垫。

我们把房门关上，坐了下来，命令门口的岗哨不准让任何人进来。我把那封从马厩里弄到的信拆开，上面写道：

至高无上的同盟：我从那尊经常用到大炮里拿到了上方下达的指示。那是昨天晚上放进去的，要求取消目前为止从他的属官那里收到的所有命令。常用的暗号已经被放在了大炮里，表明上方的指示已经被收信人拿到……

“把那个老者盯紧了，千万不要让他跑了。”

刚看完这一小段，韦伯便说道：“现在那个小家伙的一举一动不都已经受到监视了吗？”

我回答说，我们已经开始监视他了，打上次弄到他写的那封信以来，我们始终都在密切地监视着他。

“既然这样，那他在往大炮里放东西，或者从那里面往外拿东西的时候肯定会被发觉的啊！”

“噢，我觉得出现这样的情况对我们很不利。”我说道。

“这一点我很赞同，”韦伯说道，“几乎可以由这种情况推断，哨兵里也混进了奸细。倘若没有同伙以某种方式和他串通一气，他怎么可能会做成这样的事情呢？”

> **语言描写**
> 此处韦伯的语言描写是在推断哨兵里混进了同伙，吸引读者注意。

我叫来瑞博恩，吩咐他把那些大炮挨个检查一遍，看一看能有什么新发现。接着，我们继续读那封信：

刚刚下达的指示十分紧急，命 MMMM 务必要在明天凌晨三点抵达 FFFF。总计两百人，分成若干小组，乘坐火车或者其他交通工具从各部赶来，按时到达目的地。我会在今天将信号分别发出。在我看来，胜利正在向我们挥手，不过有些秘密一定是败露了，因为这里已经增加了双人岗哨，有几个军官在昨夜屡次出来巡视。W.W 会在今天从南方过来，并通过其他方式接受秘密指示。你们六个人全部要在深夜两点钟的时候抵达一六六。B.B 会在那里和你们碰面，并且会把命令详细地传达给你们。口令和上次的没有任何不同，不过要反过来读，即把最末尾的音节和最前面的音节做个调换。一定要把 ×××× 好好记着，千万不要忘了。要冷静，果敢。你们会在明天黎明到来之前成为英雄。你们将名垂青史。你们将书写一页新的历史。阿门。

> **特殊含义**
> 一系列包含特殊含义的字母符号的使用令这封信充满悬疑，更增加了故事的神秘。

“看这个可恶的家伙！”韦伯说道，“依我看，我们正面临着一个非常糟糕的局面。”

我说，这是毋庸置疑的，情况已经变得不妙。然后我继续说：

“很显然，他们正准备实施一项不惜以生命为代价的冒险计划。他们把行动时间定在了今夜，这也是显而易见的。那几个让人费解的字母 M 和字母 F 掩盖了行动的主旨——我是说它所采用的方式。不过我觉得，对要塞实施突然袭击并且攻占要塞是它的根本目的。接下来我们一定要坚决、迅速地采取措施。依我来看，我们继续使用暗中监视威克洛的办法是毫无意义的。我们一定要尽早弄清“一六六”指的究竟是哪里，这样我们就能在深夜两点钟赶到那个地方，出其不意地袭击他们；但是要想以最快的速度把那份情报弄到手，就得逼着那个小家伙招供，这一点是毋庸置疑的。然而，首要的是，在我们做出重大举措之前，我得向陆军部提交一切细节，请求其批准我们全权处理此事。”

电报的出现使通信更为方便，距离更远。然而它也能被敌人窃听，为了不被敌人知道，必须采用密码发射。图为早期的密码机。

我们用加密电报的形式草拟了一份公文，我审阅了一遍，而后下令把它发出去。我们针对这封信探讨了一会儿，之后把从瘸腿老者那里抢过来的那封信拆开了。里面只有两张信笺，可是信笺上一个字都没有写。我们原本怀着迫不及待的心情，而此刻却产生了一种挫败感。有那么一会儿，我们的脑子就像那两张信笺一样空空如也，心里不知所措。不过，这样的状态并没有持续多久，因为我们很快就想到用“隐形墨水”试一试。我们把信纸往炉子旁边凑，想借炉火的热量让字迹显露出来。可是，纸上依然一片空白，只是隐隐约约有一些印迹；我们根本无法从那上面看出什么来。就这样，我们找来了军医，让他拿着信纸，使用一切方法做检验，争取让信上的内容显现出来；一旦成功了，就立刻把这个消息报告给我。这一次的失败给我们带来了极大的烦恼。我们的时间被耽搁了，这让我们焦急万分；而在此之前我们还信心满满，觉得能从信上得知最为关键的情报。

“纸上依然一片空白，只是隐隐约约有一些印迹；我们根本无法从那上面看出什么来。”

就在这个时候，瑞博恩中士走了进来，从衣兜里掏出一根麻

绳给我们看。这根麻绳上面打了三个结，大概有一英尺长。

“我在码头那边的一门大炮里发现了它。我把每一门大炮的炮口塞都拿掉，细心地检查了一番，之后在其中一门大炮里找到了这根麻绳。”他说道。

行动描写

此处描写“我”下了命令将瘸腿老者拘捕关押的行动，可见事情变得严重起来。

闹了半天，威克洛所指的暗号就是这一小段麻绳，它代表他的“上方”所下达的指示已经被他们自己人收到了。我下了一条命令，那就是把前一个二十四小时里守卫在那门大炮附近的哨兵进行隔离关押。除非有我的允许，否则他们是不能解除任何人的。

这个时候，我们收到了陆军部部长发来的电报。电报上写道：

暂时不再使用人身保护法。军队出面对镇子进行管制，并采取必要的逮捕措施。行动要及时，有效。随时向本部汇报事情的进展情况。

既然有了陆军部的命令，我们就可以采取措施了。我命人秘密地拘捕了那位瘸腿老者，又秘密地带他进了要塞，并下令对其严加看管，任何人不得与他说话。他一开始叫嚷个不停，但没过多长时间就变得安静了许多。

随后有人来向我报告说，看到有两名刚入伍的士兵从威克洛手中接过了什么东西；那个孩子一离开，那两个新兵就被关了禁闭；从他们身上各搜到一张纸笺，纸笺上是一些文字符号，它们都是用铅笔写出和画出的：

雄鹰第三次起飞

把 ×××× 牢牢记住

一六六

影射

此处用“面具”来影射威克洛所做的秘密行动，为下文故事发展做铺垫。

依照命令，我发了封加密电报，把目前的情况报告给了部里，并把以上文字做了一个描述。眼下，时机似乎已经成熟，我们认为这时可以把威克洛的面具摘下来了。就这样，我吩咐人叫他过来，又差人将那封用隐形墨水写成的信取回。军医在他附给我的那份报告里说，截止到现在，他没有能让信上的字显形，不过如果我允许的话，他可以试一试别的方法。

没过多久，威克洛走了进来。他看上去有一点疲惫和焦虑，但还是像过去那样从容自如。就算他已经觉察到我们为什么找他，他也没有把内心真实的状态表现在脸上。我让他站在了那里。一两分钟之后，我和颜悦色地对他说：

“孩子啊，你老去那个废弃的马厩里做什么呢？”

“长官，这个问题我也回答不上来。没有特别的原因，只是去那里玩一玩，我喜欢独处。”他答道。他在说这句话时，脸上的表情是那样纯真，没有一丝的惊慌。

细节描写

面对军官的询问，威克洛的脸上竟没有一丝的慌乱，这一细节描写突出了他的从容自如。

“你是去那个地方玩一玩，对吧？”

“长官，是这样的。”他答道，神态依然是那么天真无邪。

“你去那个地方，仅仅是为了玩一玩？”

“长官，没错。”他答道，同时把头抬了起来，那双水汪汪的大眼睛流露出充满稚气的惊讶之情。

“你确定吗？”

“长官，是的，我当然确定了。”

我们的谈话稍停了片刻。

“你怎么常常写信呢，威克洛？”

“您是说我吗，长官？我没有常常写信啊。”

“你没写过？”

“长官，我没写过。噢，要是您指的是我随手乱涂乱画，那

“他在说这句话时，脸上的表情是那样纯真，没有一丝的惊慌。”

美国南北战争是由奴隶制的存废问题所引发的一次内战，参战双方为北方美利坚联邦和南方的美利坚联盟国，最终以联邦胜利告终。图为南北战争初期最大规模的战役布尔溪战役。

我算是写了一点，可那样做只是图个好玩而已啊。”

“你用你写的那些东西做什么了？”

“长官，什么都没做啊。我写完之后就会把它们丢掉。”

“没把它们寄给过什么人吗？”

“长官，没有啊。”

我忽然拿起那封信他写给“上校”的信，把它递到他眼前。他表现得有一点儿惊讶，但很快就恢复了常态。他的脸微微泛红。

“既然这样，你为何要把这张乱涂乱写的东西送到外面去呢？”

“我没——没有一点儿坏心思，长官。”

“没有一点儿坏心思。你正在把要塞里面的军备情况向外泄露，而你却觉得自己一点儿坏心思都没有？”

他把头低了下去，一句话也不说。

“嘿，实话实说吧，不要再说假话了。你准备把这封信寄给什么人？”

这个时候，他表现出一副很窘迫的样子，但立刻就镇定下来，然后非常诚恳地说：

“长官，请您听我把事实——全部的事实，跟您讲一讲吧。我写这封信，根本就没有想着要寄给谁。我写它只是图个好玩。现在我意识到，这种做法是不对的，是荒唐的。但是长官，我除了这件事以外没有犯过任何错误，这一点我可以用我的名声来保证。”

人物描写

此次是对威克洛的神态和语言描写，诚恳的语言表明他只是图个好玩。

“噢，很高兴能听到你这么说。写这种信是非常危险的。我想，你再也没有写过别的信，对不对？”

“没错，长官，我的确再也没写过。”

他那副顽固而又无所畏惧的样子，看了真是让人觉得不可思议。他说谎时，看上去是那么言辞恳切，在这方面简直无人能够和他相提并论。我等待了片刻，把心里升起的那团怒气压了压，之后说道：

“威克洛，我打算向你了解几件小事情，想请你好好回想一下，你愿不愿意帮我这个忙呢？”

"长官，我会尽我所能的。"

"既然如此，那我且问你，那个'上方'是什么人呢？"

听到我这个问题后，他立即用一种惊讶的眼神看了看我，不过他并没有产生别的反应。随后，他又变得沉着冷静，答道：

"长官，这我不清楚。"

"你不清楚？"

"我不清楚。"

"你当真不清楚？"

他继续看着我，但是十分勉强，他紧张极了。他的头慢慢低了下去，他不再说话了，站在那里用手一个劲儿地拉扯着扣子。虽然他做了那些无耻的事情，可当你看到了他那副样子时，你又会升起怜悯之心。沉默了片刻之后，我问道：

动作描写

这里描述威克洛紧张地拉扯扣子的动作，令人产生怜悯之心。

"'神圣联盟'里的成员都有谁？"

我注意到他的身体颤抖了一下。他的手不知不觉间比画了一下，我认为那像是一个被逼到绝境的人在请求别人可怜可怜自己。可是，他一句话都不说，还是那样低着头站着。我们坐在那里，紧紧地盯着他看，等着他回答我们的问题。硕大的泪滴从他的脸上滑落下来。然而，他还是沉默不语。片刻之后，我说道：

"孩子啊，你一定要回答我，你一定要把实情告诉给我。'神圣联盟'的成员都有谁？"

他还是在那里默默流泪。于是，我厉声说道：

"快告诉我！"

他极力让自己的说话声保持平稳，然后像是在哀求一样把头一抬，呜咽着勉强说道：

"噢，长官，您就饶了我吧。我什么都不知道，所以我实在不知道该怎么回答这个问题。"

直接描写

此处直接描写了威克洛的呜咽，表明他不知道这件事，真是奇怪至极！

"你说什么？"

"长官，真的是这样啊，我现在说的没有一句假话。那个什么神圣联盟我压根儿就没听说过。长官，这是真的，我可以用我的名声来保证。"

"还有这样的事情！这是你的第二封信，你看看吧。你有没有看到'神圣联盟'这几个字？看你现在还怎么解释。"

一副无辜、受伤的表情浮现在了他的脸上。他把头抬了起来，睁大了眼睛看着我，用一种令人动容的口吻说道：

“长官，这种玩笑可太过分了。我从来都没有想过做坏事，也没有伤害过任何人，可他们却跟我开这样的玩笑，他们怎么可以这样呢？肯定是有谁模仿了我的笔迹。这样的信，我没有写过，也没有看到过。”

感叹句

这一句是“我”发自内心的感叹，表现了“我”的失望和被欺骗的愤怒。

“噢，你真是个无耻至极的骗子！看，你怎么解释这个？”说完这句话，我一把将那封用隐形墨水写成的信从衣兜里掏了出来，递到了他眼前。

他的脸立刻变得煞白，白得一点儿血色都没有。他的身体晃了晃，之后他伸手扶住墙，稳住了身子。停了片刻之后，他用极低的声音说道：

“它是不是已经被您读过了？”

还没等我说出“已经被我读过”这句谎话，我们脸上的神态就已经把真实情况给泄露出来了。因为我很清楚地从小家伙的目光中看出，他再一次有了勇气。

我等着他继续说下去，但是他一句话都没有再说。于是我说道：

“嘿，对这封信泄露出去的情报，你又作何解释呢？”

“我没什么好解释的。我只想说，那一点儿害处都没有，没有人会因此受到伤害。”他非常冷静地答道。

“噢，你真是个无耻至极的骗子！看，你怎么解释这个？”

听完这句话，我感到有些尴尬，因为他的语气太坚决了，以致我一时想不到用什么样的话来驳倒他。我不知道该怎么问下去，

但我忽然想到一个主意，这让我变得没有刚才那么紧张了。我开口说道：

马克·吐温的石屋博物馆位于美国中部密西西比河畔汉尼拔镇。1839年秋，4岁的马克·吐温随家人迁至此地，并在这里度过了他的童年，密西西比河成了他最亲密的伙伴。

“与那个上方和神圣联盟有关的事情，你一点也不知情；那封在你看来是其他人伪造出来的信，你也没有写过，你确定是这样吗？”

“长官，是的，我确定。”

我缓缓地把那根打了结的麻绳抽了出来，什么都没说，只是把它凑到了他眼前。他满不在乎地盯着这段麻绳看了片刻，之后用询问的目光看了我一下。此时此刻，我的忍耐力已经到了极限。不过，我还是强压住愤怒，用惯常的语气说道：

“你有没有看到这个，威克洛？”

“长官，我看到了。”

“这个是什么东西呢？”

“它应该是一根绳子。”

“应该是？他本来就是一根绳子。你能不能认出它来？”

“长官，我认不出来。”他答道，尽量表现得泰然自若。

他那遇事不惊的态度真是让人惊诧不已。我稍停了一会儿，想让我接下来要说出的话在这阵沉默的衬托下显得更有力量。接着，我站了起来，把一只手往他肩膀上一搭，一本正经地说道：

“可怜的孩子，这么做只会给你带来害处，只会给你带来害处。我们在码头那边的一门大炮里发现了这根打了结的麻绳，也就是这个留给‘上方’的暗号……”

“在大炮里面发现的？啊，不是的，不是的，不是这样的！怎么会是在大炮里呢？应该是在炮口塞上面的一条裂缝里才对。肯定是这样的，它是在那条裂缝里。”

说完之后，他突然跪下了，两只手紧紧地抓在一起，把那张看了让人心酸不已的脸抬了起来。他脸色煞白，恐惧极了。

神态描写

当发现麻绳的位置错了，威克洛煞白的脸色表明他心中一定藏着秘密，不肯说出来。

“不是这样的，它就是在大炮里面被找到的。”

“噢，那是出现什么意外情况了！上帝啊，这回我可要遭殃了！”说着，他猛地跳了起来，到处乱窜，极力避开那些想要抓住他的手。不过，他是不可能逃得掉的。就这样，他再一次跪了下来，放声大哭，用力抱住我的腿，死命地缠着我，不断地哀求，他说：“他们一见到我就会立刻要了我的命的。我求您保护我，帮帮我吧！我愿意把一切都说出来。”

为了能让他静下来，我们花了一番工夫。他的恐惧感减少了很多，头脑也变得清醒了许多。之后，我们开始问他问题，他也卑微恭顺地回答，眼睛看着地面，时而会擦掉不断涌出的眼泪。

“如此说来，你背叛了我们，对吧？”

“长官，没错。”

“另外你还是一个奸细，是吧？”

“长官，没错。”

“而且始终都是依照外面下达的各种指示来行动的，对吧？”

“长官，是这样的。”

情景对话　此处的对话表明威克洛开始招供，他对所做的事情供认不讳。

“那样做，你是出于自愿的吧？”

“长官，是这样的。”

“说不定你还喜欢做那些事情。对不对？”

“长官，没错。这一点就算我不承认也没有用。我的老家在南方，那片土地牵着我的心。我这么做全都是为了它。”

“既然这样，那你告诉我，你身上发生的那些悲剧，还有你家人受过的那些苦难，都是假的吧？那些事情只是因为你的行动需要而编出来的幌子，对吧？”

“长官，是那些人——是那些人让我这么说的。”

“因此，你就打算把那些可怜你、收容你的人出卖掉并且毁掉？你这个听命于坏人的可怜家伙，你知道你是多么无耻吗？”

他一言不发，只是在那里啜泣。

“算了，暂时先不说那些事情了。我们现在说一说正事。究竟那个‘上校’是什么人，他在什么地方？”

他又开始号啕大哭，乞求我们不要逼他说出来。他说，要是他把那个人说出来了，他的命也就保不住了。我威胁他说，假如他不肯说出实情，那我就会把他单独锁在那黑暗无光的禁闭室里。另外我告诉他，假如他能够如实招供，那我就会保证他的人身安全。他一句话也不说，只是把嘴闭得紧紧的，故意表现出一副顽固的态度，让我拿他没有办法。后来，我带着他去了禁闭室。只往那黑洞洞的屋子里看了一眼，他就不再坚持了。他开始流着泪苦苦哀求，说他愿意把所有的事情都交代出来。

人物描写　此处描写威克洛在“我”的威逼利诱下依然一言不发的样子，表现了他的坚决，与后文内容相对比，令人物形象更丰满。

就这样，我把他带了回来。他将那个“上校”的姓名供了出来，并且还把他的相貌做了详细的描述。他说“上校”住在城里规模最大的那家旅店，还说他穿着一身普通的便装。我又威胁了他一次，他这才肯把他“上方”的姓名和外貌特征交代出来，并说那个人住在纽约邦德街十五号，用了一个叫R·F·盖瑞德的假名字。我把那“上方”的假名字和五官特征告诉给了纽约警察局局长，请他把盖瑞德抓起来，在我差人把他押解回来之前，务必要对其严加看管。

“这样的话，”我说道，“我认为，你那在‘外面’的几个同伙应该是在新伦敦，对不对。把他们的相貌和姓名说出来。”

他把三个男人，以及两个女人的姓名和外貌特征讲给了我们。那些人无一例外，全都和“上校”住在同一家旅店。我秘密地派人去了那地方，把他们全部抓回了要塞，并关了起来。

行动描写

此处描写了“我”的秘密行动，成功抓住了威克洛的同伙，并关了起来。

“你还有三个同伙，他们就在要塞里。接下来，我想了解一下所有关于他们的事情。”

我觉得他又开始打算撒谎了。不过，我把从那两个新兵身上搜到的小纸条取出来给他瞧了瞧，结果这一招起到了立竿见影的效果。我告诉他那两个人已经被抓起来了，他得把第三个人供出来才行。他立刻吓得魂不附体，叫道：

“噢，你们行行好，不要再逼我说了，因为他要是知道了，一定会立刻要了我的命的。”

“他开始流着泪苦苦哀求，说他愿意把所有的事情都交代出来。”

我说这是不可能的，我会命人对他进行贴身保护；况且，新兵在集合的时候是不允许带武器的。我下达了让全体新兵集合的命令。接着，这个哆哆嗦嗦的可怜孩子走到了外面，快步沿着那一排人向前走，努力做出一副行所无事的样子。后来，他和队伍里面的一个士兵说了些什么。那个人还没走出几步就被抓住了。

我们再次唤威克洛过来。等他一到，我立刻命人把他的三个同伙带了进来。我叫其中的一个人站过来，然后对威克洛说：

“嘿，你要听仔细了，威克洛，你可要实话实说，不能有丝毫的隐瞒。他是谁？关于他，你都知道哪些事情？”

一旦下不了台，就不会在乎任何后果了，他看着那个人的脸，毫不犹豫地说道：“他来自新奥尔良，乔治·布雷斯托是他的真实姓名。他是个胡作非为的家伙，在两年前于‘海神’号班轮上担任二副期间，曾两次犯下谋杀罪，并因此坐牢；第一次是用绞盘棒将一个叫海德的水手给打死了，第二次是因一个舱面水手不肯抛水深测量铅垂而把他打死了——实际上那份活并不是舱面水手应该做的。他是一个奸细，是被上校派过来打探军情的。他原本在‘圣尼古拉斯’号上担任三副。那艘船于五八年的时候在靠近孟菲斯的一个地方发生爆炸。在那些死者和伤号被放入木船送往岸上的期间，他偷他们的东西，这让他险些死于别人的死刑之下。”

叙述说明

此处是威克洛对同伙的背景叙述，可见他对同伙了如指掌。

“那个人还没走出几步就被抓住了。”

他就像这样继续往下说，把那个人的背景和经历介绍得非常详细。等威克洛说完之后，我对他那个同伙说：

“听到这些，你还有什么话说？”

“如果我说的话太过于直接，还望您见谅。长官，这样的谎话真是荒唐至极，我连听都没听过。”

我命人把他关入了禁闭室，接着先后把另外两个人叫了过来。结果情况还是一样。小家伙把每个人的底细都交代得清清楚楚，在讲述那些事件的时候没有丝毫的犹豫。可是，我从他们口中什么都没有问出来。他们一个字也不肯说，我再一次把他们关押起来，随后把另外那些已经被抓到要塞里的人挨个传唤到我这里。威克洛把他们的全部底细一五一十地讲了出来，他说他们原本生活在南方的某个城镇里，之后又详细叙述了他们是如何参与这个计划的。

对比

这里描写小家伙交代得很清楚，可同伙们没有一个承认，强烈的对比令这件事更加扑朔迷离。

然而，他所说的那些事情，那些人都不承认。男人们暴跳如雷，女人们痛哭流涕。按照他们说的，他们只是来自西部的老实本分的平民百姓，都是最拥护联邦的。我心里烦透了，将这些人全都关了起来，然后又找来威克洛，向他问话。

“一六六号在什么地方？ B.B. 是什么人？”

然而，在听到这样的问题之后，他决意不再配合了。不管你是哄他、骗他，还是威胁他，都无法让他开口。时间变得越来越宝贵，看来有必要动用严刑了。就这样，我把他的两个大拇指绑在了一起，之后将他吊起来，让他只能用脚尖着地。不断加剧的疼痛让他难受极了，于是他扯开嗓门尖叫。他的叫声实在是太难听了——不过，即便是在这样的情况下，我也没有把他放下来。没过多久，他用尖细的声音叫道：

“噢，求你们行行好把我放下来吧，我愿意说。”

“不行，要说就得现在说！”

在这样一个时候，每一秒钟都让他苦不堪言，所以他一股脑全都交代了。他说道：

“雄鹰旅店，一六六号房间！”他指的是位于江边的一家设施陈旧的旅店。一些普通务工人员、码头工人，还有一些没有什么社会地位的人经常会选择去那里住宿。

我把他放了下来，又问他，他们实施那计划究竟是为了达到一个什么样的目的。

“目的是在今夜攻占要塞。”

图为美国南方的一座18世纪中期的庄园，可以看出绅士们在悠闲地散步，周围的风景非常美丽，但是在这些建筑物的背后却是大片的种植园，有很多黑奴在劳动。

“我是不是已经把这个计划的每一个策划者都抓到了？”

“不是的。除了您已经抓到的那些人外，还有一些打算在一六六号房间里碰头。”

“‘把 ×××× 牢牢记住’这句话是在表达什么？”

他没有吭声。

”去一六六号房间会用到什么样的接头暗语？”

他还是不吭声。

“‘MMMM’和‘FFFF’这些字母有什么含义？告诉我，不然的话你又要有苦头受了。”

“我是决不会告诉你的！就算死了也不会。您现在想怎么处置我都可以。”

“威克洛，想想你刚刚都说了些什么。你不打算改变主意了是吗？”

“不打算改变主意了。我非常确定，如同我确定我对我那被侵扰的家乡怀着深深的爱一样。我对北方充满了仇恨，所以就算死，我也不会把那些秘密告诉你们。”他斩钉截铁地答道，语气非常从容。

于是我再一次绑住他的大拇指，将他吊了起来。当那可怜的孩子疼痛至极时，他发出撕心裂肺的尖叫声，让人听了肝肠寸断，但他还是什么都不说。不管我们问他什么，他都会尖声叫喊：“我不怕死，并且宁可去死，但我就是不会说。”

后来我们不得不放弃使用严刑逼供这个手段。他是死也不肯说出来的，我们对此毫不怀疑。就这样，我们把他放下，然后关押了起来，并派人监视他的一举一动。

在这之后的几个小时里，我们一边忙着给陆军部发电文，一边做突击一六六号房的准备。

叙述

这里叙述的那个寒夜充满紧张和兴奋，要塞高度警戒的状态。

在那个寒夜，我们既紧张又兴奋。风声已经走漏，要塞处于高度警戒状态。我们增派了三人岗哨，任何人在没有得到批准的情况下都不允许进出，否则他们会被要求止步，火枪也会瞄准他们的头。不过，在这样一个关头，我和韦伯倒是不再像过去那样忧心忡忡了，因为既然那伙破坏分子中有那么多头目已被我们抓获，那就说明他们已经受到重创，肯定掀不起什么大浪了。

我决定尽快赶到一六六号房捉拿 B.B.，先把他的嘴封住，之后再收拾陆陆续续到来的人。在凌晨一点十五分左右，我悄悄从要塞出发，身后紧跟着六个强壮有力、勇猛无畏的美国正规军战士，还有双手被绑在后背上的小威克洛。我对那个小家伙说，我们正在去往一六六号房的路上，可不要再说谎话，把我们往错路上引；他得带我们去正确的地方，不然的话，一经发现，就得后果自负。

场面描写

六个强壮有力、勇猛无畏的正规军战士，押着双手被绑在背后的小家伙，这场面真是滑稽！

我们悄无声息地走到那家旅店旁，从隐蔽处观察那个地方。只有小酒吧间里有灯光闪烁，别的房间里则一片漆黑。我推了推正门，门随即开了。我们轻手轻脚地往里走，走进屋子后便把正门掩上了。我们把鞋脱掉，之后由我领头向酒吧间那边走。旅店老板是德国人，他坐在椅子上睡着了。我小声把他叫醒，让他脱掉靴子，给我们带路，并示意他不准发出动静。他一句话都没说

“我决定尽快赶到一六六号房捉拿B.B，先把他的嘴封住，之后再收拾陆陆续续到来的人。”

比喻

此处将人们比作猫，可见此时我们的脚步很轻很小心，突出了抓捕奸细时的谨慎。

便照我们吩咐的去做了，但是我们能明显看出他被吓得战战兢兢。我命令他把我们带到一六六号房间。我们像猫一样迈着轻巧的脚步爬过两三节楼梯，之后沿着一条长长的走廊向前走。在快要到走廊尽头的时候，我们停了下来，站在一扇门前，并且透过玻璃门窗看到里面隐隐约约有一些灯光。旅店老板摸着黑走到我跟前，轻声对我说，那个房间就是一六六号房。我尝试推了推那扇门，结果发现门反锁了。我低声命令那个长得最结实的士兵用宽大的肩膀直接把门撞开。我们用力一撞，门里面的铰链就被撞断了。我模模糊糊看到一个人影在床上晃动，那个人影急忙把头凑近蜡烛。随后，蜡烛灭了。我们立刻被黑暗包围。我用力一跳，蹿到了床上，用膝盖把床上的那个人压住。那个人拼尽全力想要挣脱，但我用左手把他的脖子卡住了，因此我的膝盖能够使上力气，牢牢地把他压在了下面。接着，我掏出我的手枪，把扳机一扣，然后将冰冷的枪管顶在他的脸上，以示警告。

动作描写

此处一系列动作的运用，形象地表现了“我”在抓捕过程中的迅速和勇猛。

“喂，快把火柴点着！”我说道，“我抓住他了。”

士兵们执行了我的命令。刹那间，火柴的亮光照亮了屋子。我看了那个被我捉住的人一眼。噢，上帝啊，那个人居然是一个年轻女子。

设置悬念

抓捕到的竟然是个年轻女子。到底是怎么回事呢？这里设置悬念，吸引读者注意。

我立刻把她放开，跳下床去，觉得有一点尴尬。这样的事情实在是太出人意料了，所以在场的人你看我一眼，我看你一眼，全都一脸茫然，不知该如何是好。那个年轻女子号啕大哭，拿起被子将自己的脸捂住。旅店老板用平和的语气说道：

“她是我的女儿。我猜，她是不是犯错误了？”

“她是您的女儿？这个人是您的女儿？”

“噢，当然啦，她的确是我的女儿。她从辛辛那提赶回来，今晚刚到家。她的身体有些不适。”

“真见鬼，那个小家伙又在骗我们。实际上，一六六号房并非是这个房间，那个 B.B. 也并非是这个人。嘿，威克洛，你得把真正的一六六号房给我们指出来，要不然的话……天啊，那个小家伙跑到什么地方去了？”

不用说，他逃了，逃跑了！我们连他的影子都没有找到。这样的局面让我们感到非常尴尬。我悔恨不已，骂自己简直就是个笨蛋，居然忘了派一名士兵将他拴住，然后带在身边。可是，现在再去为这件事自责已经于事无补。根据眼前这种情况，我下一步应该怎么做呢？这个问题迫在眉睫。话又说回来，那个年轻女子没准是 B.B. 啊。我觉得这是不可能的，但是我不能仅凭主观感觉来做判断啊。后来，我命令所有士兵都待在走廊尽头的那个空房间里，一旦发现有人靠近那个女子的房间，就立刻把他拿下，并把旅店老板留住，监视他的一举一动，同时等待新的指示。接着，我立即赶往要塞，看那里是不是有什么异常状况。

好在什么异常状况都没有出现，而且此后也是这样。为了以防万一，我整晚都没有睡觉。一夜无事，我真是高兴极了。太阳从东边升了起来，我总算可以向陆军部发电报了，告诉部里特朗贝尔要塞的上空依然飘扬着星条旗。

我心里那块重重的大石头终于落了下来。不过，我还是不能掉以轻心或者马虎大意，毕竟当时的形势非常堪忧，不允许我有任何闪失。我挨个传唤那些被我们抓到的人，挨个逼他们招供，想要迫使他们说出实情，结果却一无所获。他们没有交代任何事情，只是在那里紧咬牙齿，用手撕扯自己的头发。

象征

此处用“重重的大石头终于落了下来”，来象征这件军事机密被泄露的事，幸好没有发生什么大的影响。

大约在正午的时候，那个逃走的小家伙有消息了。目击者说，在早晨六点左右，那孩子顺着八英里外的公路徒步朝西行走。我马上命令一个骑兵中尉和一个士兵前去追赶。他们走了二十多英里之后发现了他。当时，他已经从一道木篱笆上翻了过去，拖着疲惫的脚步在一片被残留的积雪浸湿了的田野上穿行；他的前方

“真见鬼，那个小家伙又在骗我们。”

图为美国南北战争时期的一名骑兵中尉。

是一所旧式大宅子。他们策马绕道而行，穿过一片树林，从另一侧靠近那所宅子。接着，他们跳下马，快步走进了厨房，结果发现厨房里空无一人。他们又小心翼翼地走进隔壁房间，也没有看到人。那个房间里有一扇门开着，那是通往前厅或者大厅的门。他们正要往门里进，突然听到有人在低语。那是祈祷的声音。就这样，他们十分虔诚地停住了脚步。中尉探过头去，看到一个老头子和一个老太太在大厅的一角跪着。祈祷声是那个老头子发出来的。他刚祈祷完毕，威克洛那个小家伙就把前面那道门推开，走进了大厅。两位老者立刻奔到他跟前，使劲儿将他抱在怀里，憋得他透不过气来，同时高喊道：

“感谢老天爷！我们的孩子！我们的心肝宝贝！不见了的又回来了，死了的又复生了！”

“两位老者立刻奔到他跟前，使劲儿将他抱在怀里，憋得他透不过气来。”

嘿嘿，您可以猜测一下这究竟是怎么一回事，先生。闹了半天，那个小家伙就出生在那所庄园，而且是在那里长大的。他从

小到大，从未去过离家超过五英里远的地方。但就在两个礼拜前，他一路闲逛，结果来到了我的营房，编出那段悲惨的故事，让我上了当。情况的确是这样。那个老头子是个退了休的牧师，有着渊博的学识，是威克洛的父亲；那个老太太则是那孩子的母亲。

我要在这里补充几句，简单介绍一下那个小家伙的个人经历还有他那不同寻常的行为。他最喜欢读通俗小说，还有那些专门刊载离奇故事的刊物，经常爱不释手地读它们。所以，那些不为人知的秘密活动，还有鲜活生动的英雄事迹正是他最感兴趣的。后来，他在报纸上读到那些混入我军之中的奸细是如何行踪不定，读到他们那些令人震惊的阴谋，还有他们那几次曾产生过轰动效应的行动，这让他在此类事情上的想象力变得特别丰富。有那么几个月的时间，他和一个北方年轻人相交甚密。那个人能言善辩，非常有想象力，曾在几艘班轮上担任过两年“烂泥塘船员”（即内河班轮上的事务长助手）。那些船来往于新奥尔良和位于密西西比河上游两百多英里处的码头。所以，倘若你向他打听那片区域上的地名和相关的详细情况，他会滔滔不绝地告诉你。另外，我在战争爆发之前曾在那片区域生活过几个月的时间。我所了解到的那点儿有关那里的事情，足以让我上了那小家伙的当。倘若我从小生活在路易斯安那州，那么或许还不等他谈几分钟，我就能识破他的谎言了。他说他宁可去死也不会把他计划中那些让人难以猜测的秘密交代出来，您知道他为什么会那样说吗？那是因为他自己都没有办法解释那些事情——它们没有任何意义。他考虑都没考虑，随口就把头脑里虚构出来的东西说给我们听，事后自然不知道该如何弥补其中的漏洞。所以，面对突如其来的盘问，他便无法自圆其说了。举例来说，那封用“隐形墨水”写成的信件实际上只是一张白纸，里面什么都没有写，所以他无法告诉我们信里隐藏着什么样的秘密。他从未向大炮里面放过什么东西，而且那样做也是多此一举，因为他每次都是在给自己幻想出来的人物写信。他把信放在马厩里后，又会在第二天把信取走。当我把那根打了结的麻绳拿给他看时，他是头一次看到它，所以他没法认出它来。可是，我一告诉他我是从哪里找到那根麻绳的，他便想也不想，立刻按那些英雄故事中所描述的惯常做法行事，承认那段麻绳是他放进大炮里的，而且收到了比较有感染力的效果。他想象出一个“盖瑞德”先生。当时，邦德街十五号其实并不存在，

人物描写

此处对小家伙的喜好进行了叙述，令读者清楚明白。

设问

这里采用自问自答的方式来解释小家伙不同寻常的行为。

因为三个月前那所宅子便被拆掉了。他虚构出了那个“上校”。他胡说道，编出一个个故事往那些可怜而又清白的人身上套，害得我把他们挨个抓住，逼他们和他面对面互相质问。他虚构出了一个叫“B.B.”的人，甚至可以说他虚构出了一个一六六号房间，因为在我们去了雄鹰旅店后，他才知道那里真的有那样一个房间。他会根据需要，随时编出一个不存在的人，或者一件不存在的事情。倘若我逼他说出“外面”都有哪些奸细，他会立刻把他在那家旅店里遇到过那些毫不相识的人描述一番，仅仅因为他不经意间听过了他们的名字。噢，在那人人自危的几天时间里，他却沉浸在一个光怪陆离、变化莫测、充满传奇色彩的世界里。我觉得那样一个世界对他而言倒是真真切切的，而且他发自内心地认为那一切给他带来了相当大的乐趣。

对比讽刺

此处将小家伙沉浸在传奇世界与军官们大动干戈抓捕奸细来做对比，讽刺了当时战争的残酷。

可是，他却给我们带来了非常多的麻烦，还让我们颜面尽失。您都看到了，要不是因为他，我们也不会抓捕十几号人，把他们关押起来，并派哨兵在门外看守。被抓的人里有一部分是士兵或是同一类别的人，我用不着向他们致歉。不过，另外一部分人则是从其他州县过来的有头有脸的人物，无论你怎么向他们赔不是，他们都不依不饶。他们怒气满腹，暴跳如雷，不停地找我们的麻烦。而且，那两位女士，一位是西部地区某位主教的妹妹，另外一位则是俄亥俄州众议员的夫人。唉，她们是那么鄙视我，对我百般嘲讽，恼羞成怒之下还流下了眼泪，这样的举动足可以使我在很长一段时间内都忘不了她们。那位戴眼镜的瘸腿老者来自费城，在当地的一所大学里担任校长，他是为了参加侄子的葬礼才来到这个地方的。当然了，此前他和小威克洛素未谋面。噢，他不仅没能赶上葬礼，还被误认为是奸细，并因此受到关押。然而，威克洛却明目张胆地站在我的营房之中，正色庄容地把他说成是活跃于加尔维斯敦的那个做尽坏事的流氓集团中的一个造假信者、贩卖黑奴者、偷马贼以及纵火犯。我认为，那位令人同情的老者会一辈子记得这件事。

在夸雷农庄里的马克·吐温。夸雷农庄位于纽约的埃尔弥拉附近，马克·吐温在康涅狄格州定居时，曾轮流居住于哈特福特与夸雷农庄之间。他的最为著名的两部儿童惊险小说《汤姆·索亚历险记》和《哈克贝利·费恩历险记》以及数量众多的短篇小说皆在此诞生。

另外再说一说陆军部的反应吧！但是，上帝啊，我干脆还是把那些事情给忘了吧！

附注：我把这篇文稿拿给少校看了一下。他对我说："因为您不太了解军队里的事情，所以稿子里面存在一些不是很明显的差错。但不管怎样，那些地方依然写得精彩、生动。因此，您根本用不着理会那些差错。有过军旅生涯的人会认为它们很荒唐，但是不懂行的人是没办法看出来的。故事里的主要情节被您描述得合情合理，简直和实际情况一模一样啊！"——马克·吐温

作于一八八一年

我的好词好句

⊙枯燥无味　身无分文　文质彬彬　耳熟能详　身临其境　忧心忡忡　恨之入骨　血拼到底　伺机而动　精神抖擞　勿庸置疑

⊙他不和周围的人来往，总是那么郁郁寡欢，总是那么忧心忡忡，总是挂着一幅愁眉苦脸的表情。

⊙他在黑暗之中唱出的歌就像泉水汩汩流淌的声音一般优美甜柔，能让你觉得自己正待在天国之中。

⊙在那种时候，倘若有一支部队来动那孩子一根毫毛，就算那支部队的人马有一个兵团那么多，他们也会跟那些 家伙血拼到底！

⊙这一刻，那孩子的恶劣行径把我之前对他产生的所有好感，所有关爱之心，所有怜悯之情统统抹杀掉了。

一位重病患者的故事

在百慕大，我们总共待了四天。其中有三天比较晴朗，大家一同去了户外；有一天在下雨，我们没能租到游艇去海上游玩，所以都没出门，并因此感到非常失望；眼下，我们已经过完了假期，于是所有人都再次登船，一块儿启程回家。

有一位乘客是个病人，他的身体非常消瘦，脸上挂着愁容。他那张枯槁的面庞、流露出痛苦的目光，还有闷闷不乐的表情引得每一个人都很同情他、怜悯他。他很少开口说话，平时一直表现得温文尔雅，偶尔才会说上几句，而这恰恰博得了的听众们的好感。在离开百慕大的第二天晚上，我们都聚集在吸烟室里聊天，他慢慢地打开了话匣子。我们话题不断，一段时间之后，不知何故，他聊起了他自己经历过的一些事情，最后给我们讲述了下面这个不同寻常的故事。

人物描写

此处描写了这位重病患者的外貌和言行特点，令人对他产生同情。

我的样子看起来和一个六十岁的已婚男人没有什么区别，实际上，这是由我在某种情况下的遭遇所导致的，因为我才四十一岁，而且一直处于未婚状态。你们很难想象，我这样一个骨瘦如柴的人，在两年前却是一个身强体健、精神饱满的人，一个有着

“我们话题不断，一段时间之后，不知何故，他聊起了他自己经历过的一些事情，最后给我们讲述了下面这个不同寻常的故事。”

钢筋铁骨的汉子，一个强壮有力的男人！这都是实话。不过，比这更让人感到不可思议的是，我的身体怎么就垮掉了。有一回，在一个冬夜，我为了护送一箱枪支坐了二百英里的火车，所以我才变得这么体弱多病。这一点儿也不假。接下来，就让我讲讲这件事情吧。

> **设置悬念**
> 为护送一箱枪支坐了二百英里的火车而变得体弱多病，真令人感到疑惑不解，这里设置悬念，吸引读者注意。

我生活在俄亥俄州的克利夫兰市。在两年前的一个冬天，太阳刚落山，我冒着大雪和寒风回到了家，刚一进门就听到一个消息——就在前一天，我最要好的发小和同学约翰·B·海克托死了。他临终的遗言是，希望我把他的遗体送到他那生活在威斯康星州的、可怜的、上了年纪的父母那里。我感到非常意外和难过，但是没有工夫去悼念，因为我得马上出发。我把一张注有“威斯康星州伯利恒市里瓦伊·海克特执事”这几个字的卡片带在身上，在怒吼的风暴中急急忙忙地朝火车站走。赶到那里后，我把别人向我形容过的那口白松木棺材找到了。我拿出卡片，用一些图钉将它钉在了棺材上。我看着那口棺材被妥善地搬到了快车上，这才去了一家饭馆，吃了点三明治，又拿出烟来吸了一会儿。我没过多久便回到了站台上，却发现有人似乎已经把我托运的那口棺材给搬了下来，一个青年人拿着一张卡片、一些图钉，还有一把锤子，正站在棺材旁边聚精会神地看着它。我很诧异，对此大为不解。我心里非常慌张，于是就在他钉卡片的当儿，我跑向快车，打算去问个水落石出。不过，我根本用不着去问了，因为我托运的那口棺材并没有被搬下来，他依然在快车上。（其实，我当时完全没有想到，我已经犯了个极其严重的错误。那个青年人是来给伊利诺伊州皮奥里亚县的一个来复枪公司运送一箱枪支的，结果把我运送的尸体给换走了，而我托运的则是一箱枪支啊！）就在这个时候，乘务员大声喊道：“大家都上车吧！”于是，我蹿上火车，非常舒服地在一张圆背椅子上坐了下来。速运公司的收发件工人正在认真地做手头上的事情，他大概有五十岁，是个非常普通的工人，看上去特别质朴、真诚、和善，一举一动都显得那么有活力、有干劲儿。火车开动之后，一个陌生人突然走进了车厢，拿出一包已经发酵、散发出浓浓气味的软干酪，将其放在了棺材——那个装着枪支的箱子——上面。那是林伯格软干酪，但当时我未曾听说过这种东西，所以自然就不知道它的独特之处了。火车在黑夜里向前飞速行驶，风越刮越大。慢慢地，我感觉

> **补叙**
> 此处括号中的文字是对这件事的补充叙述，此时“我”运送的是一箱枪支，令读者清楚明白。

> **伏笔**
> 此处描述林伯格软干酪具有独特之处，为下文故事发展埋下伏笔。

干酪属于奶酪，是一种发酵的牛奶制品，与常见的酸牛奶较为相似，都是通过发酵过程来制作的，近似固体食物，营养价值高。图为一家奶酪店。

有些烦闷，心情变得沉重，而且越来越沉重。老工人愉快地谈了谈暴风雪和冷天气，然后一把关上他旁边那扇推拉门，上好门闩，关紧窗户，之后忙活起来，一面整理东西，一面开心地哼着《美好的明天》这首曲子，声音很轻，音调也没什么变化。没过多长时间，一股特别难闻的气味从寒冷的空气中飘到了我的鼻子里。这让我的情绪变得更加低落，因为我会很自然地认为是我那已经死去的好友造成了这一切。他在用这样一种无声无息而又悲凉的方式让我想起他呀，我心中充满哀伤，不禁要流出眼泪。那位老工人就在我身旁，我担心他会觉察到这一点，所以心里很忐忑。然而，他依旧像刚才那样自得其乐地哼唱着，没有任何特别的反应，这让我感到轻松了许多。轻松？没错，但还是心烦意乱。过了一会儿，我越来越心烦意乱，因为气味变得越来越臭，越来越让人无法忍受。又过了不久，老工人把每一样东西都整理妥当，之后往炉子里填了些木柴，把火烧得旺旺的。这给我带来了相当大的烦恼，在我看来他那样做是极不恰当的。我认为我那不幸的亡友会因此受到不良影响。这个时候，汤普森（这是那位老工人的名字，我到了凌晨才知道）开始在车里四处寻找，只要一找到缝隙，他就会将它堵上，同时还说，如此一来，就算车外面的黑夜再怎么糟糕，对我们都不会有什么影响，他会想方设法让我们待得舒舒服服的。我没吭声，但觉得他的做法并不正确。他继续哼着小曲儿。炉火变得更旺了，车厢里也变得更闷了。我脸色发白，胃里翻滚，可还是一言不发，一个人在那里难过。不一会儿，我发觉《美好的明天》的歌声变得越来越弱，后来彻底听不到了。一片死一样的寂静就像是不祥之兆一样笼罩在我们周围。过了不久，汤普森开口说道：

渲染

这一句描述车厢中的死寂，渲染了诡异的氛围，可见老工人汤普森也闻到了那股特别难闻的气味。

“咳，它会不会是我点炉子用的玉桂树枝皮？”

他咳嗽了几下，走向那口棺材——那口装着枪支的箱子，然后在林伯格软干酪前停住脚步，站立了片刻，又迈步往回走，坐在了我身边，看上去感触颇多。思考了一会儿后，他指了指那个箱子，说道：“那是你朋友？”

“是的。”我叹息道。

“他已经腐烂很长一段时间了吧？”

在之后的两三分钟里，我们都陷入到了沉思之中，谁也没再开口说话。后来，汤普森惶惶不安地小声对我说：

“他们到底是死了还是依然活着，有时候还真不好说。你看，他们似乎已经死了，但是身体还有温度，关节也是灵活的——结果怎么样，尽管你觉得他们是死人，但你其实并不清楚他们究竟是死是活。这样的事情在这列火车上发生过，这太吓人了，因为你根本想不到他们会在什么时候坐起来，瞪着眼睛看着你！”

想象

此处是老工人汤普森的想象，描述了死者会突然坐起来的恐怖场景，令车厢中的气氛更加紧张。

他停了片刻，对着棺材把胳膊轻轻抬了一下，继续说道：“不过，他没有鬼魂出窍！伙计，真没有，我敢保证！”

我们开始沉思，同时仔细听着狂风的怒号声以及火车的轰鸣声。不一会儿，汤普森感慨良深地说道：“唉，我们都会离开，这是迟早都要面对的。就像《圣经》里说的，人是妇人所生，日子不多。的确是这样啊，不管你如何看待这种事，它都是非常严肃的，也是很古怪的。每个人都要面对它；所有人都得离开这个世界——你能这么说，的确是所有人。一个人在今天还是精力充沛，体格健壮……”他还没有把这句话说完，就急匆匆地站了起来，随手将车窗上的一块玻璃敲碎了。他把鼻子伸到了窗外，不久之后又坐了下来。我也铆足力气站起身来，顺着那个窟窿把鼻子伸了出去。每隔一短时间，我们就会这样做一次。

动作描写

此处描写汤普森打破车窗玻璃呼吸窗外空气的动作，“我”也跟着他这样做，可见车厢中难闻的气味已经令人受不了。

“可是到了第二天，就像《圣经》里说的那样，他就如同一棵被割掉的草那样一命呜呼了。而那里的人，过去认识他的，在那之后就再也不认识他了。的确是这样啊，我没说假话，这件事不但很严肃，而且也很奇怪。可是，在将来的某一天，我们都得离开。这是我们都要面对的。”

他又停下了。过了好一会儿，他继续说：“是什么病害死他的？”

“不清楚。”我答道。

“他死了多长时间了？”

在对他这样问的意图做了猜测后，我觉得把时间说得长一些可能会更符合他的想法，于是答道：“死了两三天了。”

可是，我却聪明反被聪明误，因为汤普森在听到我这句话后，脸上浮现出了一副受到蒙骗的表情，他的样子好像是在说：“你其实是想说两三年吧。”之后，他在那里嘀咕起来，也不顾我说什么，只是不停地表达自己的见解，说长时间不将死者下葬是个极其愚蠢的做法。接着，他百无聊赖地朝棺材走去，在那里站立了片刻，而后疾步跑回来，停在那扇被砸坏的玻璃窗前，对我说道：

联想

这里描写汤普森脸上浮现出一副受到蒙骗的表情，“我”联想到他的内心世界，表现了他并不相信“我”的话。

“要是他能在去年夏天的时候就被运走，那么不管从哪个角度上来看这都是好事一桩。”

反语

“沁人心脾”，原指新鲜空气、清凉饮料或优美动人的诗歌、文章，令人感到适宜，此处却是反语，表现了车厢中那股气味已经特别浓郁。

汤普森坐了下来，拿起他那块丝质红手帕，用它紧紧地盖住自己的脸，不停地晃动着身体，仿佛是在努力承受那份几乎已经超过他承受极限的痛苦。此时此刻，那股“沁人心脾”的气味——倘若你愿意称其为“沁人心脾”的气味的话——正在想方设法将你置之于死地。汤普森已是面无血色；我清楚，我的脸也已经是一片惨白。片刻之后，汤普森用左手撑住额头，把胳膊肘顶在膝关节上，另一只手拿着他那块红手帕朝棺材挥了几下，说道：

“我运送过不少这样的人，其中有一些也是放的时间太长了。不过，上帝啊，那些人比不上这个人，远远比不上！上尉，那些人跟他比起来，充其量算是一根缬草啊！”

他给了我那不幸朋友如此高的评价。尽管我当时愁绪满怀，但他这番话还是让我备感欣慰，因为这听上去充满了赞赏之意。

过了不一会儿，我们已经被逼到有必要采取一些措施的境地了。我提出了抽雪茄的建议。汤普森觉得这个点子不错。他对我说道：

“我运送过不少这样的人，其中有一些也是放的时间太长了。不过，上帝啊，那些人比不上这个人，远远比不上！”

“这个法子说不定能稍微冲淡一下他的气味。”

我们吸了一阵烟，竭尽全力想象气味已经变淡。然而，一点效果都没有。没过多久，我们的手指已经变得麻木，两个人的雪

茄几乎在同一时间悄然滑落下来。汤普森长叹道：

“上尉，这不管用啊，他的气味一点儿也没有变淡。实际上，这样做反倒让情况变得更糟了，因为他似乎被惹恼了。眼下，你能想到什么好点子吗？”

我什么点子都想不出来。的确是这样，当时我顾不上开口讲话，只是在那里使劲儿咽气。汤普森心乱如麻，垂头丧气，开始谈起今夜遇到的种种不顺心的事情。当他说起我那不幸的亡友时，他用了很多种头衔，时而用军衔，时而用文官头衔。我发现我那亡友的威力正在迅速变大，而汤普森则会相应地给他提升级别，将一个个更响亮的头衔用在他身上。后来，他跟我说：

1612年，移民至美洲的欧洲人开始种植烟草，到17世纪50年代其被带到欧洲并广泛流传。大多数欧洲人都喜欢抽烟斗，图为抽烟的欧洲人。

“我想到一个办法。我们应不应该豁出去一次，把上校挪个位置，移到车厢的那一端去？要是我们能把他朝那边推十英尺，那他的味道就不会这么大了。你觉得这个法子如何？”

我说这个主意不错。就这样，我们把鼻子凑到玻璃窗前，用力吸了一大口新鲜空气，想要憋着这口气把棺材推过去。随后，我们朝那里走过去，冲着那包让我们深受其害的软干酪俯下了身，用力抓住棺材。汤普森向我把头一点，示意他已经准备好了，接着我们拼尽全力向前推。但是，汤普森这时忽然滑倒，鼻子撞在了软干酪上，再也没法憋住那口气了。他一时无法喘气，呕个不停，爬起来径直冲向门口，胡乱地挥舞着手臂，用嘶哑的声音喊道：“不要挡着我！把路给我让开！我快死了，把路给我让开！”我走到寒冷的车厢连接处，坐了下来，抱着他的头待了一会儿。他恢复了意识，然后急忙说道：

人物描写

此处描写汤普森的动作和语言，突出表现了他此时的痛苦和难受。

“你觉得那是我们打扰了将军的缘故吗？”

我说我们没有打扰他，棺材连动都没动。

“噢，照这么说，这一招也没用了。我们得另想法子了。在我看来，眼下这个地方很合他的心意；要是他觉得是这样，而且已经铁了心不想被人打搅，那么你就得按照他的意愿去做。还真是这样啊，末了还是让他待在这里吧，他想待多长时间都可以。你也清楚，他掌握着全部的主动权，所以，根据常理来说，如果有人想要逆着他的心意行事，那他肯定会倒霉的。”

不过，在如此猛烈的暴风雪中，我们不能一直待在车厢外面，不然的话是会被冻死的。因此，我们再次走进车厢，掩上门，再次去遭那份罪，交替走到那扇破碎的玻璃窗那里透气。过了不久，

在当时的医疗条件下，伤寒病及很多瘟疫都没有很好的方法医治，人们对这些疾病都很恐惧，图为表现一位死者面对审判的画作。

火车在一个车站稍停了一会儿，之后又开走了。汤普森兴高采烈地蹦进来，情绪激昂地说道：

“这回我们可有救了！我认为我们这一次有把握把准将给制服住。我觉得，有了这个东西，我们就能挫一挫他的锐气了。”

他说的那东西指的是石碳酸。他弄来了整整一大瓶。他把那东西洒得到处都是；准确地说，他把棺材、软干酪等所有东西都浸湿了。之后我们坐了下来，饶有信心地认为情况会变好。可是，还没等我们舒坦一会儿，那两种气味就混合在了一块儿。之后，噢，我们急忙跑向车门口，来到了车厢外面。汤普森拿出他那块大手绢，用它擦起脸来，同时沮丧地说道：

“这招不管用啊。我们没法治服他啊。他利用我们拿来对付他的东西，加上他自己的气味，来报复我们。上尉，你也清楚，现在的气味要比他之前发出的气味浓了不知道有多少倍。我还是第一次遇到这样一个较真的家伙，他干这种事情的劲头真是大啊！噢，伙计，我在铁路上工作了这么久，还是第一次遇到这样的！我跟你说过，我目前为止已经运送过不少人了。”

语言描写 这一段是对汤普森的语言描写，突出了他对死者发出这么浓郁气味的看法。

我们冻得已经不能动弹了，于是又回到了车厢。噢，但是我们不能总是待在里面。我们强撑着身体出出进进，冷一会儿，热一会儿，之后又被憋得面红耳赤，就这样重复着。大概一个钟头之后，火车停在了另一个车站。就在火车开动时，汤普森抱着一个大包走了进来，对我说：

“上尉，我想再冒险试一回——就试最后一回。假如我们还是不能将他拿下，那我们只能心服口服地认输了。这就是我的想法。”

他的包里装着鸡毛、破布、苹果干、烟叶、旧鞋子、硫黄，还有肉桂等等与之类似的东西。他把它们统统倒在了地板上的一张大铁板上，然后将其点燃。等火烧起来之后，连我都不晓得我那亡友是怎么承受住的。和那种气味比起来，刚才所描述的种种情景可以称得上是如诗如画了——不过，我得提醒一句，之前那股气味依然死缠着我们，丝毫没有变淡；事实上，它很好地隐藏在了其他气味当中。噢，我当时根本没有想到以上这些事情，因为当时根本无暇去思考，这些都是我在车厢连接处待着时想到的。当我们向车厢连接处跑过去时，汤普森一时喘不过来气，结果摔了个跟头。等我抓住他的衣领把他拖到外面，我自已险些被憋死。

对比 采用对比的方式突出了这次燃烧产生的混合气味竟比之前的那股气味更可怕得多。

“等火烧起来之后，连我都不晓得我那亡友是怎么承受住的。”

后来我们两个人都清醒了一些，汤普森颓丧地说道：

“上尉，我们只能待在这里了。我们别无选择，这是唯一的办法了。总督想要一个人旅行，他已经铁了心了，我们根本不是他的对手。”

然后他继续说：“我不说你也应该清楚，我们俩已经中毒了。这是我们的最后一次旅行了，这样一个结果几乎是无法避免的，因为我们很快就会染上伤寒病。现在，我感觉到这病马上就要发作了。真的是这样啊，伙计，我们要完蛋了，这是毋庸置疑的。”

过了一个钟头，火车在下一站停了下来。我此时已经冻得不能动弹了，脑袋也变得迷迷糊糊的。当我被人从车厢连接处抬下去后，病毒性高烧立刻发作起来，让我连续三个礼拜都处于神智昏迷的状态。事后我才弄明白，在那个骇人的夜晚和我待在同一节车厢里的是对我没有任何危害的一箱枪支和李代桃僵的一包软干酪。可是，即使我后来知道了事实，也是为时已晚，我现在已经没得救了。头脑里的想象害我不浅，从此以后我的身体就彻底地毁了。不管是百慕大还是别的地方，都不能让我的身体变得好起来，这是我最后一次上路了，我现在是在回老家等死神取走我的性命啊！

议论

这一句是“我”对此事的议论，因为自己头脑中的想象令身体受到极大的损伤，告诫人们凡事应从事实出发去考虑。

作于一八八二年

我的好词好句

⊙钢筋铁骨　不可思议　聚精会神　自得其乐　百无聊赖

⊙一片死一样的寂静，就像是不祥之兆一样笼罩在我们周围。

⊙头脑里的想象害我不浅，从此以后我的身体就彻底地毁了。

一位画家的生与死

位置描写

此处描写了芒东的位置，揭示出那个地方远离闹市，十分清静的特点，为下文故事发展做铺垫。

我在一八九二年三月份的时候在里维埃拉的芒东度过了一个假期。这个地方远离闹市，十分清静。在这里，那几英里之外蒙特卡罗人和尼斯人各自享受到的乐趣都可以被你独自享受到。也就是说，在芒东，你不仅能享受到清新的空气、充足的阳光，还有那波光粼粼的碧蓝的大海，而且还能远离闹哄哄的聚会、令人生厌的喧嚷、色彩浓重的时髦服装，以及俗不可耐的夸耀。芒东是一个幽静、简约、低调、内敛的地方，那些富翁和风流阔少对这样的地方是不会有兴趣的。我是说，一般而言富人是不会去那里的，但有时也会有零星几个有钱人会去那里转一转，于是我没过多久就结交了其中的一位。为了不把这位朋友的全部底细暴露出来，我姑且在这里称他为史密斯吧。有一天，我们正在英人旅店里吃第二道早餐，他突然情绪激昂地喊道：

“快点！快点看看那个正要出门的人，尽量把他看清楚一些。”

“快点！快点看看那个正要出门的人，尽量把他看清楚一些。”

“为什么要这样呢？”

“您知不知道他是什么人？”

“我知道。在您还没来的时候，他就已经住在这里了。据说他来自里昂，名叫泰奥菲尔·马尼昂，是一个特别有钱的丝绸厂老板，现在因为年老而离开了工作岗位。我觉得他是一个特别孤独的人，因为他看上去总是那么郁郁寡欢，那么心神不定，从来不跟别人聊天。”

汉斯·安徒生（1805—1875年），丹麦著名作家，所写的童话故事非常有名，影响广泛，代表作有《丑小鸭》《卖火柴的小女孩》《皇帝的新装》等。

我一开始以为史密斯先生会接着谈论这个话题，向我说明他为何会对马尼昂先生有着如此浓厚的兴趣。然而，他并没有继续说下去，而是忽然变得若有所思。显而易见，在那短短的几分钟时间里，我和周围的一切都已经被他置之脑后。他屡次用手指拨弄他那柔软而有弹性的白发，以便让自己更好地思索，全然不顾那份正在变凉的早餐。后来，他开口说道：“哎呀，记不起来了！全都忘了。”

“把什么忘了？”

“一篇感人的小故事，是汉斯·安徒生写的，可是我忘了它是怎么写的了，只记得其中一部分内容：一个孩子把一只小鸟放在笼子里养，他特别喜欢那只鸟，但总是马马虎虎的，想不起来去照料它。在小鸟歌唱时，谁也不会去听，谁也不会去注意。后来，这个可怜的小生灵既吃不到东西，又喝不到水，歌声也变得愈加凄楚，愈加微弱。小鸟最后停止了歌唱，它死了。孩子来了，他懊悔不已，于是失声痛哭，流下了悲伤的眼泪。他把他的小伙伴们叫了过来，一起为它举办了盛大的葬礼，表达了深深的哀伤之情。然而，那些可怜的孩子们并不清楚，让那些诗人们饿死，又尽心尽力地为他们举办葬礼的可不仅仅是孩子们，既然这样，为什么不早点儿帮助他们活下去，让他们不至于那么贫穷，那么困窘呢？另外……”

插叙

此处插入叙述安徒生写的一篇感人小故事，同时提出疑惑：为什么不早点儿帮助故事中的鸟儿？为下文叙述做了铺垫。

我们的谈话就此被打断，所以他只说了这些。当晚，在十点钟左右，我又一次遇到了史密斯先生。他请我去楼上，在他的客厅里陪他吸吸烟，喝一喝加了温的苏格兰威士忌。那地方环境特别好，里面烛火通明，摆放着舒适的座椅，火盆里烧着干橄榄木，闪动着让人感到很舒服的小火苗，仿佛是为了烘托出一种极为合适的氛围似的。除此之外，你还能听到外面那又低又沉的海潮声。第二杯威士忌已经喝下了肚，我们悠然自得地聊着天。后来，史密斯说道：

“既然现在我们两个人都非常有兴致，那我就给您讲一个很稀奇的故事听一听吧。这是我这么多年以来不曾对任何人说过的一个秘密，里面的内容涉及我和另外三个人。不过，我接下来就要把它一五一十地讲出来。您这样待着会不会感到不舒服？”

“不会，特别舒服。请您接着讲吧。”

下面就是他为我讲述的故事：

对比

此处将三位画家的欢乐与贫穷相对比，有多深的贫穷就有多深的欢乐，突出了他们当时虽然贫穷但很快乐的生活。

多年前，在我特别年轻的时候，我是一个画家。我那时在法国的乡间游逛，走到一处地方就会停下来写生，没过多久就和两个讨人喜欢的法国年轻人走到了一处。他们和我一样，也是画家。我们的欢乐有多深，我们的贫穷就有多深；也可以说，我们的贫穷有多深，我们的欢乐就有多深。那两个年轻人一个叫克罗德·福瑞尔，一个叫卡尔·布兰若尔——多么可爱的两个人啊！他们性格爽朗，对贫困的生活总是满不在乎，无论身处什么样的境地，都会表现得若无其事。

后来，我们在布列塔尼的一个村庄里走到了山穷水尽的地步。当时一个和我们情况相似的画家把我们收留了下来，甚至可以说他是我们的救命恩人，没让我们活活饿死。他的名字就叫弗朗索瓦·米勒……

“您说什么？他就是杰出的弗朗索瓦·米勒？”

弗朗索瓦·米勒（1814—1875年），19世纪法国杰出的现实主义画家、法国巴比松派画家。作品以描绘农民的劳动和生活为主，具有浓郁的农村生活气息。

杰出？他那时候还没有我们杰出呢。他在自己的村庄里都没什么名气。他真是贫穷极了，什么吃的都没有，只有萝卜，甚至有时我们都没有萝卜可吃。我们四个永远不离不弃、互助互爱的朋友平素总是会待在一起。我们不知疲倦地画画，慢慢地积累了不少作品，可是几乎连一幅画都卖不出去。我们过得非常快乐，然而，上帝啊，我们有时候过得的确非常艰难啊！

我们像这样一起生活了两年多的时间。后来有一天，克罗德说道：

“伙计们，我们已经走到了无路可走的田地了。我的意思你们清楚吧？我们已经彻底走到了无路可走的田地了。每个人都不再搭理我们了——他们合起伙来对付我们。我把整个村庄都走了一遍，情况和我跟你们说的一模一样，他们不肯让我们再欠一分钱的账，非要我们先把之前的欠款结清。”

听到他这番话，我们的心变得冰凉。四个人全都手足无措，陷入到了消极悲观的情绪中。我们认识到，我们正面临着一个极其糟糕的境况。有好一会儿大家都不吭声。后来，米勒长叹一声，说道：

“我想不出任何主意来，一点儿也想不出来。伙计们，你们倒是想想办法啊！”

谁也没有应答——假如你不认为那充满哀伤的沉默是一种应答的话。卡尔站起身来，紧张地踱了一会儿步，之后说道：

场面描写

此时描写四人均沉默不语的场面，突出表现了四位才华横溢的画家陷入了绝境。

“真是一点儿颜面都没有！你们看看这一摞又一摞的画，它们看起来不比欧洲任何人画的东西差——我可不在乎那些画画的都是什么人。就是嘛，不少在大街上转悠的陌生人也是这么认为的——不管怎么样，别人几乎都是这样说的。”

“然而就是无人问津啊。”米勒说道。

“这不要紧，反正别人都这么说，而且他们并没有说错。看看你画的那幅《晚钟》，难不成有人会告诉我……”

“唉，卡尔，有人愿意出五法郎买下我那幅《晚钟》。”

“这是什么时候的事情？”

“出价人是谁？”

“他在什么地方？”

“你怎么不卖掉它呢？”

“噢，你们不要一齐发问啊！我当时觉得他会出更高的价格。我相信他会的——他那幅神态给了我这样的感觉。于是我就跟他讨价，说这幅画卖八法郎。”

“然后发生了什么？”

“他说他下次再来找我。”

“真是走了霉运！噢，弗朗索瓦……”

“啊，我懂了！我懂了！是我的错。我当时真是太笨了！伙计们，但我这样做也是出于善意，这一点你们必须要承认，而且我……”

“噢，这一点你不用说我们也清楚。上帝与你这个善良的人同在！不过，下一次你可不要再犯傻了。”

米勒的代表画作《晚钟》，创作于1859年左右。它不仅深刻地反映了一种复杂的农民精神生活，描绘了农民夫妇的虔诚和质朴，而且寄托了对农民生活境遇的无限同情。

图为一枚面值20法郎的“拿破仑”金币，是为表示对皇帝的效忠而发行的。

“你是在说我吗？我盼着再来一个人，他会提出用一棵白菜换我那幅画。你们就瞧好吧！”

“一棵白菜吗？天啊，千万不要再提它了！我听到它之后都流口水了。还是说说那些不怎么馋人的东西吧。”

“伙计们，这些画并非一点价值都没有，难道不是吗？请你们回答我。”卡尔说道。

“它们是有价值的。”

“它们的价值非常高，难道不是吗？请你们回答我。”

“它们的价值的确非常高。”

“既然这些画有着非常高的价值，那么假如把一个著名画家的名字署在它们上面，它们就能卖出大价钱。我说得对不对？”

“说得非常对。我们都相信这一点。”

“但到底是不是这样一回事呢？我并没有开玩笑的意思。”

“噢，肯定是的。我们也没有说玩笑话。不过，这又如何呢？这和我们没有任何关系吧？”

“伙计们，依我看，我们就把一个极受推崇的画家的名字署在这些画上面。”

这个时候，大家都不再说话了。他们把头扭向卡尔，脸上都挂着一副疑惑不解的表情。他究竟想要做什么？我们去什么地方借一个极受推崇的画家的名字呢？另外，这件事又由谁去办呢？

疑问

此处描写大家对卡尔的话表示疑惑，一系列的疑问句展现了画家们的内心，同时也引起读者的好奇，为下文的叙述做铺垫。

卡尔坐了下来，继续说道：

“那好吧，我接下来要非常严肃地说出我的想法。我觉得只有这样做，我们才不会落到去救济院里讨饭吃的田地，而且我对这个办法非常有信心。我是以人类历史中那许许多多早已被证实的例子作为依据来提出这个点子的。我的计划能够让我们每个人都变得很富有，对此我深信不疑。”

“变得很富有？你是在说疯话吧！”

“没有，我没有说疯话。”

“是在说疯话，你真的是在说疯话。你说我们会变得很富有，这具体是指什么？”

“我们每个人都能赚到十万法郎。”

“我敢说，他已经神智错乱了！”

“没错，他真的神智错乱了！卡尔，你再也不想过这种穷日子了，所以……”

"卡尔，你该吃一些药，之后好好睡一觉。"

"我们把他包扎起来吧。包扎他的头，之后……"

"不要这样，还是把他的脚后跟包扎起来吧。最近这几个礼拜，他的头一直在往下沉，这一点已经被我发现了。"

"都把嘴闭上吧！"米勒开口道，故意做出一副一本正经的样子，"先听听这家伙究竟要说什么嘛。嘿，你就把你的计划讲一讲吧。卡尔，你是怎么计划的？"

"好，既然这样，那我为了引入主题，就先说说历史上的一个实际情况——有许许多多的伟大画家的卓越才华在他们被饿死之后才会被大众认可。这样的例子数不胜数，所以我敢大胆地做出如下推论，那就是任何一位名不见经传、被人无视的杰出画家，在他离开这个世界之后，必定会受到大众的追捧，他的作品的价值也必定会翻好几百倍。我是这么计划的，我们得抓阄儿，我们中间得有一个人当死人。"

叙述说明

这里是卡尔对历史情况的叙述说明，突出了画家们活着时窘迫而死后受到大众追捧的现象。

他说话时是那么沉着镇定，而这番话又是那么让人意外，我们惊讶得都忘了蹦起来。随后，我们喊成了一片，又不断提出建议，建议卡尔去治治自己头脑上的疾病。不过，他非常有耐心，等大家平静下来后，又开始谈论起他的计划来。他说道：

"我是这么计划的，我们得抓阄儿，我们中间得有一个人当死人。"

“就是这样，我们中间得有一个人当死人。这样做的目的是把其他人救活，同时也把自己救活。我们开始抓阄吧。谁被选中了，谁就会声名鹊起，而且我们每个人都会赚一大笔钱。安静一点儿，嘿，安静一点儿，别插话。跟你们说吧，我对这个办法特别有信心。我是这么想的，在之后的三个月时间里，那个被选中的人要全力以赴地画画，尽可能多地积攒他的存货。不要一整幅一整幅地画，不要那样做！只需要画一些轮廓，一些练习作品，或者练习作品的片段。每幅画上只画一些线条，一些没有任何意义的线条，但那的确是出自于他笔下，画上也有他的署名。每天画个五十几幅，每幅都能展现出他的画风来，让人一看就知道那是他的作品。你们看，这样的画才是最容易卖得出去的，而等到这位杰出的画家与世长辞之后，各个国家和地区的博物馆还会以极高的价格收购他的画。到了那时，我们手上的存货已经非常多了——非常多！在此期间，我们中间那些没有被选定的人都要竭尽全力为这位不久之后就会去世的画家制造声势，把他的名字宣传给巴黎人和画商们。你们明白，这些只是准备工作；等这一切被传得铺天盖地，到了机会最为成熟的时候，我们就把他去世的消息宣布给外界，并故意大张旗鼓地为他举办葬礼。你们能理解我的意思吗？”

叙述

此处是卡尔在详细叙述他的计划，展现了这个计划的内容，令读者清楚明白。

“不，不是很……”

“不是很理解，对吧？你们难道还不明白吗？那个被选中的人并没有真的死去，他只是隐姓埋名，之后消失在大众的视野之外。我们为一个假人举办葬礼，为他痛哭流涕，并让世上的每一个人都和我们一起流下眼泪。这样一来，我便会……”

场面描写

这里描写画家们赞同执行这个计划，大家蹦着跳着，紧紧抱在一起的场面。

还没等他把话说完，我们就爆发出一阵让人雀跃的欢呼声和鼓掌声。大家全都跳了起来，在房间里蹦来蹦去，随后在感激和极度兴奋的双重作用下，紧紧地抱在了一起。在之后的几个钟头里，我们不停地谈论着卡尔的宏伟计划，甚至都不觉得饿了。末了，我们把每一个细节都商量妥当，然后开始抓阄。被选中的人是米勒，他得像我们安排的那样去“死”。接着，我们大家把一些当初无论如何都不会丢掉的东西——那些有纪念意义的小东西和与之类似的物品——拼凑到一块儿，将它们拿到典当铺，换了一些钱，以此作为我们发财的赌注。用这些钱办一次饯行晚饭和早饭是绰绰有余的。我们均分了几法郎作为出行的路费，又留给米勒一些胡萝卜和其他这一类吃的，供他在接下来的几天时间里填饱肚子。

次日清晨，我们三个人一吃完早餐就离开了那个村庄。当然了，我们没有任何交通工具，完全依靠步行。我们每个人都将十几幅米勒的小作品带在了身上，准备为它们找买主。卡尔径直去了巴黎，打算尽一切努力在那里为米勒树立口碑，为不久就要到来的那个特别的日子做铺垫。克罗德和我兵分两路，去了法国其他地方。

噢，如果我告诉您我们的事情进展得相当顺利和轻松，那您肯定会大吃一惊的。我走了两天的路，之后开始工作。我在一个大市镇的郊区看到一幢别墅，当时别墅的主人正站在阳台上，所以我着手画起这所宅子的素描来。他走下阳台，看我画画——我早已猜到他会下来看的。我画得快极了，想借此吸引他的注意力。有时候他会情绪激昂地夸我几句；到了后来，他开始对我赞不绝口，称赞我是一位杰出的画师。

伏笔

此处叙述计划进行得相当顺利和轻松，吸引读者的注意，为下文故事发展埋下伏笔。

我把手中的画笔放了下来，伸手从背包里拿出一副米勒的作品，然后指了一下上面的题名。我扬扬得意地说：

“您可别告诉我您都认不出弗朗索瓦·米勒的题名啊！”

神态描写

此处描写别墅主人的神态，可见“我”的话对他的心理产生了影响。

“我觉得，您不会不认得这个吧？咳，我画画的技法是跟他学的。我有理由认为，我还是能干好这一行的。”

他似乎是因为觉得自己孤陋寡闻而显得有些惶恐和窘迫，不再说话了。然后我怅然地说道：

“您可别告诉我您都认不出弗朗索瓦·米勒的题名啊！”

他当然无法认出那个题名。不过，因为我这句话能让他轻而易举脱离窘境，所以他自然会对我报以感激。他说道：

“能认得出啊！噢，那的确是米勒的题名，的确是的！我刚才走神了，不知道在想什么东西。这会儿我认出来了，这是毫无疑问的。”

随后，他提出要买下米勒的那幅画。然而我却对他说，虽然我不是有钱人，但也没有穷到那个份儿上。不过，最后我还是以八百法郎的价格让他买走了那幅画。

插叙

此处插入叙述现在的“我”想买回米勒的画，但已经没有那样的时机了，突出表现了现在米勒的画已经不容易买到。

“八百法郎？”

就是啊，当初米勒还想着拿它去换一片熟猪肉来着。还真是这样，我用那一小幅画换来了八百法郎。现在我还想把它买回来，然后转手再卖个八万法郎呢；然而时过境迁，眼下已经没有那样的时机了。后来，我为他画了一幅非常棒的住宅素描画。一开始我打算以十法郎的价格把我的画卖给他，可是当我想到我是一位杰出画家的弟子时，又觉得这不太符合我的身价。就这样，我最后让他用一百法郎的价格买下了他。我立刻把那八百法郎给米勒汇了过去，接着在第二天又上路了。

不过，这回我就不用徒步赶路了——再也不用徒步赶路了。我乘了一辆车，而且在那之后我每次出行都会乘车。我把每天的销售量限制在一幅，从来不会多卖。我每次都会对买主说：

照应前文

这一句话照应了前文叙述的传播消息，让群众都知道有个著名画家米勒即将死去。

“我卖弗朗索瓦·米勒的作品，这简直就是笨蛋才会做的事情，因为他充其量只能再活三个月的时间了。等到他死了的那一天，你就算有再大的面子、出再大的价钱，也没办法买到它了。”

我想方设法把这个消息传向更远的地方，让广大群众在思想上做好准备。

我得说，在卖画这项计划中，我应该是居功至伟的。当我们在开始行动的前一天晚上研究如何才能把宣传活动展开时，我想到了这个点子。我们三个人一致同意，先耐心地试一下我这个办法，不成功的话再采用别的办法。谁料我们都大获成功。我徒步走了两天的路，克罗德也走了两天的路，因为我们都认为让米勒在离家乡太近的地方突然扬名天下并不是一个明智的选择。然而，卡尔只步行了半天。看这个聪明过人、一肚子坏水的坏家伙，他在之后的旅途上，阔气的程度丝毫不比王公贵胄逊色。

图为19世纪末雨中巴黎街景，此时的巴黎在欧洲已是非常繁华，尽管天气阴暗、细雨纷飞，但行人还是很多。

我们还结交了一位地方报纸的编辑，之后通过他在报纸上刊登了一则消息。那则消息并非是报道一位新画家是如何横空出世的，而是故意在字里行间表达出大众早已熟知弗朗索瓦·米勒这位画家，并且其中没有用到任何歌功颂德的词句，只是简明地提到这位“伟大的画家”近期的病况——它时而让人感到忧心忡忡，时而又让人觉得大有希望，然而每次都会让人隐隐地感觉到他的身体状况已经变得相当糟糕。我们会经常让诸如此类的短消息上报，然后给每一个从我们手里买过画的人邮寄报纸。

卡尔没过多久就到了巴黎，只管明目张胆地实施他那套策略。他结交了一些记者，把米勒病危的消息传到了英国、欧洲大陆、美国，甚至世界各地。

六个礼拜之后，我们三个人在巴黎再次聚首，并做出决定，暂时不再做任何宣传活动，也不再写信催促米勒给我们寄更多的画。眼下，他已经名扬四海，所有条件都已具备，我们都觉得这是个千载难逢的好时机，应该立刻做出行动，不能再有任何拖延。就这样，我们给米勒写了一封信，让他假装卧病在床，并以最快的速度瘦下去，因为我们认为，假如情况允许的话，他得在十天之内与世长辞。

随后我们对之前的活动做了个总结，发现我们三个人所卖出去的小幅画作和练习作品加起来共有八十五幅，我们总共赚了六万九千法郎——这可是一个骄人成绩。最后一幅作品是被卡尔卖出去的，这也是我们做成的最美妙的一桩买卖。那幅《晚钟》被他卖了两千二百法郎。您看，我们已经让他有了多么高的声誉啊！当时谁能想到，在不久之后的某一天，每一个法国人都想把这幅画据为己有，一个外国人甘愿拿出五十五万法郎的现金买下它。

感叹句

这一句是“我”的感叹，在我们三个人的宣传和操作下，米勒已经名扬世界，享有很高的声誉了，为之后的计划进行做铺垫。

当晚，我们吃了一顿庆功宴，事先还准备了香槟酒。次日，克罗德和我收拾好行李，启程回到那个村庄，为奄奄一息的米勒做看护人员，还把那些好事的记者门谢绝于门外，同时每天写信把米勒的病况告诉给远在巴黎的卡尔，这样就能便于让各个国家的报纸进行刊登，使生活在不同地域的人们知道这些消息。米勒的死讯终于被公布于众，卡尔及时赶了回来，和我们一起处理后事。

反问

此处用反问句式表现了那场葬礼的隆重，突出了米勒出名前后的不同遭遇，暗中讽刺了当时的弄虚作假。

您应该没有忘了那个隆重的葬礼吧？它曾经轰动了全球，各大洲的名人济济一堂，每个人都在葬礼上表达了自己的悼念之情。我们四个人依然形影相随，抬着棺椁，不让旁人插手这件事。而且，我们这样做是非常正确的，因为那口棺材里只有一具用蜡做的假人，要是让别人抬棺材，那他们必然会针对它的重量产生疑问。的确是这样，仍旧是我们四个老伙计——曾经不分你我地在一起经历了那段困苦时光的四个年轻人——一块儿负责抬棺材……

“那四个人都有谁？”

“除了我们四个人还能有谁啊！您看，米勒乔装打扮，装成了他的一个亲戚——一个关系比较疏远的亲戚，他帮着我们抬他自己的棺材。”

“我们四个人依然形影相随，抬着棺椁，不让旁人插手这件事。”

“这可真是天下少有的奇事！”

“但它是一个真实的故事，就像我刚才所讲的那样。您应该没有忘记那些画作的价格是怎么样涨起来的吧！那么那些赚来的

钱呢？那些钱实在是太多了，以致我们都不知道该拿它怎么办。目前，巴黎有一位买主，他一个人所藏的米勒作品就有七十幅之多。他出价两百万法郎，从我们手里将它们买走了。此外，还有米勒在我们做宣传工作的那六个礼拜中随便画出来的不计其数的素描和练习作品，噢，要是您知道了我们现在给它们定出的售价，您肯定会惊讶万分的——我是想说，那只是我们在同意卖掉其中一幅画时所定出的价格。

> **侧面说明**
> 此处描述米勒的一幅练习作品的定价都使人惊讶万分，从侧面说明了这个计划的成功。

“这样的故事真是罕见至极，罕见至极啊！”

“是的，用这样的词来形容也没错。”

“米勒后来呢？”

“那您得替他保守秘密，您能做到吗？”

“我能做到。”

“今天在餐厅里吃饭时我让您留意的那位先生，您还没忘记吧？他就是当初那个弗朗索瓦·米勒。”

“我的老——”

“——老天爷啊！谁说不是呢！这一回，人们终于没有让一位卓越的艺术家饿死，并把本应属于他的报酬放进其他人的腰包；终于没有让这只小鸟卖命地唱，却连一个听众都没有，之后为它举办一次充满酬谢意味的葬礼，以此作为对它的回报。那个时候，我们就非常警惕，小心翼翼地提防止自己也落到这般田地。”

> **类比**
> 此处将米勒类比为安徒生故事中的小鸟，表现了他们的结局不同，讽刺了当时社会对有才华之人的埋没。

作于一八九三年

我的好词好句

⊙波光粼粼　俗不可耐　满不在乎　不离不弃　不知疲倦　名不见经传　大张旗鼓　绰绰有余　居功至伟　明目张胆

⊙他说话时是那么沉着镇定，而这番话又是那么让人意外，我们惊讶得都忘了蹦起来。

⊙看这个聪明过人、一肚子坏水的坏家伙，他在之后的旅途上，阔气的程度丝毫不比王 公贵胄逊色。

⊙这一回，人们终于没有让一位卓越的艺术家饿死，并把本应属于他的报酬放进其他人的腰包；终于没有让这只小鸟卖命地唱，却连一个听众都没有，之后为它举办一次充满酬谢意味的葬礼，以此作为对它的回报。

与去除陋习者结伴而行

我于去年春季去了一趟芝加哥，想要参观那里的博览会。尽管没能参观上，但那次旅行却依然带给我不少收获——换句话说，我在一定程度上得到了补偿。在纽约的时候，我在朋友的介绍之下认识了一位常备军少校，他提议去参观博览会，于是我们约定了出发时间，准备一道去那里。我得先去一趟波士顿，但这并不妨碍我们的行程，他说他愿意陪我一同去那里，多花一点时间也无所谓。这位军官外表端正，相貌英俊，身体健壮得像个斗士一般，但一举一动都显得温文尔雅，说起话来十分动听。他特别有亲和力，同时又会表现得非常沉稳。是的，他这个人是一点儿幽默感都没有的。他对周围的所有事物都有着浓厚的兴趣，但是他的神情却是那样安静，丝毫不会被外物干扰到；没有一样事物能够影

外貌描写

此处描写了这位军官的外貌特点，突出了他的温文尔雅，为下文的叙述做铺垫。

“这位军官外表端正，相貌英俊，身体健壮得像个斗士一般。”

响到他，没有一样事物能够让他变得情绪激昂。

然而，没过一天我就注意到，虽然他看上去是那么镇定，但是在他心里的某个地方却涌动着一种激情——特别喜欢指正各种在细微行为中表现出来的不良习惯。他热衷于维护公民权益，这已经成了他的癖好。他认为，这个国家里的每一位公民都有义务将自己视为一个非正式的警察，时常监督他人是否遵纪守法，以及是否秉公执法。在他看来，若想让公民的权益受到很好的维护和保障，那么唯一可行的办法就是让广大公民各尽其力，对他们看到的种种违犯法律、破坏纲纪的行为予以制止和惩罚。

解释说明

此处是对这位军官特别喜欢做的事进行解释，说明照应的文题“去除陋习者”，令读者清晰明了。

这样的一个设想是非常不错的。不过，我觉得如果一个人按照上述要求来做的话，他会时不时地让自己陷入窘境。依我看，这么做和打算辞退一个犯了错的公务员没有什么差别，最后说不定还会被人挖苦一番。然而，他说实际情况并不是这样，说我的观点是不正确的，说那么做根本不会让某个人被辞退；而且你千万不能让某个人被辞退，因为如果你造成了那样的结果，那就说明你已经失败了；不能这样，我们得帮助那个人改过自新——帮助他改过自新，让他具有和职位相称的德才。

“您的意思是，我们得先去举报那个犯了错的人，之后再替他求情，让他的领导不要辞退他，只是批评他一番就可以，而后仍然把他留在岗位上，是这样吧？”

“不是的，我不是这么想的。你压根儿就不能去举报他，因为一旦你那么做了，他就很有可能会丢掉他的工作。你可以故意做出一副准备去举报他的样子，但这样做的前提是所有别的法子都对他起不到丝毫的作用。那是极端情况下才会发生的事例。那样做无异于在用权威恫吓他，而用权威恫吓是会造成不良后果的。可行的办法是运用一些手段，您瞧，倘若一个人有着聪明的头脑，倘若一个人愿意运用一些手段……”

我们两个人在电报局的窗口站了有两分钟之久。在此期间，少校屡次试图把一个年轻发报员的注意力吸引过来，那几个发报员都只顾在那里说说笑笑。就在这个时候，少校开口了，他叫一个发报员受理他的电报。然而，那个发报员却对他说道：

“我认为您可以稍等片刻，好不好？”说完这句话，他又开始和他们说笑起来。

图为1853年美国纽约水晶宫世博会，里面的梁架使用了大量优质铸铁，它们采用了新的技术，不易被腐蚀。这次博览会的召开标志着美国工业强国身份的确定。

西联电报公司是当时美国一家非常有名的电报公司，业务遍及美国。图为在电报公司工作的场景。

少校说他不急，可以等一会儿。然后，他拟了第二份电报：

西联电报公司经理，请在今晚来我这里吃晚餐。我顺便会把你某个分局的业务受理情况说给你听一听。

没过多久，刚才那个说话一点儿礼貌都没有的年轻人伸手把这份电报稿接了过去。他读完稿件之后立刻脸色大变，开始不停地表达歉意，不停地解释自己的行为。他说，要是他发出这份贻害无穷的电报，那他就会被解雇，而且很可能再也找不到一份这样的工作了；假如这次能原谅他，那他从今往后再也不会做这种会被别人抓小辫子的事情了。看到他已做出让步，少校便没有拒绝他的请求。

等我们离开了那里，少校对我说道：

“瞧啊，您现在知道那是怎么一回事了吧，我就是这样使用手段的，另外，您也看到了它是怎样产生效果的。大多数人总是喜欢进行威胁，但那样做毫无益处，因为那个年轻人一定会用锋利的言辞和你辩论一番，最后你十有八九会败给他，让自己颜面尽失。不过，您看，手段这种东西正是他的克星。和善的话语以及合适的手段——这样的工具是最适合我们使用的。

破折号

此处的破折号表示总结前文，将和善的话语和合适的手段总结为做这件事的工具。

“没错，我懂您的意思了。可是，像您刚才那样的机会，并不是谁都能遇到啊！也不是谁都和西联电报公司的经理关系那么好啊！”

“啊，您没有正确地理解我的意思。实际上，我和那位经理素不相识，我只是把他的名头用在了我的手段中罢了。我这么做能让他受益，能让大众受益，这种做法是一点儿害处都没有的。”

我不敢苟同，只是含糊其辞地说道：

“不过，难不成说假话也是道德的，或者高尚的？”

对我这句话中隐含的那种拐弯抹角、但又固执己见的意味，他并不放在心上，只是镇定自若地答道：

“没错，在某些情况下是这样的。为了损害他人利益而说假话，为了让自己得到好处而说假话，那是不道德的。反过来，为了让别人得到帮助而说假话，为了让大众受益而说假话——您看，那性质上就完全不一样了。这样的道理人尽皆知。用不着为采取什么样的手段而争论不休，重点是去看产生了什么样的作用。通过刚才的教训，那个年轻人就不会变成一个毫无价值的人，就会变得守规矩。他是一个很看重自己名声的人，像这样的人是值得被拉出火坑的。的确是这样，就算是为了他的母亲，而不是为他，把他拉出火坑也是值得的。他的母亲一定还健在，还有他的姐妹们——真见鬼，那些人总是会把这一点抛在脑后！您知道吧，我平生从未和人决斗过，从来都没有，尽管我也像很多人那样受到过别人的挑战。每次遇到这样的事情我都能看到对方那与我们之间的恩怨没有任何关系的妻子和孩子站在我们之间。他们是非常无辜的——您知道，我不能让他们成为受害者。”

就在当天，他为不少人指正了他们在做一些小事的时候暴露出来的恶习，但自始至终都没有引发争吵。他总会非常高明而且精妙地运用他的“手段”，别人在事后也不会觉得尴尬，而他自己则从这样的做法中获得了巨大的乐趣和满足感。后来我不由得羡慕起他来，心里说道：“倘若在有必要的时候我也能够胸有成竹地用话语巧妙地把人们的注意力从实际情况当中转移开，就像我在经过反复练习之后能够信心十足地把用笔墨写成的东西放在印刷品当中而不会被人觉察到那样，那么说不定我也得使用这样的方法呢。”

心理描写

这里是对“我”的心理描写，抒发了想向他学习巧妙应用在印刷品中的方法，可见“我”对他的手段的认同。

当夜，我们很晚才离开那个地方，乘坐有轨马车前往市区。有三个人乘上了车，他们粗鲁又吵闹，上车之后便开始在那些没什么胆子同时又不敢惹事的旅客（其中有一些是妇女和孩子）中间东张西望，肆无忌惮地嬉笑，嘴上还说着污言秽语。谁也不敢吭声，也不敢劝说他们。乘务员非常和气地跟他们讲道理，可是那些家伙却对他又是谩骂，又是讥讽。我很快就注意到，少校开始觉得这件事已经在他的管辖范围之内了；显而易见，他已把脑子里存着的各种手段过了一遍，准备做出行动。我觉得，在这种情况之下，他只要说出一句套用手段的话，就会被那伙人大加嘲笑一番，说不定还会招来比这更丢面子的后果。可是，已经晚了，他开口了，都没有给我任何劝阻他的时间。他用温和而镇定的语气说道：

有轨马车是指靠马匹牵引的、车轮在轨道上行驶的交通运输工具。它可搭载双倍于普通马车的乘客和货物。由英国人约翰·乌特兰于1775年发明。

“乘务员，您有必要把这些像猪一样的家伙赶下车。我来给您帮忙吧。”

这大大出乎我的意料。转瞬之间，那三个混蛋就朝他扑了过去，可是他们全都没能靠近他。他打了三拳，将那几个家伙击倒在地，打得他们连爬起来的力气都没有了——您一定想不到会在那样一个地方目睹只有在拳击场上才能看到的重击。少校把那三个人拖开，之后赶他们下了车。我们的马车继续向前行驶。

排比

此处一连三个“让我吃惊的是”构成了排比句式，加强了句子的表达效果，可见少校这一次的行动真的令人感到吃惊！

我非常吃惊。让我吃惊的是，我竟然看到一个和善得像一只小羊羔一样的人做出这样的举动；让我吃惊的是，他展现出了如此强大的力量，以压倒性的优势彻底击败了他们；让我吃惊的是，他居然干净利落而又井井有条地将整件事情处理完毕。当我想到这个“锤桩机”整天都在跟我谈论应该如何循循善诱并采用不会伤及他人的手段时，我认为目前的情况在某种程度上是好笑的，所以我想让他觉察到这一点，并就这件事情笑话他一番。可是，当我朝他仔细看了一眼之后，我就知道这样做是白费心思，因为我发现他那副悠闲自在的神态里不包含任何幽默的意味。我话中的深意他是不会领会的。等下了马车，我对他说道：

“那真是一套精妙的手段啊——事实上是三套精妙的手段。”

“他打了三拳，将那几个家伙击倒在。”

“你是说那个？那根本不是手段。你还是没弄明白。那跟手段根本没有关系。你不能跟那样的人玩弄手段。他们不理解什么

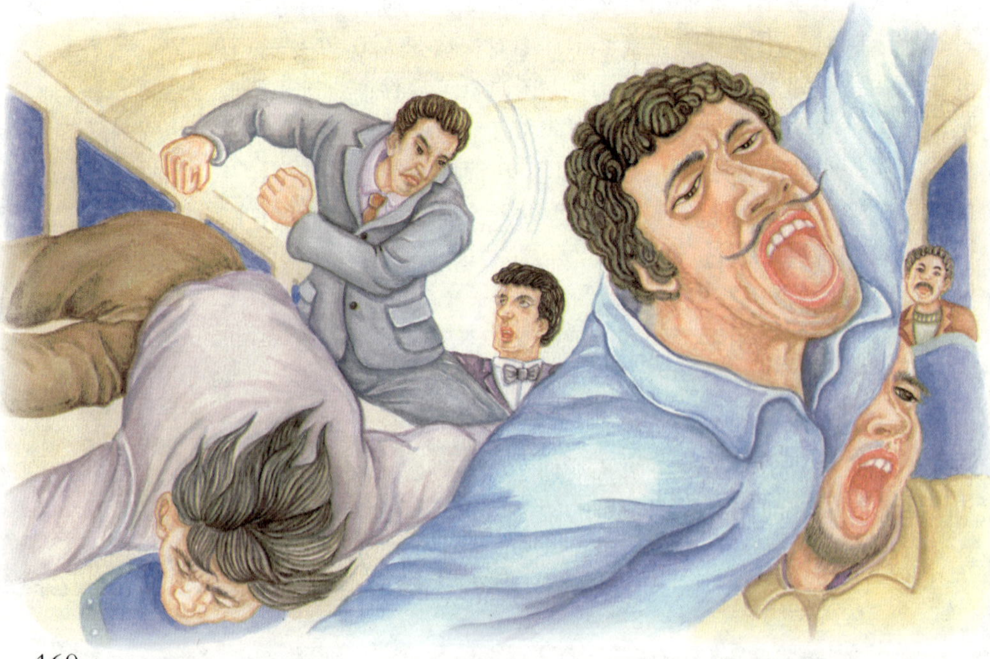

是手段。不是的，那不是手段，而是威慑力。”

图为19世纪时火车上的三等车厢乘客，车厢中非常拥挤，人很多。

“看，您说到了这个词，我——就是嘛，我觉得您这个词用得应该还算准确。”

“用得准确？当然用得准确了。那正是威慑力。”

“我也这么觉得，它看上去的确是威慑力。您总是用那样一种方式让人改过自新吗？”

“一点儿也不是。我极少采用那种方式，半年里最多用一次。”

“那三个人的伤会好起来吗？”

“会好起来吗？当然会了，他们的伤一定会好起来的。他们一点儿危险都没有。我清楚该用什么样的方法打，该朝哪个部位打。您知道，我并没有朝他们的颚骨下部打，因为那样的话他们就会没命了。”

我并不怀疑他所说的。我用一种在我自己看来比较活泼的语气对他说，他一天到晚看上去都像一只小羊羔，但这时却一下子变成了一只公羊——一只斗角公羊；然而他看起来却非常真挚，而且很讨人喜欢，还非常严肃地说我讲错了，说斗角羊这东西根本是另一码事，这会儿大家已经放弃使用它了。他的话让我有些动气，我险些不假思索地说出，他是个笨蛋，完全不懂得欣赏带有幽默感的话语。说实话，我已经把这句话吐到了嘴边，但最后并没有说出来，因为我清楚，现在用不着急着对他说这些，还是等以后有机会的话通过电话说吧。

次日下午，我们启程前往波士顿。一等车厢里的吸烟室早已坐满了人，于是我们去了普通车厢的吸烟室。走廊那边面向我们的座位上坐着一个面容和善、看起来像是一个农夫的老者。他脸色煞白，伸出一只脚将那扇开着的门勾住，打算透透外面的新鲜空气。没过多久，一个身形魁梧的司闸员突然走进车厢，在门前停住脚步，凶恶地瞪了一眼那个农夫，接着使劲儿拉了一下车厢门，险些带下老人的靴子。然后他急急忙忙地走开，去忙他的事情去了。一些旅客发出了笑声，那位老者的脸上浮现出窘迫和恼怒的神情，看上去可怜兮兮的。

场景描写

此处描写我们在普通车厢的吸烟室看到的场景，为下文的叙述做铺垫。

没过一会儿，乘务员走了过来。少校把他拦住，像以往那样客客气气地问道：

“乘务员，假如司闸员的行为有不当之处，乘客应该向谁反应情况？是不是应该找您？”

“要是想举报他，您可以去纽海文火车站举报。他犯了什么错？”

> **伏笔**
> 这里描写少校陈述了事情的经过，却逗乐了乘务员，为下文叙述埋下伏笔。

少校把刚才发生的事情一五一十地陈述了一遍。他的话似乎把乘务员逗乐了。那位乘务员用平和而又略带嘲讽意味的语气说道：

“您似乎是在表达，那个司闸员什么话都没有说。”

“没错，他的确什么话都没有说。”

“不过您说，他凶恶地瞪了一下眼珠。”

“是这样的。”

“之后就猛地把那扇门拉开了。”

“是这样的。”

“这就是事情的整个经过，是吗？”

“是的，整个经过就是这样的。”

乘务员笑出了声，他说：

“那好，倘若您打算举报他，那也不是不可以的。不过我有点搞不明白，这到底有什么大不了的呢？根据您刚才的话，我猜您会说，这位老者让那个司闸员给侮辱了。如果是这样，他们就会问您这样的问题——他说了些什么话。您回答说，他压根儿就没说什么。这样的话，我猜他们会说，如果您自己都承认他什么都没有说，那您凭什么认为他侮辱了那位老者呢？”

> **神态描写**
> 乘务员这一番毫无漏洞的说辞，赢得了许多人的称赞，他露出了得意扬扬的表情，可见广大民众与他的想法是一样的。

乘务员这一番毫无漏洞的说辞赢得了很多人的赞许，他为此得意扬扬——您能够从他的表情上看出这一点。然而，少校不以为意，他对乘务员说：

“喏，您刚才这番话刚好触及现有举报制度中存在的一个显而易见的弊病。广大民众认为——您似乎也是这么认为的——铁路公司的员工们全都忽略了一点：对一个人的侮辱不仅仅体现在言语上，也会体现在其他方式上。因此，自然就没有人会去铁路办事处报告他在别人的态度上所蒙受到的侮辱，其中包含通过行为或者神态等方式做出的侮辱性举动；可是，这种侮辱往往会比言语上的侮辱更让你难堪。它会让你感到颜面无存，因为它不会留下任何明确的东西让你抓住它的小辫子。那做出侮辱举动的人就算被叫到铁路公司的工作人员跟前，也可以理直气壮地说他

万万没想过要冒犯其他人。在我看来，铁路公司的广大员工有必要对这样的事情予以重视，有必要尽快呼吁公众举报那些做出非口头性侮辱举动的人。”

“乘务员这一番毫无漏洞的说辞赢得了很多人的赞许，他为此得意扬扬。”

乘务员捧腹大笑，他对少校说：

“噢，说心里话，对人和事物要求得这样十全十美，是不是过于认真了？”

“但我觉得我并没有较真。等火车到了纽海文车站，我就会把这件事上报；而且，我这样做还会受到感谢，对此我毫不怀疑。”

乘务员显得有些不安。可不是，他走过去的时候，脸上挂起了一副非常严肃的表情。我对少校说：

“您难道真的犯得上为了这样一件小事耗费您的精力吗？”

“这决不是小事。诸如此类的事情一定得及时举报才行。这是公民的义务。只要他是这个国家公民，那他就有义务那样做。不过，我根本没必要去告发这件事情。”

“何出此言？”

“我根本用不着这么做啊，运用手段就能让问题迎刃而解。你一会儿就知道了。”

设置悬念

这里描述少校运用手段就能让问题迎刃而解，却不说清楚具体做法，设置了悬念吸引读者注意。

没过多长时间，乘务员又走过来了，他在少校跟前停住脚步，俯下身子，凑到他的耳旁，说道：

“好了，您没必要去举报他了。我是他的负责人。倘若他再

美国国土辽阔，随着交通运输的改善，特别是铁路的发展，人们的出行越来越依赖于铁路。图为早期美国西部地区移民的生存状态，一条铁路线贯穿在草原和山谷之间。

有类似的行为，我会严厉地批评他的。”

少校非常诚恳地回答道：

“喏，这正是我想要的结果。您可不要觉得我扬言要那么做是出于某种报复心理，事实上并非如此。这仅仅出于一种责任感——完完全全是因为有一颗责任心，确实是这样的。我的大舅哥是铁路公司的董事。假如他得知，要是您的司阍员再一次粗鲁地侮辱了一位和他素无恩怨的老者，您就会劝那司阍员改正错误，那我的大舅哥一定会非常开心，这是毋庸置疑的。”

按常理来推测，那位乘务员在听到这番话后会表现得很高兴，但实际上却并不是这样，他看起来反倒有些忧心忡忡。他在少校身边站立了片刻，之后说道：

“依我看，我有必要立刻惩罚他。我要把他辞退了。”

“把他辞退了？那样做有什么益处呢？您难道不觉得，更明智的做法是教育他应该以怎样的态度对待乘客，之后继续把他留在他的岗位上吗？”

反问

此处是少校对乘务员说的话，运用反问的方式表达出最佳的处理方式，令人更容易接受。

“是啊，您的话对极了。依您看，这件事怎么处理才算妥当？”

“既然他在这些乘客面前侮辱了那位老者，那么应不应当把他叫过来，当着这些人的面向老先生赔不是呢？”

“我立刻就去唤他过来。另外，我还要在这里告诉大家，要是每个人都愿意向您学习，愿意向我举报诸如此类的事，而不是在事情发生的时候一句话不说就离开了，事后却在背地里指责铁路公司，那么情况很快就会变好的。在此，我对您深表谢意。”

司阍员走过来给老先生道了歉。他离开后，少校说道：

“您看，这件事就这样轻而易举地办成了。平民百姓办不成任何事情，但董事的妹夫却可以想怎么做就怎么做。”

“但话又说回来，您果真有一个在铁路公司做董事的大舅哥吗？”

“就得说有这样一个大舅哥才行。当群众的利益受损的时候，我就得说我有这样一个大舅哥。在每一家公司的董事会里——在任何地方，我都有一个大舅哥，这让我省了不少事。”

“您的亲戚真是遍地都是啊。”

“没错，的确是这样。像这样的大舅哥我至少有三百个。”

列数字

此处用具体的数字反映了少校的手段，事实上他不可能有这么多大舅哥。

“莫非乘务员对这种亲戚关系没有丝毫的怀疑吗？”

“目前为止我还没碰到过这样的情况。我说的是千真万确的，一直没有碰到过。”

“为何您不让他按照他自己的意思处理这件事，让他辞退那个司闸员，反倒建议他从宽处理呢？他这种人理应受到惩罚啊！”

少校显得有一点儿不耐烦，他对我说道：

“要是您能静下心来，稍微琢磨一下，您就不会这么问了。毕竟司闸员不是一只狗啊，我们怎么可以像对待狗那样去对待他呢？他是人，总得像人那样去讨生活啊。另外，他肯定还有母亲，或者姐妹，或者老婆孩子要去养啊。情况总是这样的，没有例外。你毁掉了他的饭碗，那就等同于你毁掉了那些人的饭碗——然而他们从来都没有得罪过你，从来都没有啊。将一个举止粗鲁的司闸员辞退，然后再去聘一个和他一模一样的人，这样做难道有什么益处吗？这并不是一个聪明的做法。您应该能够意识到，先让这个司闸员改正错误，之后继续把他留在他的岗位上，这样做才是明智的。我说的一点儿也不假。”

解释说明

这一段是少校向“我”解释从宽处理司闸员的原因，表现了少校的善解人意。

然后，他用称赞的语气为我讲述了一位在统一铁路公司某区段任职的督察员的故事。他说，有一回，一个已经从业两年的扳闸工人由于工作不细心，让一列火车脱轨了，有一些人在这起事件中丧生。民众气愤极了，要求铁路公司解雇那个扳闸工人，然而督察员却说：

“他是人，总得像人那样去讨生活啊。”

“不，大家不应该这么做。这件事让他吸取了教训，他以后

图为约瑟夫·开普勒的漫画《现代铁路巨人》。画面中间站着的是威廉·范德比尔特，其控制了8万英里铁路。他左腿上是塞勒斯·菲尔德，铺设了一条贯穿大西洋的海底电缆；右腿上是杰伊·古尔德，控制了17000英里的路。

再也不会做出会引发列车脱轨的事情了。他变得比过去称职了许多，我要把他留下来。”

后来，我们在旅途中只碰到一件比较稀奇的事情。当火车开到斯普林菲尔德站和哈特福德站之间时，车上的服务生捧着一大叠广告刊物跑进了我们的车厢，同时还扯着嗓门不停地叫卖。他一不留神掉弄掉了其中一本，那本刊物刚好落在了一位睡得正酣的先生膝盖上，立刻就把他弄醒了。那个人恼羞成怒，觉得自己被冒犯了，然后非常气愤地把这件事情讲给了他的两个同伴。他们叫来了一等车厢里的乘务员，把事情的经过叙述了一遍，并要求他无论如何都要解雇那个孩子。那三个投诉者全是来自霍利奥克的有钱的商人。显而易见，他们让乘务员心生畏惧。他想方设法让他们消气，向他们说明，那个小家伙不是他的属下，而是一家报刊公司的雇员。可是，不管他怎么解释，他们还是不依不饶。

就在这个时候，少校毛遂自荐，主动为那个孩子当证人，并替他辩解。他说：

“我看到了事情的全部经过。几位先生没有张大其词，但最后还是不免有些夸张。那个小家伙只是做了他的本职工作，和其他任何一列火车上的服务生所做的事情并没有什么不同。假如你们希望他以后做事更沉稳，态度更温和，那我是双手赞成的，而且会站在你们这一边。不过，倘若直接把他辞退，甚至都不给他一个改造自己的机会，那在我看来是很不公平的。”

然而，他们还是愤愤不平，不愿意做出任何让步。他们说自己和波士顿奥尔伯尼铁路公司的总经理是老相识，明天宁愿什么事情都不做，也要去波士顿把服务生的问题说一说。

少校说他也会去波士顿，说要拼尽全力为那个服务生说话。其中的一位先生从头到脚看了看少校，然后说道：

“照这么看，谁的话在总经理面前最有分量，那胜利天平就会向谁倾斜了。您和布瑞斯先生是朋友吗？”

“当然了，我是他的外甥。”

他这句话收到了效果。大家都不再吭声，这种尴尬的气氛持续了一分多钟。随后，那三位先生开始用和缓的语句谈起话来，全都闪烁其词地承认自己性情太过急躁，思想太过狭隘。没过多久，大家便化干戈为玉帛，相互之间都表现得非常友好，最后决

照应前文

此处的效果是指大家不再争论，而是沉默地思考这件事情的解决方式，可见少校的手段又一次起到了作用，照应了前文中的叙述。

定把这件事放下，没有让那个服务生丢掉他的工作。

正如我所预料的，少校压根儿就不是铁路公司总经理的外甥，他只是借用了一下那个人的名头而已。

在回纽约的途中，我们没有碰到什么不同寻常的事情。之所以会这样，可能是因为我们乘坐的那趟车是夜里开的，我们整晚都在睡觉。

礼拜六的傍晚，我们从纽约出发，前往芝加哥，选择了经过宾夕法尼亚那条铁路线。次日清晨，我们吃完早点，走进了一等车厢，可是发现那里冷冷清清的，让人感到很乏味。车厢里什么活动都没有，只有三五个人。于是，我们走进了车厢吸烟室，看到有三位先生正坐在里面。其中的两位先生正在就铁路公司的一项规定——礼拜天不可以在火车上打牌——发牢骚。闹了半天，他们刚才在玩一种叫“大小杰克”的扑克游戏。按理来说玩这种游戏是不会产生什么不良影响的，但是他们却被叫停了。这件事引起了少校的关注。他对第三位先生说：

破折号

此处的破折号作用是意思的转换，突出了铁路公司的这项“礼拜天不可以在火车上打牌”的规定。

“是您不让他们打牌吗？”

“当然不是我。我在耶鲁大学担任教授，尽管我有宗教信仰，但我的思想却并没有那么狭隘。”

之后，少校对另外两个人说：

“是您不让他们打牌吗？”

“既然现在没有人不让你们玩，那你们只管接着玩嘛。”

其中的一位先生不愿意冒这个险，可是另外一位先生说，倘若少校想跟他打打牌，那他很想再试试。就这样，他们两个人往膝盖上铺了一件外衣，在上面打起牌来。过了不大一会儿，一等车厢的乘务员走了过来，非常专横地说道：

> **人物描写**　这里描写了这个一等车厢乘务员的神态和语言，突出了他的专横无礼。

“嘿，诸位先生，这是不被允许的。收起你们的扑克吧，现在不准打牌。”

少校这会儿正在洗牌。他一边洗牌，一边说道：

“不准打牌？这是谁要求的？”

“是我要求的，我不允许你们打牌。”

这时，少校发火了，他问道：

“这个点子是不是您琢磨出来的？”

“什么点子？”

“就是礼拜天不可以打牌这个点子。”

“不是，不是我琢磨出来的。”

“那是哪个人琢磨出来的？”

“当然是公司了。”

“如此说来，这压根儿就不是您的主意，而是您所在公司的主意，是不是？”

“是这样的。不过，你们还是在那里不管不顾地打牌，所以我有必要迫使你们马上停下来。”

“心急火燎地处理事情是不会有任何益处的，这样做只会带来不小的害处。公司定下这样一条规矩，这是由谁授权的？”

“我说先生啊，这和我毫无关系，而且……”

“但是您忽略了一点——它是一件不仅和您有关系，而且也可能和我有关系的大事。没错，它对我而言确实事关重大。我不能无视我们国家的一项法律条文，另外也不能让自己的名声受到玷污。我无法容忍某个人或者某个公司利用不合乎法律法规的制度剥夺我的人身自由——铁路公司也在努力做到这一点，另外也不允许我的公民权益受到损害。因此，我现在要说一说刚才那个问题——是谁授权公司定下这样一条规矩的？”

> **叙述说明**　此处是少校的语言描写，叙述说明这项规定的不合理，同时表现出他对这件事的无法容忍，为下文故事的发展做铺垫。

“这我不清楚。这和公司有关。”

“也和我有关。我猜测，公司之所有能够定出这样一条规矩，是因为它得到了某种权利。这条铁路经过了不止一个州。您清楚我们目前处于在哪个州的地界上吗？那个州针对这样的事情又制定了哪些法律条文呢？”

“它制定了什么样的法律和我什么关系都没有，但是公司的规定我一定要执行。禁止打牌是我的职责所在。诸位先生，这项活动一定要被禁止。”

“您说的话可能很在理。不过，处理事情的时候最好还是要戒骄戒躁。在绝大多数旅店里，店员都会在房间里张贴一些规定，但还是要依照惯例将该州相关的法律条文写在上面，以便让那些规定看起来有根有据。我发现这里并没有张贴任何诸如此类的公告啊。您又不是看不到，我们被您搅得连打牌的兴致都没有了。所以，您得拿出您的依据，之后让我们自己做选择。”

举例说明

少校在这里用旅店的事例来说明规定的执行需要有根有据，表现了他的思路严谨，富有说服力。

“我拿不出依据来。不过，我是奉命行事，所以我根本用不着找什么依据。我得服从上面的命令。”

“我们不要这么快地下任何定论，最好是一起心平气和地、深入地对这件事讨论一番，看一看我们到底站在了一个什么样的立场上，免得有一方秉持了错误的观念。毕竟，在美国，妨害公民自由这种事的严重性要远远超乎您和您所属铁路公司的想象。如果一个人不能向我证明他有权妨害他人自由，那我绝不会允许他在我面前如此专横跋扈，此外……”

“禁止打牌是我的职责所在。诸位先生，这项活动一定要被禁止。”

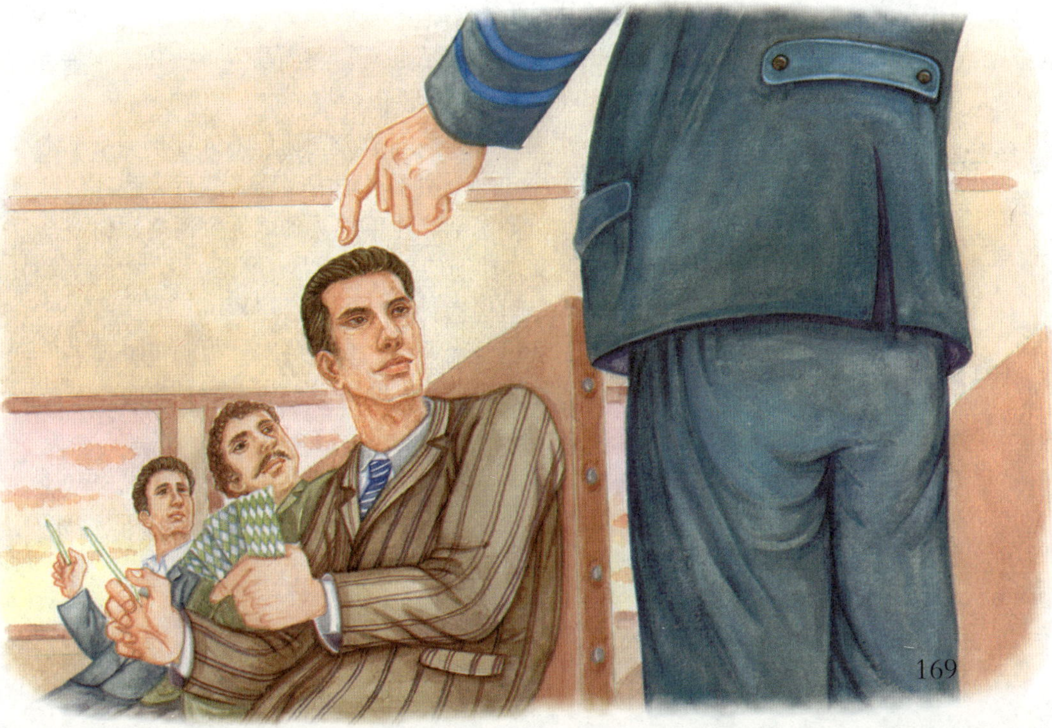

图为1889年的漫画，它揭露了美国托拉斯大亨们干预政治的现象。这些垄断企业控制了美国大部分重要资源，垄断了国家资本，在美国的势力和地位越来越大。

“我的先生啊，您究竟打不打算把扑克牌放下。”

“我不会耽误您太长时间。不过，这要根据情况来定。您说我们务必要遵守这条规定。‘务必’这个词听起来特别刺耳。您可以仔细揣摩一下它有多么刺耳。不过，一个通情达理的公司怎么会要求您服从这样一条苛刻的命令，同时又不针对违反规矩的行为制定出相应的惩罚制度呢？如果真是这样的话，那它就会成为用来吓唬人的纸老虎，成为别人的笑料。假如一个人违反了这项规定，那么他会受到怎样的惩罚？“

“惩罚吗？我还是第一次听说有谁会因此受到惩罚。”

“可想而知，您一定是搞错了。您所属的公司会把您派到这里来，非常粗暴地阻止一场没有任何危害的活动，却不告诉您在履行这项职责时应该采取什么样的措施吗？您难道不觉得这是一种极其荒唐的做法吗？要是乘客死活不去遵守这项规定，那您准备拿他们怎么办？您会不会把他们手里的扑克牌夺走？”

反问

这里叙述了少校的一系列反问，表现了他在为他人着想，同时令乘务员无法反驳。

“不会的。”

“您会不会在下一站把拒绝遵守命令的人赶下火车？”

“这——不会的，我们怎么能这么做呢？前提是他有火车票。”

“您会不会去法院起诉他？”

乘务员一时不知道该怎么回答。显而易见，他开始犯难了。少校又一次发起牌来，他继续说道：

“喏，您一点儿办法都没有。公司让您陷入到了一个非常难堪的处境。您接到那样一个蛮不讲理的命令，然后装腔作势地想要去执行它。然而，等您把这件事从头到尾琢磨一遍，您就会意识到自己压根儿就没办法迫使别人遵守规矩。”

乘务员自以为是地说道：

“各位先生，我已经命令你们那么做了，你们也听到了。我已经尽职尽责了。你们究竟要不要遵守那项规定，那取决于你们自己。”说完之后，他转过身去，准备离开。

“不过，稍等一下。这件事还没结束呢。您刚才说您已经尽职尽责，我觉得您这句话说得不对。就算您的确已经尽职尽责了，那我也得尽我的一份责任啊。”

“您究竟想表达什么？”

“您打算等火车到了匹斯堡站之后去铁路公司办事处举报我不遵守规定，是这样吧？”

“不是这样的。那样做不会对我有任何益处。”

“您一定得去举报我，不然的话我就会去举报您。”

“凭什么举报我呢？”

“就凭您没有按照公司的制度禁止我们打牌。我是这个国家的公民，所以替铁路公司监督其员工是否根据规章制度办事是我应尽的责任。”

“您没跟我开玩笑吧？”

“没有，当然没有。我认为您在做人方面做得并不差，但是在我看来，身为铁路公司的员工，您不应该这样做——您不应该无视公司的那项规章制度。假如您不去举报我，那我就会去举报您，这是肯定的。我会这样做的。”

乘务员一脸茫然。他思考了片刻，之后忽然情绪激昂地说：

> **神态描写**
> 此处描述乘务员一脸茫然的神态，可见他已经被少校的言论搞得晕头转向。

“这看上去怎么像是我在制造事端啊！我的脑子连这个弯儿都转不过来了。您看，我已经被弄糊涂了。我还是头一次遇到这样一种状况。别人总是会照我说的去做，一句话都没有说过，因此我一直都没有意识到，那项没有惩罚措施的该死的命令是那么荒谬。我不想举报别人，也不希望别人举报我——您看，那样的话我会陷入没完没了的麻烦中。那么现在，你们就接着打牌吧。如果你们愿意的话，打上一整天也是可以的。我们不要再为这种

> “这看上去怎么像是我在制造事端啊！”

事情制造事端了。”

“不是这样的。我之所以会坐在这里，是因为我想帮这位先生维护他的权益。现在他可以坐回到他的位置上了。不过，在您走开之前，您可否跟我说一说，在您看来，公司为什么要定下这样一个规矩呢？我想请您为这种做法想出一个理由——我是指一个恰当的理由，一个听起来并不漏洞百出的理由，一个不像是由一个蠢货琢磨出来的理由，可以吗？”

讽刺

少校希望乘务员能为这种做法想出一个恰当的理由，实际上是在讽刺铁路公司的愚蠢。

“我当然可以想出来。之所以定下这样一条规矩，那道理十分简单，无非是因为想要照顾到其他乘客的感情——我是想说有些乘客是虔诚的宗教徒。礼拜天在火车上打牌，是对安息日的大不敬，那会让他们有意见的。”

“我一开始也是这么认为的。不过，他们心甘情愿地选择在礼拜天的时候出行，对安息日一点儿也不在乎，却不想让其他人……”

“上帝啊！您真是一语中的。您不说的话，我根本想不到这一点。实际情况是，只要你认真琢磨一下，你就能知道这项规定是非常愚蠢的。”

就在这个时候，另一节车厢的乘务员朝我们走了过来，想要粗暴地命令我们停止打牌。然而，一等车厢的乘务员一把将他拦住，拉着他走到旁边一处地方，跟他说明了情况。在那之后，他们就再也没有说起过这件事。

我在芝加哥待了十一天，一直卧病在床，等到刚刚能够走动了，却又不得不立刻赶回东部，所以没能参观上博览会。在我们启程的前一天，为了让我在火车里有足够的空间，可以舒舒服服地躺下休息，少校特意订了一间一等卧铺包厢。然而，我们到了火车站才得知，因为列车调度员一时大意，我们那节车厢被忘了挂上去。乘务员为我们准备了两张卧铺，并告诉我们说他已经尽力了。但是少校对他说，我们一点儿也不心急，完全可以等那节车厢被挂上之后再上车。乘务员面带微笑，表现得十分亲切，但是却用略带讥讽的语气说道：

“或许像您刚才说的那样，你们一点儿也不心急。不过，我们却不能不心急啊。过来吧，先生们，上火车吧，上去吧，不要让我们一直等在这里了。”

图为 19 世纪美国一列火车上的豪华车厢，里面有精致的地毯、舒适的座椅和华丽的门窗，这些都是为了使乘客不再感到烦闷。

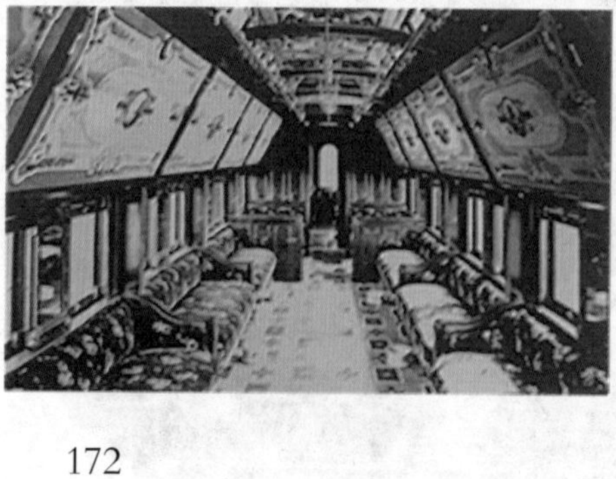

谁料，少校不仅自己不上车，也不让我上车。他要坐上他预定的那节车厢，说他必须要那样做。经他这么一闹，那个急得大汗淋漓的乘务员再也没有耐心了，他说道：

“能争取到这样一个结果，我们已经尽力了。超出我们能力范围的事情我们是不可能做到的。你们有两个选择，或者用这两张卧铺，或者干脆不用它们。之前发生了一个差错，但是现在再去纠正那个差错已经为时已晚了，所以希望你们委屈一下，将就着用那两个铺位吧。其他乘客都是这么安排的。”

“唉，您看看，问题就出在这个地方。假如他们都想保护自己的权益，并且摆出决不妥协的态度，那么你们此刻就不会像这样视我们的权益如草芥，并想要践踏它一番了。我压根儿就没打算给你们找麻烦，可是我要对在我之后赶来的乘客负责，保护他们不被这样的谎言所欺骗。因此，我必须要坐上我预定的车厢，不然的话，我就不会离开芝加哥，并会控告你们公司违反了合同规定。”

类比

此处将乘客的权利比作草芥任人糟蹋，突出了乘务员们不重视纠正自己的错误，反而要乘客委屈自己。

“您为了这样一件事要控告我们公司？”

“是的。”

“您确确实实想要做这样的事情吗？”

“当然了，我非这么做不可。”

乘务员用怀疑的目光看了一会儿少校，之后说道：

“所以希望你们委屈一下，将就着用那两个铺位吧。其他乘客都是这么安排的。”

“这样的事情可真是太稀奇了，我都快被闹晕了。这种事我还是头一次碰到。不过，我认为您能干得出来，对此我一点儿都不怀疑。这样吧，我现在去把站长找过来。”

站长来了，他起初大为恼火——是为少校恼火，而不是为那个引起差错的职员恼火。他特别蛮横，和刚才那个乘务员一开始表现出来的态度一模一样。然而，他费了九牛二虎之力也没能把这位用词含蓄的斗士说服，后者依然不肯放弃乘坐他那节车厢的权利。不过，显而易见的是，在这样的局面中必须有一方做出妥协，而做出妥协的那一方自然是少校的对手了。站长不得不收起怒色，做出一副笑容可掬的样子，还向少校表达了歉意。这种情况十分利于双方握手言和，于是少校做出让步。他说他可以不乘坐那间已经被他预定了的包厢，但前提是工作人员得给他另找一间包厢。花了一番功夫之后，一间一等包厢终于被找到了。那间包厢里的乘客一点儿也不难说话，他同意用他的包厢跟我们的卧铺做调换。就这样，我们总算上车了。当晚，乘务员来探望我们，他态度特别和蔼，表现得非常热情，跟我聊了很长时间，最后我们还成了好朋友。他说他欢迎广大乘客多多给他们添麻烦，因为那会产生积极的作用。他还说，如果乘客们都对那些事情毫不关心，那他们就不能想当然地期望铁路公司会把一切事情都做得尽善尽美。

类比

这里将少校类比为用词含蓄的斗士，突出了他的语言技巧和坚持己见，令站长不得不妥协。

我希望我们此次旅行中的去除陋习的工作已经告一段落，但实际情况却并不是这样。次日清晨，少校在餐车里向服务生点了一盘烧鸡。服务生对他说：

伏笔

此处描写“我”希望旅行中的去除陋习工作就此结束，但实际情况并不是这样，后面又会发生什么事呢？这里为下文故事发展埋下伏笔。

“先生，这道菜并没有列在菜单上。我们只会向乘客提供菜单上列好的菜。”

“您看，那位先生的餐桌上就有烧鸡。”

“是的，但是他的情况特殊啊。他在铁路公司担任督察员。”

“既然这样，那我偏偏就要吃烧鸡。我看不惯这种不公平的待遇。麻烦您赶快——马上把烧鸡给我端上来。”

服务生找来了餐车负责人。那位负责人用委婉的措辞小声解释说，他无法满足顾客提出的这个要求，因为这样做会破坏规定——公司制定了相当严格的规定。

“既然如此，那您得一视同仁地用这条规定要求所有人，要么就彻底把这条规定抛在脑后。您或者把那位先生的烧鸡拿走，或者也给我上一盘，您只有这两种选择。”

负责人有些惶惶不安，不知如何是好。他开始东一句西一句

地争辩。然而就在这个当儿，那个乘务员走进来了，问他怎么会争执起来。负责人说，这位先生非要点一盘烧鸡，但这是严重违反相关规定的，此外这道菜也没有列在菜单上。乘务员说道：

“你就依照规定去做啊，这件事只能这么办。稍等一下——你说的是不是这位先生？”

随后他哈哈大笑，说道：“我来给你一些建议吧，不要去理会那些规定了——你要相信我说的话。他想吃什么菜，你就给他做什么菜，不要让他再去就公民权益问题发表长篇大论了。他想吃烧鸡，你就给他做烧鸡；假如你们这里已经没有鸡了，那就把火车停下，下车买一些回来吧。”

少校吃到了烧鸡，却说他提出这样的要求仅仅是出于责任心，仅仅是为了维护一项公民权益，因为他根本不喜欢吃鸡。

我没能参观上博览会，的确是这样。不过，我却掌握了一些运用手段的技巧，我和大家说不定都有用得上这些技巧的一天呢。

作于一八九三年

“他想吃什么菜，你就给他做什么菜。”

《马克·吐温文集》第一卷书影。马克·吐温一生创作了大量的小说，在这些作品中他以其幽默诙谐的笔调，赋以对现实的辛辣讽刺，使批判的锋芒无所不至。

罗杰斯

19 世纪英国的服装很讲究，男人讲究戴高筒礼帽，而且不论老少，脖子上还要围一条紧绷绷的硬领。图为高筒礼帽。

我在英格兰南部的一个小镇里短暂地待了一段时间。在此期间，我和一个名叫罗杰斯的人偶然碰到了一块儿，他还向我做了自我介绍。闹了半天，他那已被绞死的继父和我的一个远亲曾是夫妻关系。因此，他可能觉得我们之间也沾亲带故。每天，他只要一进屋就会坐下来谈天。我见过一些和他一样和善、安闲的人，不过在我看来那些人都不像他那样古怪。他说他想看一看我刚买不久的那顶高筒礼帽。我很愿意拿给他瞧瞧，因为我猜他会看到帽子里印着的纽约街著名制帽商的名字，进而对我心生敬意。然而，他一边左一眼右一眼地看帽子，一边非常认真地表现出一副同情我的样子，挑了几处毛病，之后对我说，我刚来这个地方不久，肯定不知道去什么地方给自己买新衣服；还说要给我留他那位制帽商的联系地址。

“请不要见怪，”他接着说道，随后用剪刀把一张红纸片剪成了一个近乎标准的圆形，又小心翼翼地把它的边缘剪成锯齿状，涂上胶水，把它贴在帽筒里，正好挡住了上面的制帽商的名字，“如此一来就没有人知道您是从什么地方把它买来的了。我到时候会把我那位制帽商的标签寄给您一张，您可以把它粘在帽子里这片圆纸上面。”

他在做这一连串动作的时候看起来特别从容，特别沉稳——我这辈子还是第一次如此心悦诚服地佩服一个人。不过，请留心，他在做这些事情时，却非常让人反感地把他自己那顶帽子放在了我近前那张桌子上。那是一顶帽檐已经下垂了的帽子，又松又垮，因为年头太长而变了形，因为环境的侵蚀而掉了色，边缘上沾着一层护发油。

物体描写

此处是对罗杰斯帽子的详细描写，突出了这顶帽子令人反感的原因。

还有一回，他非常细致地把我的衣服打量了一番。我一点儿也不紧张，因为给我制衣的那位裁缝在他的的店铺门上刻下了“本裁缝受到尊贵的威尔士亲王的特别约请”等字样。实际上，当时大部分制衣店的门上都刻有这样的字，而我却不知情。我心想，一个普通人就能顶得上九个裁缝，而一个亲王则能顶得上一百五十个裁缝。他似乎有点看不上我穿的这身衣服。他把他那位制衣匠的联系地址留给了我。他建议我不要当着他裁缝的面提我的笔名，尽管我觉得那样做会让裁缝在做活时更细心一些，因为通常有地位的人在提自己的时候都会使用笔名。然而，他却告诉我说，他的制衣匠压根儿就不会搭理一个毫无名气的人（毫无名气的人？我当时还觉得我在英国是非常有名的呢。他的话未免太伤别人的自尊心了）。他反倒让提他的大名，觉得这样制衣匠才会尽心尽力地为我做衣服。于是我打趣地对他说：

心理描写

这里是心理活动描写，表现了“我”对裁缝在店铺门前刻字的不满，衬托出对裁缝的轻视。

“不过，这样的话，他势必会通宵达旦地忙碌，这对他的健康是有害处的啊！”

“这个嘛，有害处就有害处吧，”罗杰斯说道，“我待他一向不薄，他为此向我表示一下心意也是应该。”

跟他打趣和跟一个木乃伊打趣没什么区别，效果完全一样。罗杰斯继续说道：

“我的每一件衣服都是他给我做的——只有那样的衣服才适合你穿。”

“他在做这一连串动作的时候看起来特别从容，特别沉稳。”

图为马克·吐温在康涅狄格州的故居内部一景，其中台球室一直是当地的重要旅游景点。

我再一次展开攻势，说道：“假如你能带过来一件那该有多好。我非常想看一看。”

“噢，我现在穿着的这件就是啊！这一件正是出自摩根之手。”

我仔细朝他身上看了看。他那件外套是现成货，是从一个犹太人那里买来的。它制作于一八四八年——这是毋庸置疑的，当时新品的售价是四美元左右。它已经被擦出了破洞，磨出了痕迹，沾着一些油渍，绒毛已经全部脱落，露出了布料的基底。我不禁指了指那破损的地方。这带给了他不小的触动。我甚至开始觉得自己不应该做出那样的举动。起初，他仿佛陷入了忧伤的无尽泥潭；之后，他再次打起了精神头，两只手做出一个动作，像是在为广大人民驱散他们所受到的巨大侮辱一般，继而说道：“不要紧，不要紧。用不着替我担心，用不着为这件事烦恼。我可以重新做一件啊。”在我看来，他在说这句话时所流露出的感情是非常做作的。

人物描写

通过描写罗杰斯的神态和语言，突出表现了他的虚荣，令读者哭笑不得。

等到他彻底镇定了下来，开始能够集中注意力查看那破损的地方，且不会自乱阵脚的时候，他说道：“噢，现在我知道这件衣服究竟为什么会变成这样了，这一定是早晨我的佣人在帮我穿礼服时不小心刮坏的。”

他还有佣人！他的确是在肆无忌惮地夸夸其谈，但我能够看得出，他这样说的目的是想赢得尊敬。

他差不多每天都对我的穿着有着浓厚的兴趣。你几乎很难想象，一个热衷于此道的人竟然都不会想着把自己那套天天都穿在身上的衣服给换一换。依我看，他那套衣服已经可以称得上是古董了。

比喻

此处将汗衫堆积在屋子的一角比作小山一样，突出了汗衫数量之多。

可能这源自于一种不消说出口的欲望吧，我的确很希望能从他口中听到一些赞赏我的话，比如称赞我做的某件事情，或者称赞与我相关的某一样东西——我认为大家应该都有过诸如此类的想法。我很快就要回伦敦了，因此需要把那些放着没洗的脏汗衫一一列在纸上，我觉得这对于我来说是一个很好的机会。那些汗衫总计有五十四件，全被堆放在了屋子的一角，看上去就像一座小山一样。他最好认为那是我在一个礼拜里积攒起来的。我把那张洗衣清单拿了起来，像是想要看看是否漏掉了哪件衣服，然后故意做出一副毫不在乎的样子，将它扔在了桌子上。正如我所料，他把那份清单捡了起来，从头到尾看了一遍，随后说道：“您的生活还不错嘛！”说完之后，他把它放回到了桌子上。

他那双手套是名副其实的低档货，看了直让人难过，然而他却告诉我哪里才有这种手套卖。还有他那双鞋，假如往里面放入几个胡桃，那它们几乎会直接漏出来；可是，他偏偏喜欢把双脚朝壁炉架高高翘起，然后对着它们沉思冥想。他戴了一只用玻璃做成的毫无光泽的领带夹子，并叫它“多晶宝石”——它的意思真是让人琢磨不透——还对我说，到目前为止仅仅发现了两只，另一只的主人是中国皇帝。

叙述说明

此处叙述说明他的手套、鞋子和领带夹子，更加深刻地表现了他的贫穷和虚荣。

我回到伦敦之后，又一次非常幸运地和这位性情古怪的闲游人士相遇。他摆出了公爵的派头，大模大样地走进了旅店的客厅。闹了半天，他常常喜欢把自己最近想象到的优雅举止向别人展现一番——他身上没有什么东西是过时的，除了那套衣服。他在和我打招呼时，倘若周围有一些陌生的面孔，他就会稍微把说话的音量提高一些，叫我“理查德大人”，或者“勋爵”，或者“将

“他在和我打招呼时，倘若周围有一些陌生的面孔，他就会稍微把说话的音量提高一些。”

香叶天竺葵是多年生草本植物，高可达1米，原生在非洲南部，喜温耐旱，不耐寒，对水分要求不高。它因植株具有挥发性香气而广受欢迎，可用于制作精油。

军”；等到有一些人开始向我们投来充满敬意的目光，他便漫不经心地问我，昨晚我怎么没有按照事先约好的那样去见阿格尔公爵，之后提醒我明天要记得去威斯梅恩斯特公爵的府上赴约。我认为，每每遇到这样的场合，他便会把头脑设想出来的诸如此类的事情当成真事去对待。有一天，他来我这里，想约我一起去沃瑞克伯爵那幢位于市区的府邸看一看，在那里跟伯爵待一晚上。我对他说，伯爵并没有正式地邀请我过去。他说那不要紧，伯爵跟他还有他的朋友们都很相熟，从来都不会讲那么多的客套。我问他，去的时候是否就穿身上这套衣服。他回答说，那是万万要不得的，晚上去拜访一位贵族，岂有不更换晚礼服的道理。他说他可以先等我把衣服换好，之后我们一起去他的寓所，我可以利用他打扮的那段时间来喝点香槟酒，再抽上一根雪茄。我特别想知道他接下来会如何实施他的计划，于是我换上了晚礼服，准备和他一起去他的公寓。他问我愿不愿意徒步走过去。我同意了。就这样，我们顺着泥泞的道路，冒着大雾，差不多走了四英里，之后他的“寓所”终于在一条破旧不堪的街巷里露出了真容——它里面只有一个房间，楼下是一家理发店。屋子里放着两张椅子，一张小木桌，一个散发着古典气息的旅行包，一个脸盆和一个水壶——这两样东西都被放在了屋中的一角，一张铺得乱七八糟的床，一片满是裂纹的镜子，一个花盆（里面长着一棵又矮又蔫的香叶天竺葵，他称它为“世纪之花”。听他说，它已有两百多年没开花了，是从业已去世的帕默斯顿勋爵手里买过来的，当时可花了他不少钱）。除了这些，里面再没有任何东西了。另外，还有一个铜制烛台和一小截行将用尽的蜡烛。罗杰斯把蜡烛点着，请我坐下，让我不要有任何的拘谨。他说他打算拿出一种会令我感到万分惊讶的香槟酒让我品尝，所以希望我这个时候正处于又馋又渴的状态，说那种酒是普通百姓很少能够喝到的，又问我是否更爱喝波尔多红酒，或是雪莉白葡萄酒，还告诉我说他那些波尔多红酒的酒瓶外面结了一层又一层的蜘蛛网，每隔三十年才会结上那么一层。那么他的雪茄呢？算了，还是让我自己去品味吧。随后，他把头探到了房门外面，大声说道：

环境描写

此处描写了罗杰斯寓所中的情景，突出表现了他的寓所很简陋，衬托了他的贫穷。

“萨科威尔！”

没有人应答。

“嘿——萨科威尔！”

依然没有人应答。

“哎呀，这个管家到底是怎么回事？我绝不会容许我的仆人——啊，这个没用的傻瓜，他竟然带走了钥匙。如果我想进入那几间屋子，我必须得有钥匙才行。”

（就在他说话时，我在思忖，他从哪里来的勇气，居然还敢在那里想象着香槟酒。我还绞尽脑汁地琢磨，他究竟会用什么样的方式让自己从那种困境之中走出来。）

插叙

此处括号中的文字是插入叙述“我”的心理活动，表现了“我”对他的生活状况的担忧。

这个时候，他不再喊萨科威尔了，转而喊起“安格里希”来。可是，安格里希也没有出现。他对我说：“那个看管马匹的佣人事先都没跟我说一声就离开了，这已经是第二次了。明天我就要把他解雇掉了。”

接着，他伸直了脖子呼喊“托马斯”，但托马斯并没有回答。他又唤“西奥多”，但依然没有人应声。

“那好吧，我不再喊他们了，”罗杰斯说道，“仆人们都出去忙自己的事情去了，没有一个人想到我会选择在这样一个时间回来。马夫和随从不在也不要紧，但是在喝酒和抽雪茄的时候没人可以差遣，在更衣的时候没有贴身仆人帮忙，那怎么能行呢？”

“仆人们都出去忙自己的事情去了，没有一个人想到我会选择在这样一个时间回来。”

我说我可以帮他把衣服换上，可他死活也不肯答应，说非需要一个熟悉这种工作的老手帮他换不可，不然的话他会觉得浑身不舒服。然而，他最后却说，幸运的是他和伯爵已经是老友了，彼此之间有着深厚的友谊，所以他穿什么样的衣服都没关系。就这样，我们叫了辆马车，他叮嘱了车夫一番，随后我们就离开了他的寓所。没过多久，我们的马车停在了一所大宅子前，我们从车上跳了下来。在我的印象里，这位绅士从来都没有戴过领圈。这个时候，他走到一盏路灯下，把手伸进了外套的衣兜里，拿出来一个看上去十分古雅的领圈，以及一个旧领结，接着把它们戴在了脖子上。他顺着门阶走上去，进入了那所宅子。然而，他很快就出来了，飞也似地跑下台阶，对我说：

动作描写

此处描写罗杰斯戴领圈的动作，表现了他对领圈的珍惜，从侧面表现了他的贫穷。

“嘿，快点儿！”

我们急急忙忙地跑开，之后拐了个弯。

“我们可算是安全了，”他说着，把脖子上的领结和领圈摘了下来，放进了他的衣兜，“差一点儿就被发现了。”

“到底发生了什么？”我问道。

“我看到了伯爵夫人，的确是这样！”

“啊，那又有什么关系呢？难道她没有能够认出你来吗？”

“没有能够认出我来？她对我迷恋至极。我刚才恰巧看到了她，而就在她看到我之前，我健步如飞地逃出了那所宅子。我上一次看到她还是在两个月前。如果我不事先警告她一下，而是没有任何预兆地出现在她面前，那她一定会一命呜呼的，因为她根本无法承受住那种巨大的视觉冲击。我压根儿就没想到她会在镇子里，还以为她在城堡里呢。请允许我在您身上靠一会儿吧，一会儿就好。好啦，我现在感觉好多了。感谢您，真是太感谢您了！感谢上帝，刚才真是太险了！”

联想假设

这里描写了罗杰斯的联想，他认为伯爵夫人非常迷恋自己，表现出他的自以为是，真是令人啼笑皆非。

到头来，拜访伯爵的这个计划成了泡影。不过，为了方便以后联系，我把他的住址记了下来。到后来，经过查证，我才知道它其实是一个平平常常的家庭旅店，里面住着一千多个普通老百姓。

在一般情况下，罗杰斯并不笨。在个别情况下，他的确很愚蠢，可他自己是无法意识到这一点的。对诸如此类的事情，他是绝不会马虎大意的。在去年夏天，一次航海让他丢掉了性命，他在死前称自己是拉莫斯克特伯爵。

竞选州长

我在几个月前被独立党提名为纽约州州长候选人。即将和我一同参加竞选的候选人有两位，一位是约翰·丁·施密特先生，另一位是布兰科·丁·布兰科先生。不管怎样，说到底，我总觉得自己和他们比起来有一个十分突出的优势，那就是我有一个好名声。这一点我们可以轻而易举地在报纸上读到，虽然他们也曾明白拥有良好声誉的重要性，但是他们再也无法回到过去了。显而易见，在这几年里，一个又一个可耻罪名对他们来说已经变成了家常便饭。不过，在我对自己的优势赞不绝口、并为其得意扬扬时，却有一股令人担忧的污浊暗流潜入我内心深处，搅扰了我的好心情。那股暗流就是，我一定会听到某些人把我的名字和那些家伙的名字放在一块儿谈论，等量齐观。我的担忧一天天地加重，后来给我祖母写了一封信，说到了此事。没过多久，我收到了她的回信。信的内容如下：

心理描写

此处是对“我”的心理活动描写，突出表现了“我”由原来的得意转变为现在的心烦意乱，为下文故事发展做铺垫。

你这一辈子从来没有做过任何可耻的事情——从来都没有。你现在不如去读一读报纸，了解一下施密特先生和布兰科先生的为人，之后仔细想一想，你是不是真的愿意降低自己的身份，像他们那样去拉选票。

我就是这么想的啊！那天晚上我一直无法入睡。可是，我万万不能退缩。既然我身上背负着责任，那我无论如何都要坚持到最后。在吃早饭的时候，我兴味索然地拿起报纸来读，不经意间看到下面这段文字，说实话，我还是第一次像那样手足无措。

图为一幅表现选举场景的绘画，人们在法院前排队等待投票，其在一定程度上对欺骗性的选举政治做了嘲讽。

犯下作伪证的罪行——眼下马克·吐温先生已经成为广大民众眼中的州长候选人了，他是否可以把架子放低一些，说明一下他在一八三六年于交趾支那的瓦加瓦克是怎样被三十四个证人指认作过伪证的。他那次之所以做伪证，是因为想

要把当地一个贫困的寡妇和她那孤苦无依的孩子们手里的一块并不肥沃的香蕉地占为己有。在她们不幸失去亲人之后，那块土地是供他们维持生计的唯一保障。为了他自己，也为了为他投选票的民众，马克·吐温先生应该对这件事做出一个解释。他是否会给出解释呢？

直抒胸臆

此处一连两个“从未”表现了这篇报道纯属虚构、荒唐至极。“如此丧尽天良的指控”是“我”此时的气愤和惊愕心情的直接抒发。

读完这段报道，我险些被吓得昏倒过去。居然会有如此卑劣，如此丧尽天良的指控！我从未去过交趾支那，也从未听说过瓦加瓦克。我搞不清“香蕉地”和袋鼠有什么不同，我不知道该如何是好。我头昏脑涨，想不出一点办法。那一天就这样过去了，而我却什么行动都没有采取。次日清晨，那家报纸刊登了下面一则新闻，而且只写了这么多：

值得揣摩——大家会发现，吐温先生选择对交趾支那作伪证那件事保持沉默，这非常值得揣摩。

（附注：之后在竞选期间，这家报纸每次都会用“声名狼藉的作伪证者吐温先生”来称呼我。）

“我搞不清‘香蕉地’和袋鼠有什么不同，我不知道该如何是好。我头昏脑涨，想不出一点办法。”

随后是《新闻报》，刊登了下面一段内容：

想要请教一番——刚被提名的州长候选人是否愿意屈尊，向个别市民（他们现在并不反对他参选）说明一下他在蒙大拿州所做的那件小事：和他共居一室的几个同伴经常会丢一些小件贵重物品，末了大家发现那些遗失的物品要么藏在吐温先生的身上，要么藏在他的“储物箱”（说的是他用来裹藏随身物品的报纸）里，所以他们出于善意，觉得必须要告诫他一番，便往他身上涂了一层柏油，粘上羽毛，用木棍将他抬走，接着让他把屋子里通常属于他的那个地方永远地让出来。他能否解释一下这件事情呢？

将人身上涂上柏油粘上羽毛，是过去在欧美处罚并羞辱犯人的手段。最初源于欧洲，英国殖民者将这种做法带到了北美洲并经常使用。

还有比这更加恶毒的诽谤吗？蒙大拿那个地方我一次都没有去过。（从那时起，那家报纸每次都会用“蒙大拿州的窃贼马克·吐温”来称呼我。）

谎言被识破——根据五角区的麦克·奥弗兰盖先生、思纳波·拉夫尔迪先生，还有沃特街的卡迪·莫里甘先生所做的宣誓陈述，目前已经证实，马克·吐温先生在他那篇用心险恶报道中竟然说我们可敬的领导人布兰科·丁·布兰科已故的祖父曾犯过抢劫罪，并被判处绞刑。这纯粹是造谣中伤，毫不符合事实。那些痛恨恶行的人士看他采取如此下流的手段，妄图借此诋毁已故之人，破坏他们家族那良好的声誉，以便让自己在选举时占得优势，无不感到失望。当我们意识到如此卑鄙的谎言一定会伤害到死者无辜的亲友时，我们险些就要冲动地呼吁被激怒的广大群众立刻对这用心歹毒的造谣者采取在法律约束之外的报复性措施。可是，我们不会这么做！还是让他去尝尝受到良心谴责是一种什么滋味吧！（不过，假如广大群众因为义愤填膺，在愤怒的驱使下给这位诽谤他人者造成了人身伤害，那么对于做出此种错误举动的人来说，任何陪审团都不会给他定罪，任何法庭都不会惩罚他，这是显而易见的。）

反语

这篇报道中将造谣者称为“痛恨恶行的人士”，反语的使用更加强烈的讽刺了当时社会上的丑恶嘴脸，令人满腔愤怒。

伏笔

这篇报道的结尾句会产生什么样的效果呢？此处为下文叙述埋下伏笔。

结尾那一句写得非常巧妙，而且产生了效果，害得我当天夜里慌慌张张地爬下床，从后门逃了出去，与此同时，那些“义愤填膺和受到欺骗的民众”从前门涌了进来，他们怒不可遏，把窗户和家具全都砸了，走的时候还把能拿走的东西都拿走了。然而，我可以对着《圣经》起誓，诽谤布兰科先生祖父这种事情我从来都没有干过；而且，在那天之前，从未有人对我提起过他，我也从未对别人谈到过他。（我在这里顺便说明一下，那家报纸从此以后总会把我称为“偷坟掘墓的吐温”。）

以下是另外一篇报道，同样引起了我的注意：

一位花天酒地的候选人——昨天晚上，马克·吐温先生原本要在独立党群众大会上做一次中伤他人的演讲，然而他居然没有到场。他的大夫来电，说有几匹脱缰的马将它撞倒在地，以致他的腿上有两个位置发生了骨折，他正躺在床上，非常痛苦，等等诸如此类的鬼话。独立党成员想方设法让人相信这一套说辞，还故意装作不清楚他们提名的这个自暴自弃的候选人不到场的真正原因。昨晚，有人看到一个喝得醉醺醺的人踉踉跄跄地走进了一家旅店，而那家旅店正是马克·吐温先生下榻的地方。独立党成员应该为此事负责，有必要证明那个酗酒之徒并非是马克·吐温先生。这一次，他可是被我们逮个正着！谁也不能回避这件事情。广大民众发出震耳欲聋的呐喊：“那个人究竟是何许人也？”

词语赏析

此处连用两个“居然”突出表现了马克·吐温对此事的难以置信和心中的气愤不已。

我一时无法相信——绝对无法相信居然会有这样的事情发生，居然有人会认为我有嫌疑做出这样丢人现眼的举动。在最近这三年，麦芽酒、葡萄酒、啤酒，以及其他种类的酒，我一样儿都没有碰过。（当我看到那家刊物在之后的期刊上称我为“颤抖性酒鬼”时，我的良心并没有感到不安，虽然我知道它从此以后会一直那样称呼我。这表明，那样一段时期对我有着怎样的影响。）

之后，我收到的邮件大部分都是匿名信。我已经对这样的信习以为常了：

那个被你从贵府门口一脚踢开的乞讨老妇人目前状况如何？

波尔·普利

此外，还有下面这样的来信：

你做过的那些勾当，有一些是鲜为人知的，然而我却知道。我建议你送给下面署名的这位先生一些钞票，不然的话他会在报纸上让你好看。

汉蒂·安迪

这就是对方写这封信的意图。要是大家喜欢听的话，我可以把那些信的内容挨个叙述出来，等大家听得厌烦了为止。

没过多久，共和党的权威报刊“宣判”我犯了行贿罪；民主党的主要报刊则非要认为我和一宗性质非常恶劣的敲诈案有关。（于是，我又有了两个新称呼——“无耻的徇情枉法者吐温”和“贿赂陪审员的卑鄙的吐温”。）

引号

此处的“宣判”加上引号表示特殊含义，突出表现了这场宣判的不真实，更衬托出造谣者们的险恶用心。

就在这个时候，责难声纷纷响起，要求我解释每一项无端受到的指控。独立党的领导和党报编辑都已经坐不住了，对我说，假如我继续像这样保持沉默，那我今后就无法在政坛上立足了。次日，一家报纸上刊登了下面一则新闻，像是要让民众的呼声看起来更加迫切一样：

看一看这位老兄——独立党的候选人依然没有做出任何回应。他之所以会这样，是因为他没有勇气为自己辩解。每一项对他的指控都有据可循，并且他已经屡次用耐人寻味的沉默承认了那些事情。眼下，一旦这些罪名成立，那他就再也无法翻案了。独立党的负责人啊，看一看你们这位候选人吧！看一看这个臭名昭著的做伪证者！这个蒙大拿州的窃贼！这个偷坟掘墓的罪犯！仔细瞧瞧这个颤抖性酒鬼！这个无耻的徇情枉法者！这个贿赂陪审员的卑鄙的家伙！好好地看一看他，周详地考虑一下，之后再决定你们是否要把自己手中的选票投在这种人头上。他犯下了可耻的罪行，并因此得到了如此可怕的种种称号，并且对其中任何一项罪名都没有胆量去否认。

我实在无法从这样一种困境中走出来，于是我满怀羞愧之情，准备对那些无理的指控和可耻的中伤一一做出回应。然而，我压根儿就没有时间去把这件事做完，因为次日一早，另外一家报纸又一次怀着不良用心，刊登了一桩新的可怕

一幅描述林肯与道格拉斯竞选参议员的漫画，图中双方正准备对决。在竞选中，候选人为了能当选，都会发表自己的政治主张，攻击对手，甚至会污蔑对方。

案件，义正词严地指控我说，有一家精神病院挡住了从我家里看外面景色的视线，于是我放火把它给烧掉了，里面的精神病人无一生还。这让我惶恐不已。随后，又有报纸指控我为了侵吞财产，将我的伯伯毒死了，还急切地要求挖开他的坟墓，请法医检查尸体，鉴定死因。如此一来，我都快被逼疯了。此外，还指控我在担任育婴院院长期间，聘用了一帮牙齿已经掉光、没有工作能力的年迈亲戚来管理孩子们的一日三餐。我的思想变得没有之前那么坚定了。末了，党派之间的相互敌视让我受到了最大程度的中伤——几个刚刚学会走路、穿得破破烂烂、肤色各有不同的孩子，受人教导，在一次民众集会上，一齐跑上了讲台，一把将我的腿抱住，喊我父亲！

结尾

这是小说的结局，原本正直清白的人竟被造谣成了臭名昭著的卑鄙之人，讽刺了当时美国民主选举的虚伪。

我放弃抵抗，把我的旗子扔掉，屈服了。我没有参加竞选纽约州州长的资格。就这样，我递交了一份申请，主动要求取消我的候选人资格，心中怀着极大的痛苦，在上面写下了以下这段文字：

您忠心耿耿的仆人，曾经是个正直的人，现在则成了臭名昭著的做伪证者，蒙大拿州的窃贼，偷坟掘墓的罪犯，颤抖性酒鬼，无耻的徇情枉法者，贿赂陪审员的卑鄙之人——马克·吐温。

作于一八七零年

“几个刚刚学会走路的孩子一把将我的腿抱住，喊我父亲！”

百万英镑

图为纽约股票交易所的门前。人们为了赚取更多的钱，会将很多资金投向股市，但其中也会面临很多风险。

二十七岁时，我在圣弗兰西斯科给一个矿山股票市场经纪人做办事员，对股票交易中的各种细节有了一个非常深入的了解。我尽管没有什么社会地位，也不富有，但是却有聪明的头脑和良好的信誉，而这些优点终究会让我走向成功，所以我对自己的未来信心十足。

一到礼拜六下午，等股市收了盘，我就可以自由地支配接下来的时间了。我常常会驾驶一艘小型帆船，在海湾里畅快地游玩，以这样的方式打发闲暇时间。一次，我不慎把船开得太远，结果被大风和波浪卷到了远海。后来，在太阳落山时，我已经看不到任何希望了；而就在此时，一艘开往伦敦的双桅帆船把我救了上去。在这之后，我经历了一次在暴风雨中的远程航行。船上的人给了我一份普通水手的工作。这样一来，我在船上干活，就算是支付旅费了。等我到了伦敦，我身上那身衣服已经破得不成样子，衣兜里也只剩下一美元。这一点钱只够我支付一天一夜的餐费和住宿费。过了这一天一夜，我就没得吃，也没得住了。

次日清晨，大约在十点钟的时候，我穿着破破烂烂的衣服，腹中空空，拖着沉重的脚步顺着波特兰街往前走。这时，一个孩子被保姆牵着从我身旁走过，把一个已经咬了一口的梨子扔进了一条露天下水道里，那个梨子看上去又甜又脆。我立刻停住脚步，向那沾着污泥的宝贝投去贪婪的目光。它让我口水直流，饥肠滚滚，连为它向人乞讨的心都有了。然而，就在我走过去准备把它捡起来时，一个路人看出了我的意图，于是我挺起胸膛，故意表现出一副毫不在乎的样子，以显示自己根本没有打这个梨子的主意。之后，类似的情形接二连三地出现，每次我都没有能捡起那个梨子。末了，我打算豁出去，厚着这张脸皮把它捡起来，然而就在此时，我身后的那扇窗户被推开了，一位绅士从窗子里面对我说：“请进来吧。”

神态描写

从“我”对那个咬过一口的梨子投去贪婪的目光，甚至为它想乞讨表现了“我”此时穷困潦倒、食不果腹的状况。

外貌描写

这里描写佣人的衣着整洁，来衬托主人更加富裕，为下文故事发展做铺垫。

一个穿戴整洁的男佣人领着我走进一间装修华丽的房间，里面坐着两位上了年纪的绅士。他们让佣人下去，请我坐下。这会儿他们刚刚吃完早点。当我看到餐桌上剩下的美食时，我简直无法自控，可是谁也没有请我去享用它们，所以我只能忍着饥饿，尽力克制自己想吃东西的欲望。

原来，就在不久之前，那里发生了一件事情。我当时对那件事一无所知，等过了许多天之后才知道；不过，我现在还是先说给大家听一听吧。那两位年长的绅士是兄弟俩，他们前两天在一个问题上争论不休，最终商定打一次赌，以这种方法来确定哪一方是对的——这正是英国人用来解决争议问题的通用方法。

想必大家还没有忘记，英格兰银行曾经发行过两张面值为一百万英镑的钞票，目的是便于用来与其他国家进行政府间交易。后来，其中的一张在用掉之后便注销了，另外一张则依然在银行金库里保存着。他们兄弟二人在一次聊天中突发奇想：要是有一个既诚实守信又有头脑的异乡人来到伦敦，不幸流落街头，在这里没有任何朋友，身上不名一文，但得到了那张面值一百万英镑的钞票，然而却没有办法证明他是那张钞票的主人，那么，他接下来会有怎样的遭遇呢？哥哥认为他会饿死街头，弟弟则不以为然。哥哥说，他无法拿着这张钞票去银行或者别的地方兑换现金，因为他那样做的话会立刻被抓起来。就这样，他们争论个没完没

“我简直无法自控，可是谁也没有请我去享用它们想吃东西的欲望。”

了。后来，弟弟说他愿意拿出两万英镑作为赌注，赌那个人能够凭借那张一百万英镑的钞票生存三十天，而且不会被拘捕。哥哥同意和他赌一次。弟弟去了银行，将那张钞票兑换了出来。您可以看到，这就是英国人的做派，他们是极其豪爽的。随后，他找来文书，口授了一封信。文书工工整整地把信写好，接着兄弟俩便坐在窗口旁，等待合适的人选出现，然后把信交给他。

图为 1954 年美国电影《百万英镑》里的道具纸币，签发日期是 1903 年。

他们看到来来往往走过去很多人，有的看起来很有头脑，却不够诚实；有的看起来很诚实，却又缺乏头脑；还有人看上去既有头脑，又很诚实，但又没有落到山穷水尽的地步，或者看起来非常贫穷，但又像是本地人。他们总是有一点不符合条件。直到我出现在他们的视线，他们才一致认为找到了合适的人选，所以我才被他们唤到了房间，在那里等着知道这些前因后果。他们先是了解了一下我的个人情况，很快就把我的来历弄得一清二楚。之后他们对我说，我符合他们提出的每一项要求，能够帮助他们完成一件事情。我回答说，我非常高兴能够为他们效劳，并问他们是什么事情。其中一位绅士将一个信封递到了我手里，说里面有详细说明。我正准备把信封拆开，他立刻阻止了我，让我把它带回去慢慢看，要尽量保持稳重和审慎。我一点儿也想不通，想和他们谈论一下这件事，但是被他们拒绝了。就这样，我只好起身离开，觉得自己非常窝囊，明摆着成了他们打趣的对象，可是又不得不忍气吞声，以我目前的状况，我无法对那些阔佬们的傲慢表达自己的愤愤不平。

当时，我特别想去把那个梨子捡起来，在大庭广众之下吃掉，然而它却不见了。如果没有这件倒霉的事情，我就不会失去它，所以我一想起这件事，对那两个人的厌恶之情就会再一次浮上心头。等走远了，我便把那封信拆开，然后看到了放在里面的钞票。可以这么说，此时此刻，我对那两位绅士的看法有了一百八十度的转变！我一点儿也没有迟疑，立刻把钞票和附在信封里的一张纸条放进我的马甲口袋，径直跑向离我最近的一家普通餐馆。噢，看我当时那副吃相！后来，等我吃得肚子鼓鼓的，我才把那张钞票拿出来，将它展开。我看了它一眼，险些昏倒在地。那可是一百万英镑啊！噢，我眼前一下子天旋地转。

心理描写

此处是“我”的心理活动描写，可见当时没捡到那个梨子的失落心理，为下文故事发展埋下伏笔。

我直愣愣地坐在那里，眨着眼睛，盯着那张钞票至少看了一分钟，之后神智才恢复正常。紧接着，我注意到了餐馆老板脸上的表情。他瞪着那张钞票，已被吓得呆若木鸡。他表现出一副崇拜至极的样子，似乎手和脚都已经不听他使唤了。我立刻随机应变，做出那种情况下我能够做出的唯一合理的举动。我把手中的钞票往他面前一递，满不在乎地说：

> **神态描写**
> 此处描写了店主的神态，突出表现了店主看到这张百万大钞时的惊叹和敬畏。

“请把钱找给我吧！”

直到此时他才清醒过来，不停地向我表达歉意，说他没有办法给我找零，他甚至碰都不肯碰它一下。他只想看着它，而且想多看一会儿，好像怎么也看不够似的。他只希望能好好地开一开眼界，可同时又尽力避开它，担心会碰到它，似乎它是一件圣物，可怜的凡夫俗子不配拿起它。我对他说道：

“倘若这给您带来了麻烦，那我十分抱歉。不过，我必须得烦劳您。请您帮我找开吧。我身上没有零钱，只有这张钞票。”

不过，他说这并不要紧，他很愿意把这笔小钱记在账上，下次再付也不迟。我说我或许会有很长一段时间不会再来这片区域。然而，他说这没有关系，他有耐心等我，并且我可以在任何时间光顾，想吃什么就可以点什么，想把账记多久都行。他说就算我爱找乐子，喜欢故意穿得邋里邋遢，为了让人们打趣，他也会信任我这样一位大富豪。这个时候，有新顾客走了进来，他示意我

> “他表现出一副崇拜至极的样子，似乎手和脚都已经不听他使唤了。”

把那张钞票藏起来，接着又是弯腰又是鞠躬，把我送到了门口。趁着警察还没有来抓捕我，我打算去找那两兄弟，说明他们刚才的失误之举。我当时紧张极了；实际上，我用不着那样紧张，毕竟造成错误的人不是我；可是，我对大多数人的行为模式是十分了解的，明白当他们本打算施舍给一个流浪汉一英镑的钞票，却阴差阳错地给了他一张一百万英镑的钞票时，他们会愤怒地指责那个流浪汉，而不会怪自己没看仔细。当我走到那所宅子旁时，我不再像刚才那样紧张了，因为那里没有任何异常现象，这让我放心了很多，相信他们还没有觉察到那个错误。我按响了门铃。从里面走出来的还是那个男佣。我要求见那两位绅士。

图为马克·吐温身着白西装坐在木制底座上的雕塑，手执雪茄，眉头微皱，像是在思索什么。人们在许多地方都立起了马克·吐温的雕像，以纪念他对美国乃至世界文学所做的贡献。

“他们已经离开了。”他冷冷地说道，看上去非常傲慢，他那一类人通常都爱用这样的语气对身份低微的人说话。

“离开了？去什么地方了？”

“外出旅行。”

“那么，究竟是去什么地方旅行了呢？”

“我觉得，有可能是去大陆了。”

“大陆？”

“没错，先生。”

“是往哪个方向走的？选择了哪一条路线？”

“先生，这我就不得而知了。”

“那他们何时回来？”

“他们说，一个月之后回来。”

“一个月之后！噢，这就不好办了！你无论如何都要把他们的收信地址告诉给我。这件事非常重要！”

“先生，我不清楚他们去了什么地方。我实在是帮不上忙。”

“那我要和他们的家人见一见。”

“他们的家人也不在家，几个月前就去国外了。我觉得，有可能去了埃及或者印度。”

情景对话

通过描述“我”与佣人的对话，反映了“我”迫切想见到那两位绅士，想把百万大钞还给他们。

“老兄，我发现一个非常大的错误。我认为他们会在日落之前赶回来。您可否告诉他们，说我来找过他们，并且还会再来找他们，直到这件事被妥善地解决了，让他们不再为其担忧。”

“要是他们回来了，我会把您的话转告给他们的。不过，我猜他们不会急着赶回来。他们说您会在一个钟头之内过来打听一些东西，并吩咐我告诉您，那件事没出什么差错，他们会按时回来，等您来找他们。”

设置悬念

此处的描述令读者产生好奇：“按时回来”是什么意思呢？成功地设置悬念，吸引读者注意。

于是，我只好终止了和他的谈话，离开了那所宅子。这一切是那么让人百思不得其解！我几乎就要被弄糊涂了。他们会“按时”回来，这意味着什么呢？噢，我说不定会在信封里找到答案。我刚才完全没有想起那封信。就这样，我把信掏了出来，读里面的内容。信中写道：

通过您的相貌来判断，您是一个既诚实又有头脑的人。我们猜测，您非常贫穷，而且又不是本地人。信封里装有一笔钱，您可以借用三十天，不用付任何利息。三十天之后，请您来这里，给我们讲一讲这些天的经历。我是在借您打赌。要是我赢了，那您就能得到我所能授予的任何职位。我所说的任何职位，是指您熟知并且有能力担任的职位。

我在信上看不到署名，也看不到地址和日期。

啊，这下我可是遇到大麻烦了！眼下大家已经知道了事情的来龙去脉，而我当时却还蒙在鼓里。对我而言，那就是一个让人百思不得其解的谜题。我不知道他们在玩什么把戏，也不清楚他们究竟对我怀有善意，还是怀有恶意。我来到一个公园，努力思考，想要捋出个头绪，确定下一步应该怎么走。

承上启下

此处的描述既承接上文的信，又启示下文的思考过程，表现了主人公在面对突如其来的变故时的分析。

过了一个钟头，我终于想出了一点什么。那两个人要么是在对我行善，要么就是在害我；这一点我无法确定，所以爱怎么样就怎么样吧。他们可能是在玩什么把戏，也可能是在设一个圈套，还有可能是在做一个实验——爱怎么样就怎么样吧。他们在借我打赌，我不知道他们的赌注是什么——管它呢！如此一来，我就把那些未知因素排除掉了；这件事剩余的部分非常明晰，有据可循，可以认为是确凿无疑的。倘若我前往英格兰银行，将这张钞票存到它主人的名下，那么银行里的人一定会照我说的去做；这是因为，尽管我不知道那个人是谁，但他们肯定是知道的。不过，他们会提出疑问，问我怎么会有这张钞票。假如我实话实说，他们一定会把我送到精神病院里去；假如我欺骗他们，那我会就被他们送进牢房；倘若我去别的地方，把那张钞票存到银行里，或者用其作为抵押金，去借一些钱，那我的下场依然不会有什么不同。不管我愿意与否，在那两个人回来之前，我都得把这个极其沉重的担子扛在肩上。钞票对我没有任何用处，如同一抔尘土一样对我没有任何用处。可是，我在靠沿街乞讨维持生计时，我一定得小心翼翼地保管好它。就算我不想留着了，我也不能把它送给别人，因为不管是好人还是强盗，都不敢接受它，或者与它扯上关系。那兄弟俩不会担心自己遭受什么损失。就算我把这张钞票弄丢了，或者烧掉了，他们依旧不会有任何损失，因为他们可以要求银行止付；这样一来，他们就不会丢失一分钱；而我呢，除了白白地受一个月罪，什么都得不到。因此，无论他们打的是什么赌，我都得帮助其中一位先生赢下这场赌局，然后像他们所承诺的那样，得到那个职位。那样的职位我是乐于接受的，因为像他们那样有权有势的人所委任的职位肯定不会差到那里去。

暗喻

此处将保管和处理这张大钞的工作比喻成极其沉重的担子，可见主人公此时承受着巨大的压力。

我开始仔细考虑那个职位，并且越来越期待。它的薪酬必定会非常让人满意。一个月之后，我就可以有薪水拿，并且过上好日子。很快，我心里感到美滋滋的。这个时候，我迈着迟缓的步子在大街上瞎逛。当我看到一家服装店时，我特别想把身上这身脏衣服给脱掉，换上一套整洁干净的衣服。我有钱买新衣服吗？没有，我身上一个子儿都没有，只有那张一百万英镑的钞票。就这样，我满是无奈地朝服装店走了过去，但不一会儿又走了回来。那种诱惑搅扰着我的心，让我感到十分痛苦。就在两个念头打架的时候，我想我已经来来回回地在店门口走了好几趟。

拟人

此处将主人公心中的两个矛盾念头拟人化处理，就像两个念头打架，突出表现了主人公的矛盾心理。

后来，我再也坚持不住了；而且，我也不得不这样做。我走了进去，问里面的一个店员，他们那里是否有做得不合身、还没有被处理掉的衣服。那个店员没有回答我，只是朝另一个人点了一下头。我走向那个人，他又朝另外一个人点了一下头，也是什么都没有说。我朝那个人走了过去，他对我说：

“我马上就来。”

等他处理完了手上的事情，才领着我走进后面的一间屋子，把被客人拒收的那堆衣服翻了又翻，最后挑出了最不起眼的那一套。我把那套衣服穿在身上，感觉一点儿也不合身，而且也不好看。

图为19世纪初伦敦的景象。

不过，它毕竟是新的，我又非常需要一套衣服，因此我并不挑三拣四，只是支支吾吾地说：

“可否行个方便，容我等几天再把钱付给您。我身上没有零钱。”

反语

此处描写店员带着一副最轻蔑的笑容称“我”为绅士，其实是反语，表现了他的轻蔑和瞧不起。

那个人露出一副最轻蔑的笑容，对我说：

“没有是吗？噢，你不说我也知道您身上没有零钱。我早就看出来了，像你这样的绅士一向都是带大额钞票的啊！”

他的话把我激怒了，我说道：

“老兄，你不应该总是通过看一个外地人身上穿的衣服来断定他的社会地位。我有能力买下这套衣服，只是不想麻烦你找零钱给我。”

听我这么一说，他的态度有了一些改变，但依然用略带傲慢的语气说道：

“我刚才并没有指责你的意思，不过，要是因为这样一件事情被人指指点点，那我认为，你不应该轻率地认定我们无法找开您的大额钞票。刚好相反，我们可以将它找开。”

“他拿过钞票，大笑了起来，简直笑开了花，以致脸上出现一条条褶皱。”

于是，我把那张钞票递到了他眼前，同时说道：

“噢，那当然是最好的。我在这里跟您说声对不起。”

他拿过钞票，大笑了起来，简直笑开了花，以致脸上出现一条条褶皱，像是池塘里的涟漪一样。可是，当他的目光触碰到钞

票时，他脸上的笑容立刻僵住了，面色发黄，看上去如同维苏威火山上那已经散开并凝固成块的波纹状岩浆。我平生还是第一次看到笑容会那样僵住，并且一直凝固在脸上。那个人一动不动地站在那里，手上拿着钞票，紧紧地盯着它看。店老板急忙走了过来，看究竟出了什么事情，同时神态自若地问道：

维苏威火山是一座活火山，位于意大利南部那不勒斯湾东海岸，被誉为“欧洲最危险的火山”。

“嘿，出了什么事情了？有什么问题？是不是少了什么？”

“什么问题都没有。我在等着给我找零钱呢。”我答道。

“嘿，我说，快给他找零钱啊，泰德。快给他找零钱啊。”

泰德答道：“给他找零钱？说得容易。老板，您过来看一看这张钞票吧。”

老板定睛一瞧，立刻打了个口哨，然后扑向那堆被客人拒收的衣服，好一阵翻，同时满怀激动地喃喃自语道：

“居然会把那样一套极其差劲儿的衣服卖给一位性情古怪、拥有百万身家的富翁！泰德真愚蠢——简直愚蠢至极。他已经不止一次干出这样的事情了。他将每一位百万富翁都从这里赶了出去，因为他根本无法分辨出什么样的人是流浪汉，什么样的人是百万富翁，而且永远也无法分辨出来。噢，这套衣服才像个样子。大人，请您把身上的衣服脱掉，直接扔到火炉里去吧。请把这件衬衫以及这套衣服穿上，这才配得上您的身份。它们不仅素雅，而且特别大气，正适合您，您穿上一定会像一位爵爷那样贵气逼人。这套衣服原本是为一位外国的亲王量身打造的——先生，说不定您也知道他，他就是哈里弗克斯公国的侯王。因为他的母亲就要去世了，所以他只好把这套衣服留在这里，另外定做了一套丧服。然而，他母亲后来又没死。那都不要紧，我们无法让每一件事情都按我们的——我是说，都按他们的意愿去发展。您看啊，裤子非常合身，您穿上好看极了。您再穿上这件马甲试试，先生。哎呀，这件也很合身。还有这件外套——上帝啊！您看，真是太棒了！真身衣服简直可以用完美来形容！这一行我做了一辈子，还是头一次像这样有成就感！”

语言描写

这一段是老板的语言描写，一方面是对伙计的责备，另一方面是对主人公的阿谀奉承，突出表现了老板的势利。

我告诉他我很满意。

“先生，太好了，太好了！我认为这套衣服目前来说还勉强适合您穿。不过，您且看我们如何根据您的尺码为您做上一套。嘿，

侧面描写

此处描写老板十分殷勤，自作主张地让店员制作其他类别的衣服，从侧面表现了他的谄媚，令人物形象更加丰满。

泰德，快把纸和笔准备好，然后记尺寸。腿长三十二……”

我都没来得及插话，他就已经把尺寸量好，让店员制作晚礼服、早礼服、衬衫等不同类别的衣服。后来，等有机会说话了，我便开口道：

“不过，老板，要是您不愿意无限期地等我付现金，或者不肯帮我把那张钞票兑开，那我就无法订下这些衣服。”

“无限期？先生，您说得太含蓄了，太含蓄了！先生，您应该说一直等下去，这才符合您的身份。泰德，要以最快的速度把这些衣服做出来，然后把它们送到这位绅士的寓所里。千万不要耽搁，把那些小主顾们的订货向后推一推吧。先把这位绅士的住址记下来，之后……”

“我马上就要搬家了，所以还是让我下次再来，到时候我会把我的新住址留下。”

“那是最好不过的了，先生，那是最好不过的了。先生，稍等片刻，我送您出门。那好吧，再会，先生，那就再会吧。”

“泰德，要以最快的速度把这些衣服做出来，然后把它们送到这位绅士的寓所里。”

噢，大家肯定能够想象得到接下来所发生的事情。我自然会情不自禁地买那些我需要的东西，而后拿出那张钞票，让店家给

我找钱。没出一个礼拜，我已经不惜花大价钱，买下了高品质生活中必不可少的各种日常用品和奢侈品，并住进汉诺弗广场上的一家高档旅店。我会在那里吃晚餐，不过，早晨我还是会去哈里斯那家让我难以忘怀的小餐馆里吃早饭，在得到了那张一百万英镑的钞票之后，我的第一顿饭就是在那里吃的。这一条消息被传得沸沸扬扬，到处都有人说那个马甲口袋里放着一百万英镑钞票的性情古怪的外国人经常去照顾那家餐馆的生意。哈里斯凭借这样一条消息交上了好运。在过去，这家小餐馆生意惨淡，门可罗雀，如今却声名大噪，门庭若市。哈里斯非常感激我，非要借钱给我用，还不让我推辞。就这样，我这样一个不名一文的家伙便有大把的钱可以花，活得像个阔佬和有头有脸的人一样。我心里很清楚，这件事早晚有一天会被人识破，可是现在我骑虎难下，只能硬着头皮向前走了，不然就会立刻完蛋。您看，我的处境实际上是荒诞无稽的，但我当时总觉得自己即将遇到大麻烦，所以在我看来它常常有严酷的、危险的、不幸的一面。因此，每当深夜来临，那不幸的一面就会占据上风，就会吓唬我，告诫我，让我辗转难眠，发出痛苦的呻吟声；然而，一到了让人振奋的白天，我就会再一次变得高高在上，简直快乐到了分不清方向、心醉神迷的地步。

英格兰大主教也称坎特伯雷大主教，首任主教是奥古斯丁·坎特伯雷，为全英格兰的首席主教。图为首任英国坎特伯雷总主教奥古斯丁。

话又说回来，这也是自然而然的；毕竟我现在是世界第一大城市里最受关注的人物，这让我变得自命不凡，忘乎所以。无论你拿起哪一份报纸——不管它是英格兰的、爱尔兰的，还是苏格兰的，你都会在那上面读到与“马甲口袋里放着一百万英镑钞票的人”有关的新闻，介绍他最近做了什么事情，或者说了什么话。一开始，我被刊登在《人物趣事》栏的末尾处；慢慢地，我的位置超过了勋爵；又过了一段时间，男爵只能列在我的下面了。就这样，我越来越出名，一直升到了最高处，而且从此之后便占据了那个位置。除了王室公爵和英格兰大主教以外，没有哪位权贵和宗教人士人能够和我相提并论。不过，这样的声誉并不值得夸耀，因为我当时只是个特别出名的人罢了。后来，一件让我名扬天下的事情发生了，那俨然就像是一场骑士授封仪式，顷刻之间就把那脆弱不堪的虚名变成了神圣的、永不褪色的荣誉：我以漫画形象登上了《笨拙周报》。的确是这样，如此一来，我真的是家喻户晓了，地位也不再像过去那样脆弱了。尽管我的名字还是会被人拿来开玩笑，但他们是有所顾忌的，而且会怀着敬意，不会莽撞无礼。人们不再冲着我哈哈大笑了，只会抿起嘴，轻轻地

叙述说明

此处是叙述说明“我”受到这张百万大钞的影响，名气越来越大，为下文故事的发展做铺垫。

笑一下。从此以后，我再也不会受到那样的待遇了。《笨拙周报》将我画成了一个衣衫褴褛、四处闲游的人，正跟一个看守伦敦塔的人做买卖，两个人在商量着价格。噢，大家可以发挥一下想象力，一个年纪轻轻的小伙子，之前从来没有引起过他人的注意，如今一眨眼的工夫，他说出的任何一句话都会被人们一再引用；他一旦去什么地方，人们就会谈论个不停，说："快看啊，他刚才走过去了。那个人就是他呀！"吃早饭的时候，总会有一大群人盯着他看；在歌剧院的包厢里看戏的时候，人们会争先恐后地拿起望远镜，看他的一举一动。噢，我耳边每天都是赞颂的声音——总而言之，情况就是这个样子。

举例子

此处引起读者们的想象，用一系列的例子来表现主人公受到的关注，表现了他的生活发生翻天覆地的变化。

即便如此，我依然没有把我那套破旧不堪的衣服扔掉。我偶尔会穿着它出门，目的是重温一下过去的那种乐趣：买一些小物品，受到卖家的轻视，接着拿出那张百万英镑的钞票，把那个人吓得目瞪口呆。然而，我不能老是故伎重演。画报让大众知道我爱穿这身衣服外出，所以只要我把它穿出去，就立刻会有人认出我来，还会纷纷跟在我后面，假如我买东西，还不等我把那张钞票掏出来，他便已经走上前来，请我以赊账的方式买下店里的所有东西。

大概在我扬名天下之后的第十天，我照惯例去履行一个侨居者应该做的事情——去拜见美国大使。鉴于我当时的身份，他非常热情地接见了我，责备我没有早点去，还说我能得到谅解的唯一办法，就是当天晚上去参加他的宴会。原来，一位客人生了病，所以他的席位就空了出来。我接受了他的邀请，之后两个人开始闲聊。闹了半天，他父亲和我父亲在小时候是同学，后来在耶鲁大学又成了同学，在我父亲去世以前，他们之间一直都保持着深厚的友谊。就这样，他要我有时间就去他家做客，我自然很乐意去。

破折号

此处的破折号作用是解释说明，向读者们解释这件依照惯例要做的事，令读者清楚明白。

说实话，我何止是乐意去；能够去他家，这让我感到非常高兴。假如事情败露，说不定他可以帮我的忙，让我不至于彻底完蛋。我想不到他会怎样帮我，或许他能想出什么主意来。然而，现在似乎已经太晚了。我没有胆量把所有事情对他和盘托出；我应该一早就把我在伦敦遇到的这件稀罕事告诉他的。不，眼下我不能说，那样太冒险了。我已经深陷泥潭——我是说，我陷得太深了，以致我不敢把一切都说给一个新朋友听，虽然我觉得自己还没有陷入无法抽身的地步。因为，您看，尽管我再三借钱，但我每次都会小心翼翼地根据薪酬的多少来控制开支的限度，不会过度消费。当然了，我无法知道自己将来能够拿到一份什么样的薪水，不过我能估算出个大概数目，因为我有非常可靠的依据——假如我让那位富翁赢下赌局，那我就会得到一份他能够安排的工作，只要我有能力把它做好，而我一定会让他看到我有能力把它做好，这一点我坚信不疑。那么，那位先生能否赢下那场赌局呢？这个问题我根本用不着担心，因为我向来都很幸运。我估计我将来的年薪会在六百英镑到一千英镑之间。比方说，头一年可以拿六百英镑，之后每年都加薪，最后因为工作能力的关系拿到一千英镑。有很多人都特别想借钱给我，但我委婉拒绝了大部分人的好意。因此，在我欠下的外债里，只有三百英镑别人借给我的现金，剩下的三百英镑则是我支付日常开销和购置生活用品所欠下的账。我认为，凭借我第二年的年薪，我可以非常轻松地度过这个月剩余的那些天，只要我足够谨慎，花钱的时候注意节约——我正打算小心翼翼地这样做。等一个月的期限一到，我的靠山结束旅行，回到这里，那我的生活将会重新变得正常起来，因为到了那个时候，我可以立刻把两年的薪酬摊到那些债主们的头上，之后立刻投入到新工作之中。

那天晚上，赴宴的人有十四个，大家都非常开心。其中有肖

议论

此处是主人公对未来工作的议论，虽然不知道是什么工作，但是对工作很有信心，可见主人公对未来生活的美好愿望。

“那是一位英国女孩，今年二十二岁，名字叫博尔琪娅·兰姆，不出两分钟我就爱上了她，她也对我一见钟情。”

图为贵族宴会场景，从他们的穿着中可以看出他们地位的高贵。

尔蒂奇公爵夫妇，他们的千金安妮·格瑞丝·艾莉诺·塞莱斯特，德·伯恩太太，纽盖特伯爵夫妇，奇普塞德子爵，布莱斯凯特爵士夫妇，几位没有头衔的男宾客和女宾客，大使夫妇和他们的千金，还有这位千金的一位朋友，那是一位英国女孩，今年二十二岁，名字叫博尔琪娅·兰姆，不出两分钟我就爱上了她，她也对我一见钟情——这是显而易见的。另外，还有一位美国客人——您看，这事情我本来准备过一会儿再说的，现在却提前讲出来了。当时，大家都在客厅里面待着，准备好好地吃一顿，同时冷眼打量着那些刚刚到来的客人。仆人进来了，说道：

“劳埃德·海廷斯先生到。”

寒暄一番之后，海廷斯立刻看到了我，之后热情地把手伸了过来；然而，正要和我握手时，他却一下子愣在了那里，脸上浮现出尴尬的表情，说道：

“先生，十分抱歉，我还以为我们是旧相识呢。”

“噢，我们当然是旧相识了，我的朋友。”

“怎么会呢？莫非您就是……就是……”

语言描写

此处是主人公的语言描写，将自己也嘲讽为“马甲口袋里放着百万英镑钞票的性情古怪的人”，可见他对自己的戏谑。

“就是那个‘马甲口袋里放着一百万英镑钞票的性情古怪的人’？是的，我就是那个人。你就直呼我的绰号吧，我已经习以为常了。”

“噢，这可太让人感到意外了。我不止一次看到你的名字出现在那个绰号旁，但我万万没有想到，那个大家常常说起的亨利·亚当斯就是你。噢，大约在半年前，你还在圣弗兰西斯科给布雷克·霍普金斯打工，只能拿固定的薪酬，还要经常加班到深夜。那个时候，你会帮我整理和核对古尔德—科莱矿业公司的报表和数据，赚一些外快。没承想你居然来到了伦敦，成了一位拥有百万家产的富豪，一位人尽皆知的名人。噢。这就像是《天方夜谭》里的故事一样。老兄，我压根儿就没有办法理解这种事情，觉得那不可能是真的。给我一点时间吧，让我把脑子里凌乱的思绪给捋一捋。”

“事实上，我和你一样一头雾水，劳埃德。我自己都不相信这一切是真的。”

“啊，这真是让人惊诧万分，你觉得呢？噢，在三个月前的一天，我们两个人一起去矿工餐馆……”

“不是的，是喜来餐馆。”

“没错，是喜来餐馆。当时我们在整理矿业公司的资料。我们辛辛苦苦地整理了六个钟头，之后在深夜两点钟的时候去那里吃了些排骨，喝了点咖啡。那会儿我极力建议你跟我一块儿来伦敦，我会负责帮你请假，并为你承担所有的花销；假如我生意做得很好，我会分些利润给你；然而，你不愿意听我的，认为我会失败，说你无法中断那份工作，等以后重新回到那里，还要下很大工夫来重新熟悉业务。然而，你现在却在伦敦。这件事太奇怪了！你为什么会来这里？怎么会交上如此令人感到不可思议的好运呢？”

> **反问**
> 此处是旧相识海廷斯的反问，表现了他对主人公的变化感到特别惊讶，同时吸引读者注意，为下文故事发展做铺垫。

“噢，这完全是一个意外。三言两语难以说得清楚，它简直就是一个离奇的故事。我会把详细的经过讲给你的，但现在却不能说。”

“那还要等多久呢？”

“得等到这个月结束。”

“还有两个多礼拜呢。我这个已经产生了好奇心的人会一直惦记着这件事的。提前到七天之后吧。”

> “我后悔来到这个地方，不想再谈论与那桩生意有关的事情了。”

“那是不可以的。到时候你就会知道了。接下来，我们聊一

按照《圣经》的记载，亚当是耶和华创造的第一个人类，神又用他的肋骨造了夏娃，成为他的妻子，人类是他们的后代。图为亚当和夏娃。

聊你的生意吧？”

我这么一问，他那兴奋的神情立刻消失不见。他叹息一声，说道：

“亨利，一切都如你当时所料，都如你当时所料啊！我后悔来到这个地方，不想再谈论与那桩生意有关的事情了。”

“但是你非谈不可。今晚，等宴席结束了，你务必要去我那里，在那里住一夜，把事情从头到尾跟我说一遍。”

“啊，你允许我这样吗？你说的是真的吗？”他说完这句话之后，泪水开始在眼眶里打转。

“我真是无比感激！自打在这个地方经历了失败之后，我还是头一次从别人的话语里，从别人的目光中感受到关怀，他对我和我个人的事情表示关切。上帝啊！我愿意为此顶礼膜拜！”

他用力握住我的手，如此一来，他又变得红光满面，精神矍铄，意兴盎然，准备入席。不过，我们并没有看到筵席。这样的情况经常会出现，它源自英国人的一个陋习——当你事先无法把敬酒的次序安排好时，你就没有办法把筵席摆好。英国人总会在赴宴之前先把自己的肚子填饱，因为他们清楚自己在宴会上有可能什么东西吃不到；可是，没有人会把这种可能会出现的状况提前告诉外地人，于是那些外地人就会不明不白地掉进陷阱。当然了，这一次没有人吃这样的亏，因为我们都有这方面的经验；除了海廷斯之外，我们都参加过宴会；好在大使在邀请他的时候已经告诉过他，根据英国人的一贯做法，主人并没有准备晚餐。就这样，男士们各自挽着女士，鱼贯走入餐厅。本来这是一个例行程序，结果在进行期间却出现了争吵。肖尔蒂奇公爵坚持要走在最前面，坐在首席上，认定他的头衔级别比大使还要高，大使是一国国民的代表，并非是一国国君的代表；不过，我坚持我的看法，寸步不让。在报纸的人物趣谈专栏里，非王室公爵的位置并没有我的高；既然是这样，那我无论如何都不能排在他后面。这样一场争执是没有任何办法可以解决的，我们一直僵持不下。后来，他想要用他的出身和先人来压倒我（在这方面，他对自己是缺乏正确的评估的），而我则早已想到了那位“可以降服他的人”，于是就用亚当来压制他。我的姓氏表明亚当是我的直系祖先，而

补充说明

此处补充说明人们参加宴会却没看到筵席的原因，这是源自英国人的一个陋习，令读者清楚明白。

他的姓氏表明他出自于旁系，和那些有诺曼底血统的人是一样的。就这样，我们又排队走回客厅，开始吃立餐——一份草莓和一份沙丁鱼。每个都找一个人来搭伙，一块儿站着吃。吃这种餐的时候，人们不会严格地按照地位高低来站位。身份等级最高的两个人分别抛一枚硬币，赢家会先吃草莓，输家则会把那枚硬币收入囊中。之后是另外两个人抛硬币，接着又是另外两个人，如此按照顺序抛下去。等吃完了便餐，我们将桌子摆开，玩起一种叫克里比奇的纸牌游戏，每局的赌注是六便士。英国人打牌，如果只为图个乐呵，那么英国人是不会去打牌的；他们必须要赢点儿钱，或者输点儿钱，这样才肯走上牌桌，与此同时，他们又不在乎输赢。

那一天过得非常开心，至少我和兰姆小姐是这样的。我已经深深地迷恋上她，以致我手里的顺子要是超过了两个，我都没办法计算清楚分数；而且每次我都不会注意到自己明明出了一张分数很大的好牌，却还要去翻开局前的第一张牌，结果总是痛失好局。好在那位姑娘的情况和我一样，您看，她也是如此，这就导致我们两个人谁都无法赢下牌局，同时我们也没有心思去琢磨为什么两个人会不约而同地变成这个样子。我们只觉得十分开心，对别的事情毫无兴趣，也不想受到其他人的搅扰。我直接告诉她

行为描写

此处描写“我”坠入爱河导致打牌也心不在焉，总是痛失好局的行为，可见这位兰姆小姐对“我”的影响很大。

“我们只觉得十分开心，对别的事情毫无兴趣，也不想受到其他人的搅扰。”

图为马克·吐温的妻子与大女儿奥莉薇娅·苏姗。奥莉薇娅·苏姗出生于1872年3月19日，她深受父母的喜爱。1896年8月，当马克·吐温在英格兰进行环球演讲时，苏茜因为脑膜炎在康涅狄格州的哈特福特去世，年仅24岁。

说——是的，我告诉她，我爱她；那么她呢，啊，她羞得面红耳赤，然而她喜欢听我说这句话；她告诉我说，她爱听。噢，那天晚上真是无比愉快！每当我把一张计分卡插上去时，我都会附上一句话，就像是在给她写信一样；每当她把一张计分卡插上去时，她都会说她收到了，仿佛是在给我回信似的。此外，我们在计算手牌分数时也会这样做；噢，而且我在说完“再加两分”后，便会补充道：“哎呀，你真是可爱至极！”她则会说：“十五点计两分，三十点计四分，四十五点计六分，再加一对得八分，八分加八分，就是十六分——您果真这么认为吗？”您看，她在说这句话的时候，还会用睫毛下的那一双眼睛斜看我一眼，真是太可爱，太妩媚了。噢，她简直美极了！

我对她是十分坦诚的，我告诉她说，我身上一分钱都没有，只有她听说过的那张被传得铺天盖地、众人皆知的百万英镑钞票，而那张钞票实际上也不是我的。她感到非常好奇，于是我把嗓门压得很低，把事情的始末一五一十地讲给了她。她笑得不能自已。到底是哪一点引得她大发笑意，我实在是想不通，但当时的情形就是那个样子；每隔一小会儿，就会有一个情节把她逗乐，而我则要停好长一段时间才能让她再次平静下来。噢，她笑得都不能动弹了——的确如此，她当时就是那个样子；这样的事情我还是第一次见到。其实我是想说，我还是第一次见到，这样一个充满苦难的故事——一个关于艰难、恐惧、忧愁的故事，居然会有这样的效果。不过，如此一来，我对她的爱变得更深了，当所有事情都无法让你开心起来时，她却能如此开心；因为，以眼下的情形来看，我在不久的将来会需要一个这样的伴侣的。不过，我提醒她说，我们得等到两年之后才能结婚，那时候我的薪酬才能足够支付我们的日常开销；可是她对此并不介意，只希望我花钱时尽可能地谨慎一些，无论如何都不能把我们第三年的薪酬给搭进去。此时她看起来有些忧虑，担心我是不是把头一年的薪酬定得太高了，这样做是不是不妥。她考虑得非常细致，我也不再像一开始那样信心满满了。不过，这倒让我想到了一个合乎实际情况的点子。我立刻毫不隐瞒地把它讲了出来。

人物描写

此处描写了博尔琪娅的神态，表现了她对我的担忧，可见他们之间的感情很深，令人物形象更丰满。

“博尔琪娅，我的宝贝，我去见那两位年长的先生时，你是否愿意随我一块儿去呢？”

她犹疑了片刻，然后说道：

“我当然愿意。要是陪在你身边，就能给你鼓鼓勇气。不过，你觉得那样做恰当吗？”

“不，那样做是否恰当，我也无法确定。说实话，我认为可能不太恰当。然而，你看，说到底，这件事得在很大程度上要仰赖你，因此——”

“既然如此，那我就陪你去一趟，不用管它是不是很恰当。”她满怀热情地说道，“噢，一想到我能为你做一点事情，我就很开心。”

“做一点事情，宝贝？噢，你可是主力军啊！你是那样美丽，那样惹人喜爱，那样有魅力，有你在我身旁，我能把我们的薪酬提得更高。那两位善良的老先生就算倾家荡产，也不会忍心拒绝我们的要求的。”

哎，您如果能看到当时她脸上泛起的红晕，目光中流露出的欢乐，那该有多好啊！

神态描写

此处描写女士的神态，突出表现了她的害羞与兴奋。

“你看，你这张会骗人的嘴简直就像是抹了蜜一样！你哪里有一句真话，但我到时候还是会陪你一起过去。说不定这样能让你明白，以后不要指望其他人会站在你的角度上去看人。”

“亨利，这样的环境不仅让我知道了你有多么富有，而且让我深深地认识到自己是多么贫穷。”

莫非我现在已经消除了担忧？莫非我再一次变得信心十足？仅凭这一件事，您就可以猜到：我在心里盘算，要把头一年的薪酬要求定为一千两百英镑。不过，我并没有把这个想法说给她听。我想以后再告诉她，给她一个意外惊喜。

在回旅店的路上，我心不在焉，海廷斯说的话，我全都没有听进去。我们走进了客厅。我那些琳琅满目的高档生活用品和豪华家具引得他赞叹不已，直到这时我才回过神来。

“暂且让我站在这里，好好地看一看它们吧。上帝啊！这简直是一座王宫，一座地地道道的王宫啊！该有的东西，这里全都有了。噢，还有温暖宜人的炉火，以及已经置备好的夜宵。亨利，这样的环境不仅让我知道了你有多么富有，而且让我深深地认识到自己是多么贫穷。你瞧啊，我是这样贫穷，这样愁苦，就这样成了一个失败者。我已经被击垮了，全完了！”

语言描写

这一段写的是海廷斯对“我”的住处发出的赞叹，突出了主人公此时奢华的生活。

这番话是多么颓丧啊！我听了之后心里直冒凉气，吓得把那些白日梦忘得一干二净。我忽然意识到，我眼下正踩在一个火山口上方，脚下那薄薄的地壳随时都有可能坍塌。之前我从来没有发觉自己其实是在做梦——我是想说，我一直没有觉察到这样的处境；然而现在，噢，老天爷啊，我负债累累。一丁点儿财产都没有，一个美丽女子的未来究竟是美好还是不幸完全掌握在我手里；我只是渴望能够得到一份薪水，我有可能永远——噢，确实永远无法——无法得到它！唉，唉！我一点儿希望都没有了，没有任何办法能帮助我！

暗喻

此处将自己所处的状况比作火山口，眼前的一切随时可能因地壳坍塌而消失，可见“我”的警醒。

“亨利，你只需从你的收入里省下点零头，就能让我……”

“噢，我的收入？还是先把这杯威士忌干了吧，让你先精神精神！来，我们干杯！哎呀，不行，你肯定已经饿了。坐下来吧，先——”

“我现在一点儿胃口都没有，什么东西都吃不下，这几天一直都是这样。不过，我要和你好好地喝上几杯，一醉方休！干杯！”

“我们真是同病相怜！我也有苦衷要向你倾诉。你有没有准备好听我讲？嘿，劳埃德，还是先说说你的事情吧，不要有所隐瞒，让我把我的事情捋顺一下。”

“不要有所隐瞒？怎么，难道还要我再讲一遍？”

“再讲一遍？你为什么这么说？”

“唉，我是说，你是想再听我讲一遍吗？”

照应前文

此处是两人的对话，“再”字表现出海廷斯已经讲过了，但“我”完全没有听进去，这里照应前文内容。

“再听你讲一遍？我都要被你弄糊涂了。等一等，别再喝了，你已经喝多了！”

“我说，亨利，你怎么这么怪呢！我刚才在来的路上，不是已经把我的事情全都讲给你听了吗？”

“你讲给我听了？”

“是啊，的确讲给你听了。”

“我一句都没有听到。我敢对天发誓，我没有说假话。”

“亨利，这件事非常严重，它让我非常发愁。你刚才在大使家里是不是中了魔了？”

这句话让我如梦方醒，随后我把事情的原委讲给了他。

“世界上最惹人喜爱的姑娘已经被我——得到啦！”

听到我这句话，他异常兴奋地扑向我。我们紧紧把手握在一起，握了又握，结果手都被握疼了。他原谅了我。刚才我们一块儿走了将近三里路，期间他把他的遭遇说了一遍，而我居然什么都没有听进去。接着，他又坐了下来，像一个有病在身的人一样，看着他的老友，重新给讲了一遍他的经历。我把事情的经过简单地为大家叙述一下：他到了英国之后，起初以为这是一个不可多得的好机会；他得到了一个有期限的“优先购买权”，可以把古尔德—科莱矿业公司卖给“勘查矿产者”；假如卖价高于一百万美金，那多出来的那部分钱就会归到他的名下。就这样，他到处游说，踏遍了门槛，尝试了每一种不违背法律的方法，差不多花掉了他的所有积蓄，还是没有找到买主。到了这个月的月底，他的购买权就过期了。总而言之，他彻底完蛋了。就在这个时候，他一跃而起，大声说道：

补叙

此处补充叙述海廷斯遇到的麻烦事，令读者清楚明白，同时为下文故事发展做铺垫。

“你能拯救我，亨利！你能拯救我！在这世上，除了你之外没有人能够拯救我！你愿意拉我一把吗？莫非你不愿意救我？”

“我的朋友，你就直截了当地说吧，我应该怎么救你。”

“你把我那有时效限制的购买权买下来吧，给我一百万美金（在当时相当于二十万英镑），还有我回美国的路费。一定要答应我，一定要答应我啊！”

我心里感到有点不是滋味。我几乎就要把这几句话说出口，我想说：“劳埃德，我

马克·吐温被誉为“美国文学中的林肯”，在美国文学史中有着极其重要的地位，他的大部分作品都有中文译本。图为马克·吐温的书房。

设置悬念

此处描写“我”脑海中浮现了一个令人振奋的主意，令读者产生好奇，这里设置悬念，吸引读者注意。

其实是一个身无分文的穷人，而且还欠了别人不少钱。”但就在这时，一个令人振奋的主意浮现在我脑海之中，于是我一咬牙，想方设法让自己的头脑冷静下来，直到我变得像一个资本家那样从容自若。接着，我像商人一样沉稳地说道：

“劳埃德，我愿意拉你一把……”

“如此说来，我有救了！上帝与你同在！假如将来有一天我……”

“我还没有把话说完啊！我的确是要拉你一把，劳埃德，不过，并非是以你刚才说的那种方式。这是因为，那样做对你来说一点儿也不公平，毕竟你花费了那么多心力，也冒了不少险。我用不着买下那家矿业公司，我用其他办法也可以使我的资金在伦敦这座商业城市产生影响。这个办法正是我在这个地方经常会采用的，我接下来也会这样做。我对那座矿山的情况非常熟悉，我觉得它的价值是不可估量的。倘若有人要买下它，那我就敢做它的担保人。你可以放开手脚，以我的名义，把售价定位三百万美金，在两个礼拜之内把它卖掉。而后，我们两个人把赚来的钱平摊掉。

夸张

此处用夸张的手法表现出海廷斯的欣喜若狂，令人啼笑皆非。

您肯定想象不出当时的情景，他狂喜不已，手舞足蹈。幸好我绊了他一跤，把他放倒在地，并用绳子把他捆了起来，不然的话，他一定会把我的家具给砸烂，把我屋子里的每一件东西给毁掉。

就这样，他躺在地上，非常满足地说道：

“我能用你的名义，你的名义啊！噢，这太不可思议了！伙计，那些有钱的伦敦人会争先恐后地跑过来！他们会争着购买那

“幸好我绊了他一跤，把他放倒在地，并用绳子把他捆了起来，不然的话，他一定会把我的家具给砸烂，把我屋子里的每一件东西给毁掉。”

个股份。这样的话，我可是交上了好运。从现在起，我开始交好运了！只要我还活在这个世间，我就会记得你的恩情！”

仅仅在一天之内，整个伦敦就已经沸反盈天。在接下来的几天里，我只做一件事，那就是坐在寓所里，对每一位来访的人说：

“没错，是我要那个人让你们来询问我的。我对他十分了解，对那座矿山也非常熟悉。他有着非常良好的品行，那座矿山要比他目前开出的售价值钱得多。”

此外，我每晚都会去大使家里同博尔琪娅见面。与矿山有关的事情，我对她一字未提。我想给她一个意外惊喜。我们会聊薪酬，除了薪酬和爱情以外，不会聊任何事情。有时聊薪酬，有时聊爱情，还有时既聊薪酬，又聊爱情。哦，您看，大使夫人和小姐对我们俩的事情是如此关心，想出各种各样的办法让我们免受其他人的打扰，以致连大使都毫不知情。哎呀，她们真是可爱极了！

排比

此处用排比句式“有时……有时……还有时……”表现“我”与博尔琪娅的相处模式。

一个月的约定终于到期了。此时，我已在伦敦银行有了一百万美元的存款，海廷斯也一样。我尽可能地把自己打扮得高贵典雅，乘车驶向波特兰街。在路过那所宅子时，我朝里面望了过去，确定那两位老先生已经回到了家中。接着，我径直去了大使家，找到我的心上人，同她一起乘上车，原路往回走。一路上，我们情绪高涨，一直聊着薪酬方面的事情。她特别兴奋，心情无比激动，这让她看上去美丽极了。我对她说：

“我的宝贝，就凭你如此美丽，倘若我们提出的年薪少于三千英镑，那就太不应该了！”

“亨利，你这样做会毁了我们的！”

“不要担忧，你只需保持住现在这样的神态，然后看我的。我们的愿望一定会实现的！”

到了后来，我只能不停地给她打气。她一次又一次地劝告我说：

“噢，希望你记住，倘若我们提出的薪酬太高了，也许到最后会落得个两手空空。到了那个时候，没有办法维持生计，我们会陷入一个什么样的境地呢？”

带我们进去的还是那个男佣，那两位老者都在屋子里。当他们看到有一位天使一般的美丽女子陪在我身边时，他们非常吃惊，这是很自然的。不过，我对他们说：

神态描写

此处描写两位老者的神态，两人对亨利的现状特别吃惊，因为他不仅不落魄了，还找到了将来的妻子。

“先生们，还望见谅。这位女士是我将来的妻子和终身伴侣。”

场景描写

这里描写两位老者招待我们的场景，表现了他们待人和蔼，令人物形象更丰满。

接着，我直接称那两位先生的名字，把他们介绍给了她。他们对此没有表现出丝毫的惊讶，他们清楚，我可以通过查询通讯地址录查到他们的名字。他们请我们坐下，待我非常谦和，而且特别周到，尽力让她感到自在、舒适，没有拘束感。我说道：

“先生们，我已经准备好把事情的经过讲给你们听了。”

“我们非常乐意听，”赌我会赢的那位先生说道，“因为我们此刻已经判断出，我哥哥艾博尔和我两个人中间是谁赢下了这个赌局。倘若我赢了，您就可以得到我所能安排的任何一份工作。您是否有把那张一百万英镑的钞票带来呢？”

“先生，那张钞票在这里。”说着，我把钞票递了过去。

“我赌赢了！”他大声叫道，同时拍了拍艾博尔的背，“哥哥，你现在还有什么话说？”

“我得说，他竟然平安无事，而我则把那两万英镑的赌注给输掉了。在当时，我一点儿也不相信会有这样的事情发生。”

“我还有些事情要跟你们说一说，”我说道，“不过，三言两语难以说清楚。希望你们允许我以后再来，把这一个月里发生的事情从头到尾讲一遍。我敢说，那是很值得听的。接下来，请你们看一看这个。”

语言描写

此处描写老者一惊一乍的语言，突出表现了他的惊讶。

“噢，什么？一张二十万英镑的存款单！它是您的？”

“没错，是我的。在这一个月的时间里，我很巧妙地利用您借给我的那笔钱赚来了这二十万英镑。每次都我用那张钞票买一些比较便宜的东西，之后让别人给我找零。”

“天啊，这样的举动真是太惊人！老兄，这真让人感到不可思议！”

人物描写

此处是对博尔琪娅的神态和语言的描写，表现了她的惊讶，可见主人公想给爱人的惊喜达到了目的。

“这没什么大不了的。不要认为我是在胡说八道，我可以证明给你们看。”

此刻，博尔琪娅也感到惊讶万分，她把眼睛睁得大大的，问道：“这笔钱真的是你的吗，亨利？莫非你一直在瞒着我？”

“亲爱的，我确实对你隐瞒了事实。不过，我相信你会谅解我的。”

她撅起嘴，说道：“你可不要如此肯定。你可真够调皮的，竟然对我说这样的谎话。”

“噢，你很快就会忘了这件事，亲爱的，你很快就会忘了这件事的。你看，实际上，这只是个玩笑而已。我们回去吧。”

"不过，稍等一下，稍等一下。职位的问题还没有说呢。"赌我会赢的那位先生说道。

"职位的问题嘛，"我说道，"感谢您的好意。不过，我现在并不想要任何职位。"

"但是，我可以把我所能委任的最好的职位提供给你。"

"我再一次向您深表谢意。可是，即便那个职位再好，我也没有什么兴趣。"

"我真替你感到羞愧，亨利。你没有好好地感谢这位帮助过你的绅士。我能代你向他表达谢意吗？"

"亲爱的，当然能了，如果你做得更好的话。我现在倒想看一看，你会怎样表达谢意。"

她走到那位老先生近前，直接往他怀里一坐，又将他的脖子抱住，吻了一下他的嘴唇。接着，那两位老者捧腹大笑，而我却被吓得愣在了那里，可以说是呆若木鸡。博尔琪娅说道：

"父亲，他说他对您所能委任的职位不感兴趣。我听了这句话，心里很不是滋味，仿佛……"

"亲爱的，他是你的父亲？"

"没错，他是我的继父，而且是世上最好的继父。这下你什

动作描写

此处描写了博尔琪娅的一系列动作，突出表现了她与老者之间的亲密关系，为下文故事发展做铺垫。

"噢，我要把刚才说过的话收回，我最敬爱的先生。您那里确实有一个我想担任的职位。"

马克·吐温于1910年去世，被安葬在镇上的武德郎公墓，他的妻子和子女也安葬于此。图为马克·吐温的墓碑。

么都清楚了吧。莫非你还不清楚，那次在大使家吃晚宴，当时你对我的家庭还一无所知，你对我说你被我父亲和艾博尔伯伯的赌局弄得心烦意乱，苦恼不已，我竟然会笑得前仰后合。”

这个时候，我不再打趣了，想把心里的话直截了当地说出来。就这样，我单刀直入地说道：

“噢，我要把刚才说过的话收回，我最敬爱的先生。您那里确实有一个我想担任的职位。”

“告诉我吧。”

“做您的女婿。”

“好吧，不过，你得清楚，你从来没有担任过这样的职位，所以你自然无法说服我你可以够胜任这份工作，那么……”

“那么您就给我一个试用期吧。噢，我请求您，一定要给我一个试用期，希望您能试用我三十年，甚至四十年，倘若……”

“噢，这样也不错，那就按你说的办吧。这只是一个微不足道的要求，带走她吧。”

夸张

此处描述任何词典里都找不到可以形容主人公的喜悦的词语，突出表现了他们幸福得无与伦比。

幸福吗，我们两个人？你在任何一本词典里都找不到一个可以用来形容那份喜悦的词语。两天之后，伦敦人便知道了我在这一个月中是怎样带着那张钞票遇到种种奇事的，也知道了整件事情的结局。他们是否会在大街小巷议论这事呢？是否会为之感到开心呢？我得说，是的。

博尔琪娅的父亲带着那张帮了我大忙的钞票再次去了一趟英格兰银行，将它兑换成现金。后来，银行注销了那张钞票，并把它当成一件礼物赠给了他，他又在我们的新婚之日把它送给了我们。在这之后，我们用镜框将它装裱起来，挂在了家里最好的位置上。正是它的缘故，我才有了博尔琪娅。如果没有它，我那时就不会继续留在伦敦，就不会去大使家赴宴，也就不会与她相遇。所以，我常常会说：

“没错，它的确是一张面值为一百万英镑的钞票，的确是这样。不过，从发行到注销，它只被用来买过一次东西；之后你只以那件东西十分之一的价格就把它买了下来。”

作于一八九三年

图书在版编目（CIP）数据

马克·吐温短篇小说选 / (美) 马克·吐温著；白光华编译. -- 南昌：江西美术出版社, 2018.10（2021.9重印）

（世界文学名著拓展阅读：名师导读版）

ISBN 978-7-5480-6306-3

Ⅰ. ①马… Ⅱ. ①马… ②白… Ⅲ. ①短篇小说—小说集—美国—近代 Ⅳ. ①I712.44

中国版本图书馆CIP数据核字(2018)第182672号

出 品 人：周建森
企　　划：北京江美长风文化传播有限公司
策　　划：侯海博
责任编辑：楚天顺　朱鲁巍　　策划编辑：朱鲁巍
责任印制：谭　勋　　封面设计：冬　凡
插图绘制：张岩锋　钟　健

世界文学名著拓展阅读：名师导读版
马克·吐温短篇小说选
MAKE TUWEN DUANPIAN XIAOSHUOXUAN

著　　者：马克·吐温［美］
编　　译：白光华
出　　版：江西美术出版社
地　　址：江西省南昌市子安路66号
网　　址：www.jxfinearts.com
电子信箱：jxms163@163.com
电　　话：0791-86566274　010-82093785
发　　行：010-88893001
邮　　编：330025
经　　销：全国新华书店
印　　刷：三河市华成印务有限公司
版　　次：2018年10月第1版
印　　次：2021年9月第3次印刷
开　　本：720mm × 1020mm　1/16
印　　张：14
ISBN 978-7-5480-6306-3
定　　价：25.00元